CW01669683

10
18

12, AVENUE D'ITALIE. PARIS XIIIe

Sur l'auteur

Jørn Riel est né en 1931 au Danemark. En 1950, il s'engage dans les expéditions du Dr Lauge Koch pour le nord-est du Groenland et y reste seize ans. Il en rapporte une bonne vingtaine d'ouvrages parmi lesquels la série des *Racontars arctiques* et des trilogies : *La Maison de mes pères* et *Le Chant pour celui qui désire vivre*. Après un détour chez les Papous dans *La Faille*, Jørn Riel est revenu au Groenland avec *Le Canon de Lasselille*, *La Circulaire* et une nouvelle trilogie, *Le Garçon qui voulait devenir un être humain*. Jørn Riel a reçu le Grand Prix de l'Académie danoise en 2010. Il vit aujourd'hui en Malaisie.

JØRN RIEL

UNE VIE DE RACONTARS

Traduit du danois
par Andréas Saint Bonnet

10
18

GAÏA ÉDITIONS

Titre original :
Flere skrøner fra et rejseliv

© Jørn Riel, 1991.
© Gaïa Éditions, 2012, et 2013,
pour la traduction française.
ISBN 978-2-264-06123-2

PRÉFACE

Les récits qui suivent sont nés de nombreuses années de vagabondages. Ce sont des racontars d'une vie de voyages, ou, peut-être, un voyage dans une vie de racontars…

Quand je me suis assis pour écrire ces quelques épisodes autobiographiques, j'ai compris que ce serait sous la forme de racontars. Pas seulement parce que cette forme de récit me vient naturellement, mais aussi parce que je considère ma vie entière comme un long et incroyable racontar.

Dans ma jeunesse, j'ai assez vécu au Groenland pour que les manières et façons d'être des Inuits déteignent sensiblement sur moi. J'y ai appris entre autres que l'on n'évoquait les expériences tristes ou désagréables que de mauvaise grâce, mais que les moments joyeux et délicieux de la vie se partageaient sans retenue. J'ai tenté d'appliquer cette règle optimiste à l'écriture de ce livre.

Quand on a vécu longtemps, on a aussi vécu beaucoup. En ce qui me concerne, j'ai eu une vie longue et riche, que je suis heureux de partager. Je souhaite que ces petits racontars invitent le lecteur à jeter un coup d'œil dans son propre passé, et qu'il y trouve quelques récits au moins aussi plaisants que ceux que j'ai trouvés dans le mien.

Jørn Riel

LIVRE 1

Les masques africains

L'envie de voyager me vint tôt. Elle est née de la personne remarquable que fut mon père, et de ses masques africains. Pendant la guerre, quand les frontières de mon Danemark natal étaient fermées, il restait assis derrière sa table de chêne et taillait résolument son désir de voyage dans le bois. Un pied de chaise devenait une mince fille du Nil aux longues jambes, une branche de frêne se muait en figure anthropomorphe aux contours anguleux implorant la pluie. Quand il jeta son dévolu sur le chambranle de la porte de la chambre à coucher, celui-ci se transforma en portail du palace du roi ashanti Saïï Tutu Quamas au Ghana.

Puis vint la période des masques. Des masques poro de Meni, des masques ntomo avec huit cornes et des femmes nues, et surtout, celui dont je me souviens le mieux, le masque bayaka d'un mètre de long au front voûté et aux lourdes paupières, sur un visage dénué de toute émotion. Ce dernier dégageait tant de calme et de magnanimité que mon père et moi restions de longs moments à l'observer, saisis d'une silencieuse fascination. Le masque bayaka ne faisait pas du tout la même impression à ma grand-mère paternelle. Elle ne décoléra pas pendant plusieurs années, parce que le couvercle voûté de sa table à ouvrage avait été mis à contribution.

Quand mon père taillait des masques, il voyageait jusqu'au continent africain. Et il en ramenait des aventures si vivantes que je me demande encore s'il les avait vécues, même si au fond je sais pertinemment qu'il n'est jamais allé plus loin que la ville suédoise de Malmö.

On allait souvent en Afrique, mon père et moi. Et quand, après une savoureuse et assez invraisemblable histoire, je lui demandais : « Mais est-ce que c'est vraiment vrai, papa ? », il me lançait un regard fâché et répondait ainsi : « Que le serpent près de l'affluent Ngunie se soit vraiment mordu la queue pour rouler comme une roue après moi ou qu'il ait simplement glissé à travers la jungle plus vite que je ne pouvais courir, je ne vais pas rentrer dans les détails. À vrai dire, j'étais trop occupé et terrifié pour bien regarder. En dehors de ce détail, cette histoire est vraiment... » Il souriait alors et son regard se perdait au-dessus de ma tête. « Vraiment fantastique. »

À neuf ans, j'étais prêt à partir pour l'Afrique. On venait juste de m'offrir une paire de bottes hautes en caoutchouc, et j'avais hérité de mon parrain une paire de jumelles de théâtre incrustée de nacre. De plus, j'étais en possession d'un canif, d'une carte du continent africain datant de 1902 et d'un casque français en acier de la Première Guerre mondiale. L'équipement était irréprochable.

Il m'apparaissait clairement que l'expédition nécessitait un assistant. Je choisis mon bon ami Frederik pour faire office de marin pendant la traversée et de porteur une fois sur place. Frederik fut initié au projet derrière la grande remise à filets. Nous étions assis dos au mur noir, enveloppés par une odeur de varech et de goudron. C'était le début de l'été. L'arbre à perruques devant la maison bourgeonnait, les champs sentaient la terre humide et les fleurs sauvages ; les abeilles bourdonnaient, ivres de soleil, sur la prairie. J'allai droit au but.

« Tu me suis en Afrique ?

— Ben… »

Frederik frotta pensivement ses sabots pour en enlever la terre séchée. C'était un fils de paysan, carré, aussi épais à l'intérieur qu'à l'extérieur.

« C'est là-bas qu'ils sont jaunes ? demanda-t-il.

— Noirs, répondis-je, si noirs qu'on ne peut pas les voir la nuit. Enfin, s'ils ferment les yeux. »

Frederik hocha longuement la tête.

« Pourquoi ?

— Pourquoi quoi ?

— Pourquoi on irait en Afrique ? »

La question me surprit. Je n'avais pas réfléchi aux finalités du voyage. Livingstone avait voyagé pour christianiser les sauvages, et Stanley pour le retrouver. L'inspiration me saisit.

« Il faut qu'on y aille pour retrouver les enfants de Livingstone.

— C'est qui ?

— Une sorte de prêtre, répondis-je vite, car je n'étais pas très au parfum quant au métier exact de Livingstone.

— Ils n'ont pas d'enfants, ceux-là, signala Frederik, pas avec les Noirs.

— En Afrique, si, je te le garantis. »

Je pensai à la fine silhouette de femme watussi que mon père avait sculptée dans un manche à balai.

« Là-bas, les filles sont si belles qu'on leur fait des enfants. On ne peut tout simplement pas s'en empêcher.

— Si belles que ça… »

Frederik soupira profondément. Il était, comme moi, amoureux à en mourir de la fille du boulanger, Oda. Elle était si belle que c'en était difficile à croire, et pourtant, malgré ses neuf ans passés, elle n'avait toujours pas d'enfant. L'idée de quelque chose qui serait plus beau encore qu'Oda poussa Frederik à faire son choix.

« Bon, ben alors, on n'a qu'à le faire, dit-il.

— Quoi ?

— Ben, aller en Afrique, là. »

Le pacte fut scellé par un cigare que j'avais subtilisé à mon père. Il fut soigneusement partagé et allumé à l'aide de la loupe de Frederik. Nous nous sommes allongés pour regarder les nuages qui dérivaient, fumant jusqu'à en avoir des palpitations et des sueurs froides, jusqu'à en vomir même. Puis nous nous sommes séparés pour aller préparer le grand voyage.

Tôt le lendemain matin, nous nous sommes retrouvés sur la plage. En plus de mon équipement tropical, j'avais amené deux masques de fertilité ibo. Ils devaient nous permettre de rester incognito en cas de rencontre dans le fjord avec les pêcheurs de Bregnør. Frederik, lui, avait apporté un gros sac de vivres et un bidon de quatre litres rempli de bière artisanale, à l'amertume plutôt sévère.

Le bateau fut chargé, la voile levée et la godille mise en place. Et voilà que nous glissions à travers le fjord d'Odense, paisiblement portés par un vent favorable, cap sur l'Afrique.

C'était un matin froid et humide, et je serrais mon manteau contre mon corps gelé. C'était un beau manteau, qui ne manquait jamais de faire loucher d'envie Frederik. À l'origine, il avait servi de décoration murale chez ma grand-mère. Il était gris-bleu, avec une belle image tissée représentant l'armée turque conquérant Jérusalem. Frederik s'assit à la proue, où il s'endormit immédiatement.

Tard dans la matinée, le soleil perça enfin la brume et nous réveilla. Je m'étais endormi contre le gouvernail, et nous dérivions lentement vers Enebærodde, un isthme désert et recouvert de broussailles, qui gisait comme un doigt crochu agrippant l'entrée du fjord.

Frederik saisit le sac de victuailles et l'ouvrit.

« Est-ce qu'on est arrivés en Afrique, maintenant ? » demanda-t-il.

Ne sachant pas combien de temps nous avions dormi, je ne pouvais pas évaluer la distance parcourue par notre esquif. J'évitai la question en disant :

« Quand nous serons à terre, il faudra faire gaffe aux tiques. Elles sont pires que les serpents et les crocodiles réunis. Elles se faufilent sous les ongles des orteils et mangent la chair jusqu'aux veines. C'est terriblement douloureux. »

Frederik blêmit. Il se pencha par-dessus bord et regarda dans l'eau.

« Je ne vois que des picots, dit-il.

— Certaines tiques sont grosses comme des picots, rétorquai-je, et leur ressemblent à s'y méprendre. »

La première chose que nous fîmes une fois débarqués fut de prendre une collation. Chacun attrapa son propre pot de confiture de fraises, une tranche de pain noir et de longues lampées de cette méchante bière. Frederik se figea soudain, en pleine inspection de ses orteils à la recherche de tiques.

« Il y a quelqu'un », chuchota-t-il, paralysé par la peur.

Il fit un signe de tête vers un creux entouré d'élymes des sables près de la mer. Je chaussai mes jumelles. Et effectivement, je vis un dos blanc qui gigotait de haut en bas.

« Des indigènes », chuchotai-je, les dents serrées.

Je ne m'étais pas attendu à une confrontation aussitôt après le début du voyage.

Je passai les jumelles à Frederik. Sa mâchoire inférieure en tomba de surprise.

« Ils ne portent pas de pantalon, marmonna-t-il, choqué.

— Les indigènes sont toujours nus », l'éclairai-je.

Frederik n'était jamais allé plus loin que l'église de Mesinge et n'avait donc aucune connaissance sur les autochtones.

« Tu as dit qu'ils étaient noirs, en Afrique, chuchota-t-il encore sans décoller les jumelles de ses yeux.

— Ce sont des albinos, expliquai-je avec patience, tout en me raccrochant aux explications de mon père. Dans certaines zones d'Afrique, il y a plus d'albinos que de Noirs.

— Ah bon. »

Frederik hochait la tête lentement. Il en savait si peu sur l'Afrique et le vaste monde !

« Des albinos, très bien, dit-il, et qu'est-ce qu'ils font, à ton avis ?

— Des rituels, répondis-je rapidement, juste des rituels.

— Ah oui. »

Il hochait la tête, l'air entendu. Il ne voulait pas passer pour un idiot.

« Celle-là n'est pas tellement jolie, ajouta-t-il, elle n'aura sûrement pas d'enfants. »

Je repris les jumelles. Même si je ne voyais pas son visage, je devais reconnaître que la silhouette ne ressemblait en aucun cas aux sculptures de mon père.

« On devrait peut-être lui donner un coup de main », proposai-je.

J'allai chercher les grands masques dans le bateau. Une fois camouflés derrière, nous nous glissâmes en rampant vers les individus.

Arrivés suffisamment proches pour distinguer leurs visages, Frederik agrippa mon bras.

« En fait, c'est pas des albinos, chuchota-t-il, tout agité.

— Qu'est-ce que ça pourrait être d'autre… Il n'y a que des Noirs et des albinos en Afrique.

— C'est Karen, de Stenagergård, et le gérant de la coopérative de Dræby, déclara-t-il.

— Qu'est-ce qu'ils fichent en Afrique ? » m'étonnai-je alors.

Pour couper court à la discussion, je surgis hors de notre cachette, en poussant de derrière le masque un hurlement à fendre l'âme. Frederik se pencha le plus possible dans le creux pour vérifier qu'il s'agissait bien de Karen.

Les albinos se pétrifièrent de terreur. Puis la femme commença à pousser des cris hystériques. Elle regardait les masques, les yeux écarquillés, piaillant si fort que cela nous donnait de petits frissons au creux des reins. Elle sauta dans les bras de l'homme qui s'était levé, et ils se retrouvèrent à hauteur du masque de Frederik. Lui aussi poussait des cris d'animal effrayé.

Jamais je n'ai couru aussi vite. J'étais dans le bateau et dressais la voile avant même que Frederik ne me rejoigne avec le sac de provisions. Nous nous éloignâmes sur l'eau le plus vite possible, pour éviter le nuage de cailloux que nous envoyait l'autochtone mâle depuis la plage.

C'est seulement une fois au milieu du fjord que nous avons repris la collation interrompue. Le vent était pratiquement tombé, et le courant nous menait doucement vers Midskov. Tout ramollis par le repas et la boisson, nous nous prélassions au soleil, chacun à un bout de notre embarcation.

« Cette histoire d'Afrique, là, dit Frederik d'une voix endormie, c'est sans doute un peu trop loin. »

Il leva la tête et regarda vers la terre, l'air impatient.

« Pourquoi ça ? »

Je le fixai sous mon casque d'acier.

« Il faut que je rentre nourrir les cochons, répondit-il. Ils crient comme les albinos si j'arrive en retard. »

J'acquiesçai et repensai aux indigènes. Ces cris étaient uniques, un genre de cri que je n'avais jamais entendu auparavant. Voyager était décidément merveilleux. Et alors que nous dérivions lentement sur le fjord, j'imaginais tous les voyages que Frederik et moi allions entreprendre ensemble.

Malheureusement, ce fut le seul périple africain que je fis avec Frederik. Il a toujours été retenu par ses cochons. Mais notre foi dans les masques de mon père et leurs pouvoirs magiques furent confortés par ce voyage. Karen et le gérant de la coopérative se marièrent peu de temps après, et, avant neuf mois, elle accouchait d'un enfant. Cet enfant était sans nul doute le fruit du pouvoir de fertilité irradiant des masques ibo.

Une déesse grecque

J'étais soudainement devenu adulte. Quatorze ans, le droit de boire le schnaps du dimanche et de fumer du tabac dans la pipe que ma grand-mère m'avait offerte pour ma confirmation. Et puis vint bien entendu ce qui concerne les femmes, une question de tout temps difficile à appréhender. Les situations où j'ai dû avec regret ou mauvaise conscience renoncer à ceci pour atteindre cela sont innombrables.

Jusqu'à mes treize ans révolus, j'avais entretenu une tendresse fidèle pour Oda, l'anémique fille du boulanger de Hindsholm. Cette fille était captivante de la tête aux pieds, et ses yeux qui regardaient chacun dans une direction la rendaient unique. Quand ce fantastique regard fut brutalement corrigé par une petite opération, mes sentiments s'estompèrent. Bigleuse, Oda avait été différente et tout à fait irrésistible. Parce que le mot danois *bælgøjet*, qui signifie bigleuse, venait du mot français *belle*, disait ma grand-mère, et cette beauté s'était répandue sur Oda tout entière.

À Copenhague, je commençai à visiter la section Ethnographie du Musée national. D'abord les collections africaines, puis je me tournai avec beaucoup d'intérêt vers les collections indiennes nord-américaines et inuites.

Visiter le Musée national rimait avec longs voyages. Ici, on pouvait sans objection s'installer dans un kayak pour parcourir lentement le paysage arctique, ou encore traverser une toundra infinie, les pieds bien au chaud dans des raquettes à neige indiennes. J'entrepris ces voyages dans et à l'extérieur du musée, et lors de mes expéditions nocturnes, il était bien rare qu'une jeune fille ne vienne pas se glisser dans mes songes. Une Indienne avec de longs cheveux noirs tressés, habillée en peau de chevreuil, portant des mocassins brodés à ses petits pieds. Ou bien une douce fille eskimo, rase-mottes et rondouillette, avec ses culottes en peaux de lièvres, ses longs *kamik* et son anorak. C'étaient de merveilleux voyages dans un monde fantastique.

C'est précisément à cette période que mon père laissa derrière lui l'Afrique et jeta passionnément son dévolu sur la Grèce antique. Des figures classiques naissaient de ses mains, prenaient vie de son imagination. Pour un temps, je laissai mes amis arctiques et me rendis avec mon père dans le monde antique. Les figures étaient sculptées en bois de chêne, qui était à ce moment-là le matériau préféré de mon père, parce que nous avions hérité tout un lot de meubles d'un oncle éloigné à Odense. En raison du bois de chêne, les figures sculptées héritaient à leur tour de cheveux clairs, une bagatelle que mon père pouvait bien évidemment expliquer sans difficulté.

« Les femmes grecques, et sur ce point précis les hommes aussi, disait-il, adoraient les bains de soleil. Les cheveux clairs étaient à la mode, et pour éclaircir le plus possible leurs cheveux, les femmes grecques les mouillaient et s'étendaient des heures au soleil, le visage caché sous un grand chapeau.

— Mais si elles portaient des chapeaux, leurs cheveux ne pouvaient pas s'éclaircir », objectais-je alors.

Mon père m'adressait alors un sourire indulgent.

« Elles découpaient bien entendu le haut du chapeau pour faire sortir leurs cheveux, répondait-il. Demande donc à ta grand-mère, elle a déjà essayé. »

Mon père et ma grand-mère étaient rarement d'accord. Mais quand il s'agissait de se soutenir, ils se serraient les coudes.

J'étais bientôt parfaitement familier de l'histoire et de la mythologie grecques, ainsi que du mode de vie grec. Je commençais à faire de petites excursions vers l'Antiquité, à partir de la section Ethnographie. J'y cherchais surtout le « sourire archaïque » que mon père admirait tant. Un sourire fin et si attirant qu'il tenta de me le faire découvrir en sculptant *La Jeune Fille à la flûte*. Sans la flûte.

Je me sentais tout particulièrement attiré par une déesse serpent minoenne. Un amour dont je ne pris réellement conscience qu'en la rencontrant en chair et en os. Sur la place Enghave. Un jour d'automne. C'était une belle jeune fille aux cheveux clairs. Ses traits semblaient être l'aboutissement divin de la beauté humaine. Sur ses lèvres reposait le doux sourire archaïque.

Une petite enquête auprès de mes amis m'apprit qu'elle s'appelait Vibeke Alfelt, qu'elle habitait dans la même rue que moi et que nous allions à la même école. Il apparut que nous avions fréquenté la même école primaire.

Angoissant. Angoissant de se dire que je n'avais jamais, au cours des années, remarqué cette déesse grecque. C'était sans doute dû à mon ignorance du sourire archaïque, et peut-être aussi au fait que mon école primaire séparait soigneusement filles et garçons. De plus, elle fréquentait la classe au-dessous de la mienne, et appartenait donc à la catégorie des « gamines ». J'avais tant hâte de revoir son sourire.

Une chance donc que la salle de travaux manuels de mon école se soit trouvée juste sous la salle de gymnastique des filles. Entre ces deux locaux, il y avait un escalier qui menait à un balcon au-dessus de la salle de gymnastique. La porte de l'escalier était bien entendu verrouillée.

Bonasse et mal dégrossi, notre professeur de travaux manuels était communément appelé Anders le plouc. Il était également connu pour être bercé par le son des scies. Il était de notoriété publique qu'il avait tendance à s'endormir en quelques minutes dès lors qu'un certain nombre d'élèves sciaient en rythme. Une fois qu'il avait sombré dans les bras de Morphée, on pouvait réduire le nombre de scies à cinq, à la suite de quoi les deux tiers de la classe avaient quartier libre.

Un jour, je vis depuis la salle de travaux manuels que la classe de Vibeke se rendait en gymnastique. Une idée naquit dans mon esprit, et je la confiai à mes plus proches amis qui se chargèrent d'informer la classe.

Une fois Anders le plouc dans un état proche du coma, je parvins à saisir la clef dans la poche de son manteau. Au son rassurant des scies, j'ouvris la porte et me glissai dans l'escalier jusqu'au balcon. J'étais suivi par une bande de garçons curieux. Nous nous penchâmes par-dessus la balustrade pour regarder dans la salle de gymnastique.

Sur le parquet en dessous, trente filles bondissaient en tenue de gym. Elles faisaient de petits sauts sur place, et nous n'en perdions pas une miette, émerveillés.

« Dis donc, qu'est-ce que ça bondit », chuchota mon voisin.

Personne ne répondit. Nous savions tous ce qu'il voulait dire. Je trouvai Vibeke, mais hélas, elle me tournait le dos et me cachait donc son sourire archaïque.

Puis les cordes furent amenées, et les filles se tournèrent vers nous. Elles commencèrent par attraper les cordages, et au signal de l'enseignante, se mirent à grimper. Ça prenait du temps, et nous autres commencions à prendre les paris. Les filles les plus légères n'avaient aucune difficulté. Elles s'élevaient vers les hauteurs avec de petits cris ravissants, suivies par les filles un peu plus épaisses, un peu haletantes aussi. À la quatrième corde, c'était clairement l'outsider. Elle était dotée d'un postérieur imposant et devait marquer des pauses à chaque prise pour souffler. Petit Hans, qui avait un faible pour les filles enveloppées, tenait bon à trois contre un qu'elle arriverait jusqu'en haut. Et la malheureuse gamine luttait de tout son cœur pour ne pas le décevoir. Elle parvenait, faisant preuve d'une volonté digne de louanges, à conquérir centimètre après centimètre. Et quand elle resta longuement suspendue, hors d'haleine, à moins d'un mètre du but, Petit Hans ne put se contrôler. Il passa la tête par-dessus la balustrade et cria : « T'y es presque, Ulla, bordel. Tiens bon, Ulla ! »

La fille, rouge comme une tomate sous l'effort, leva les yeux, surprise. Puis elle poussa un cri aigu et dégringola à toute vitesse le long de la corde, jusqu'au sol où elle atterrit avec un impact sourd.

Nous nous précipitâmes dans l'escalier jusqu'à la salle de travaux manuels, où les cinq garçons avaient fidèlement tenu les scies.

La sanction ne fut pas très originale.

« Qui a volé mes clefs ? » demanda Anders le plouc.

Je fis un pas en avant.

« Vous promettez de ne pas le frapper si je cafte ? » demandai-je.

Anders le plouc afficha un sourire presque archaïque. Il l'avait sans doute déjà entendue, celle-là. Il acquiesça, et je lui tendis la clef.

« C'était moi. »

Il garda son sourire tout en m'attrapant par le bras.

« Il faut tenir ses promesses, dit-il, mais tu auras droit à cinq coups de Peter Sévère pour avoir balancé. »

Habitué, il enleva le cahier que j'avais en hâte glissé dans mon pantalon. Puis il sortit la baguette de l'armoire contenant ses ciseaux à bois les plus fins.

Les coups d'Anders le plouc étaient connus pour provoquer une douleur durable. Ils étaient portés à l'aide d'une baguette extrêmement fine, qui, comme les plus grandes épées de l'histoire, portait un nom. Peter Sévère mordit vite et fort, et il fallut plusieurs jours avant que je puisse de nouveau m'asseoir sans penser immédiatement au sourire de Vibeke.

J'étais amoureux, ça ne faisait aucun doute. C'est pourquoi je demandai conseil à ma grand-mère, à qui je confiai ma situation. Compatissante, elle me tapota la tête et dit avec tristesse :

« L'amour, mon garçon, c'est douleur sur douleur avec un petit peu de joie pendant les pauses. Pas vrai, Mads ? »

Mon grand-père hocha la tête. Tout ce que disait ma grand-mère était exact. Et dans ce domaine-là encore plus. Dans sa jeunesse, elle avait été reine de beauté de Svendborg, où elle avait rencontré mon grand-père, lui-même étant hussard. Elle fut envoyée par bateau à Langeland pour que mon arrière-grand-père, un imposant meunier de Tullebølle, puisse l'examiner. Quand elle était descendue du bateau à Rudkøbing, en crinoline et capeline, le vieux barbon avait fait claquer son fouet de charretier au-dessus des petits pieds de demoiselle et avait hurlé :

« Sait-elle sauter aussi ? »

Ce souvenir douloureux était sans doute à l'origine de son opinion sur l'amour.

« S'il ne peut en être autrement, conseilla ma grand-mère, tu vas devoir l'inviter à sortir et la traiter comme une véritable princesse. »

Elle se débrouilla pour que mon grand-père me donne deux couronnes dans ce but.

Ainsi en fut-il. J'invitai Vibeke au Musée national, où nous visitâmes selon ses désirs la section étrusque, à laquelle je ne connaissais rien. Vibeke était incroyablement gentille. Elle dit que nous pouvions aussi aller à la Glyptothèque, où ils avaient une collection encore plus importante de ces vieilleries italiennes. Elle souriait de façon très archaïque, et pour la première fois, je me trouvais devant ce choix douloureux. Abandonner une chose pour en obtenir une autre. La pièce de deux couronnes brûlait dans ma poche, et soudain, les Indiens nord-américains et les Inuits me manquaient. Ce ne serait pas la dernière fois au cours de ma vie.

Nous ne sommes jamais allés à la Glyptothèque. Et la pièce de deux couronnes fut échangée le lendemain contre un livre de Louis de Rougemont, qui m'accompagna *Trente ans parmi les Sauvages*.

Mission secrète à Paris

« Où est-ce que vous allez ? » demanda le conducteur du tram.

Fesser et moi avions sauté dans la ligne 10 pour sortir rapidement de la ville.

« Paris », répondit Fesser.

Le conducteur, un petit homme mince aux mains bien trop grandes reposant sur une poignée usée, nous jeta un regard surpris.

« Paris ! Sacré bon sang. Je ne vais que jusqu'à Toftegårdsplads. »

Les grandes mains se balançaient, inquiètes, et il fixait avec méfiance nos bagages.

« Un genre de voyage de luxe, pas vrai ?

— Mission secrète », répondis-je, sibyllin.

Je vis que cela faisait son effet.

Une mission secrète, au sein d'une Europe encore en ruine. C'était trop fort, même pour un conducteur de tram de la ligne 10. Il regarda par la fenêtre, l'air offusqué, et grommela :

« Mission secrète, hein ! Paris, hé. Une paire de morveux. »

Nous ne fûmes pas surpris le moins du monde, et nous échangeâmes même des sourires confiants.

C'était exactement la réaction d'adulte à laquelle nous nous attendions, et la raison pour laquelle nous gardions la mission secrète.

Il faut une première fois à tout. Dans ma quinzième année, où le voyage dont nous parlons avait été entrepris, l'excitation des premières fois vibrait et papillonnait dans l'air. On vivait sans réfléchir, on mangeait sans goûter. Maintenant que la fréquence des nouvelles expériences est tombée de façon significative, freinée par des aspirations concrètes, le bon sens, l'économie et l'attrait du confort, on peut sortir ces vieilles photos et suçoter les détails comme de merveilleuses confiseries.

Nous étions arrivés à Paris. Entourés par des bidons de lait branlants dans la voiture d'un laitier. C'était le 14 juillet, jour anniversaire de la prise de la Bastille.

Ce fut une entrée triomphale. Les gens dansaient, radieux. Des lampions, des feux d'artifice, des drapeaux et des guirlandes. Nous descendions le boulevard Brune et fûmes soudain encerclés par une foule de Français qui nous observaient. Avant le départ, nous nous étions renseignés sur le caractère particulier de cette espèce de la faune européenne. Et ce que nous avions appris n'était pas très rassurant. Ma grand-mère avait constitué une source intarissable d'informations, du fait que son père était revenu au Danemark après un exil familial de cinq cents ans en Normandie. Bien que son sang fût plus nordique que français, il s'était approprié nombre de mauvaises habitudes des gens du Sud. Au dire de ma grand-mère. D'après elle, les Français étaient fiers, chauvins, turbulents, alcooliques, et un rien charmeurs. Quel arrière-grand-père j'ai dû avoir !

Et voilà que nous étions cernés par des autochtones qui criaient et chantaient et nous proposaient des bouteilles de piquette. Ils parlaient un dialecte bien différent du français que notre professeur Ole Ballon avait tenté de nous enfoncer dans le crâne. Nous souriions et tentions de préserver les apparences.

« Heureusement qu'il ne pleut pas », dis-je à Fesser.

Il me jeta un regard inquiet par-dessus ses lunettes, puis acquiesça l'air entendu. Je portais une tenue de combat jaune moutarde, confectionnée à base de fibres de bois. Elle était chaude, belle et sans écharde, mais avait l'inconvénient de ne pas supporter la pluie. Une fois mouillés, la chemise se transformait en camisole de force et le pantalon en string, ce qui aurait été très gênant au sein d'une foule de Français.

« Jensen ! cria Fesser aux Français. Monsieur Jensen ! »

Il y eut des hochements de tête, des rires et des gorgées de vin tandis que le mot Jensen passait d'un homme à l'autre. Nous étions à la recherche de M. Jensen. Un Danois manchot émigré à Paris dans les années trente, en tant qu'apprenti fourreur, et qui, d'après nos informations, semblait disposé à nous échanger nos 150 couronnes mises dans le pot commun.

« Rue de la Richelieu », ajoutai-je.

Car c'était là que Jensen habitait.

La bande dansa de joie. On nous emmena dans un petit café dont le proprio étala une carte sur le comptoir. Puis on commença à chercher Jensen, s'imaginant que c'était une ruelle donnant sur la rue Richelieu. Ça discutait, s'engueulait et buvait. Au bout d'un moment, la bande commença à chanter et oublia complètement notre présence, à Fesser et moi. Une vieille femme nous saisit par le bras et nous ramena dans la rue. Elle s'adressa à un gros bonhomme à la pilosité hirsute et lui expliqua notre problème. L'homme nous observa un moment, les yeux plissés, un mégot de cigarette glissant lentement d'une commissure des lèvres à l'autre.

« Rue de la Richelieu, hein ? »

Nous nous empressâmes d'acquiescer en souriant.

« M. Jensen », dis-je distinctement.

Il haussa les épaules et montra du doigt une petite voiture pleine de choux. La vieille dame grimpa dans la cabine du chauffeur et nous dans les choux, et nous partîmes vers la rue de Jensen.

La rue Richelieu était longue et bondée. Mais l'intérêt qui nous était porté, à nous et à notre quête de Jensen, était tout aussi important que sur le boulevard Brune. C'est seulement quand l'imaginatif Fesser sortit son bras de sa manche, la secouant vide dans tous les sens en répétant « Danemark » sans cesse, que la lumière se fit pour les occupants de la rue.

« Ah, monsieur Émile, le résistant danois, le patriote ! »

Un porche, une cour intérieure et un escalier plus loin, il y avait une porte sur laquelle était écrit *Jensen*.

Émile Jensen était connu et aimé dans le quartier. En tant qu'étranger, il avait offert son bras pour la France, et avait des amis dans toute la rue. Il rit en nous voyant, et son rire était sans doute fondé. Fesser en pantalon large, portant à la fois bretelles et ceinture, sandales de Jésus sur ses grands pieds, un bonnet alpin enfoncé sur les oreilles. À Copenhague, un tel couvre-chef était nommé « diaphragme taille éléphant avec antenne ». Moi-même, je portais la tenue déjà mentionnée et un calot *Royal Air Force* sur la tête. M. Jensen continua de ricaner tandis qu'il nous menait jusqu'à un petit hôtel où nous fûmes logés pour 200 anciens francs par jour. La chambre donnait sur la rue Vivienne, et madame nous expliqua en français et en allemand que les toilettes et les installations sanitaires se trouvaient à l'étage au-dessus. C'était une femme sympathique aux cheveux presque blancs, au visage très ridé, dont les yeux ressemblaient à des araignées noires sur une toile.

Nous prîmes congé de M. Jensen, et en ouvrant la porte vers le petit balcon, nous entendîmes son rire venant de la rue. Jensen était un homme plein d'humour.

Nous partageâmes l'argent échangé chez lui en deux tas égaux, puis nous nous effondrâmes, terrassés par les émotions et le vin, dans le grand lit double.

Pendant la nuit, ce fut comme si le vacarme de la rue s'invitait dans l'hôtel. Les couloirs étaient emplis de pas rapides, de rires, de discussions et de gémissements. Les portes claquaient, les lits grinçaient. C'est seulement un peu plus tard que nous avons appris qu'habituellement les chambres étaient louées à l'heure, et que seule l'intervention de Jensen nous avait permis de louer la nôtre à la journée.

Avant de m'endormir, je voulus faire un tour aux toilettes pour me soulager du vin absorbé. Je sortis du lit, m'enveloppai une serviette autour de la taille et me glissai hors de la chambre. Les toilettes se trouvaient un étage plus haut, au bout d'un long couloir. L'agencement de la pièce était surprenant, et nécessitait une certaine étude avant utilisation. C'était une salle hexagonale, et dans un angle deux larges marches menaient à une estrade en porcelaine. Entre deux marchepieds rainurés se trouvait un trou plein d'eau.

Au beau milieu de la pièce, une chaîne à poignée en porcelaine pendait du plafond. J'essayai les marchepieds et découvris que leur ajustement était parfait. Puis je levai et baissai mon corps jusqu'à trouver une position adéquate, pas trop difficile à tenir.

Cela se passa très bien. Fier d'avoir en si peu de temps intégré le fonctionnement des toilettes du Sud, je saisis la chaîne et tirai dessus. Ça, je n'aurais jamais dû le faire. De l'eau déferla sur moi comme une averse d'orage. Elle tombait du plafond et des murs et nettoya la pièce efficacement. Trempé, j'essorai ma serviette et me séchai autant que possible. Puis j'ouvris la porte et percutai avec un son humide une femme imposante. Elle rit de bon cœur en me voyant, dit quelque chose d'incompréhensible en français et ébouriffa mes cheveux mouillés. Puis elle me saisit par le bras et me mena avec conviction le long du couloir jusqu'à une chambre. Elle attrapa une serviette propre sur une grande pile posée juste derrière la porte. Elle avait une quantité incroyable de serviettes, et je m'étonnai qu'elle ne les range pas dans une armoire, comme le faisait ma mère.

Elle commença à me frotter énergiquement les cheveux. Je laissai faire, parce que j'étais dans un pays étranger et que je savais par mon père qu'il fallait laisser faire les autochtones comme ils voulaient, histoire de ne pas enfreindre l'un de leurs tabous.

Une fois mes cheveux secs, elle les brossa et me donna un verre de vin. Je bus, docile, bien que le vin soit très amer et que je m'en serais fort bien passé. D'un geste sec, elle me reprit sa serviette, et je rougis et m'empressai de tendre la main pour saisir ma propre serviette, encore détrempée. La visite était apparemment terminée.

« Non, non, non », dit-elle alors, et elle sourit gentiment en agitant son index en l'air.

Je restai là. Dans le plus simple appareil. Rougissant de honte jusqu'à la racine des cheveux. Par la suite, je ne me suis retrouvé qu'une seule fois dans une situation semblable. Quand un vieux Papou des hautes terres au-dessus de la vallée de Baliem avait décidé que je devais revêtir l'uniforme de la tribu. Un étui pénien.

J'ai de tout temps été intéressé par l'anthropologie, et qu'il s'agisse de Papous, de Bushmen, de Français ou d'Inuits, je n'ai jamais, jamais tenté de m'opposer aux mœurs des habitants d'un pays. Ce qui m'a sans doute épargné nombre de situations difficiles.

Cette dame française se comportait d'une façon qui m'était totalement inconnue. Aucune femme (elle devait avoir vingt-cinq ans, ce qui pour un garçon de quinze ans est archi-vieux) ne s'était jamais mise en scène de façon aussi naturelle devant moi. J'étais paralysé. Elle enleva son soutien-gorge, m'amenant par la même occasion au bord de l'évanouissement. Elle le jeta vers moi, je le saisis au vol par pur réflexe, et lus, un peu perplexe, l'étiquette. *Hollywood Maxwell, taille 40.* Ce devait être un modèle *full house*, un de ceux qui, comme je l'ai appris plus tard, « soulève, sépare et met en avant ».

Je fixai nerveusement tout ce qui venait d'être découvert. Elle rit doucement, et je ris aussi, toujours par nervosité. Mes genoux tremblaient, et elle me fit signe de m'asseoir près d'elle sur le lit. Puis elle roucoula comme une tourterelle, et je baissais les yeux vers ses genoux, qui étaient ronds et lisses.

« Yvette », dit-elle à plusieurs reprises en montrant du doigt l'un de ses seins.

Je supposai qu'il s'agissait là d'un cours de langue et que le mot signifiait sein, d'autant qu'il ressemblait au mot danois *yver*, qui signifie mamelle. D'un doigt, je touchai le sein et répétai le mot. Puis ce furent deux doigts, puis trois, et enfin je montrai de toute ma main que j'avais compris. *Yvette* était gros, doux et très beau, et je développai un don surprenant pour le français, qui aurait impressionné Ole Ballon.

Quelques heures plus tard, j'étais de retour dans ma chambre. Fesser se réveilla quand je me couchai dans le lit.

« T'étais où ? demanda-t-il.

— Aux toilettes », répondis-je, ce qui n'était pas tout à fait faux.

Il marmonna en se rendormant. Moi, je repensais à l'événement marquant qui venait de m'arriver.

« Fais gaffe quand tu tires la chasse, dis-je simplement.

— Pourquoi ça ?

— Parce que à ce moment-là, il se passe des choses incroyables. »

Je fermai alors les yeux et laissai presque immédiatement mon premier jour à Paris s'envoler.

Le voyage avec Amanda

Ma première année de lycée se déroula plus ou moins comme la famille s'y attendait : je fus expulsé. J'abandonnai donc l'idée d'une carrière académique, sans réel regret. J'avais d'autres plans, beaucoup plus séduisants.

Je commençai en toute modestie en tant que mousse sur la drague *Katrine*. Chaque matin, nous sortions de Copenhague et naviguions le long de la côte jusqu'à Rågeleje, où le ventre du *Katrine* se remplissait de galets, puis nous retournions au port de Kalkbrænderihavnen où nous déversions notre butin sur le quai. Pendant six mois, je participai à la récolte des galets, puis je fis part de mon impatience à vivre des aventures plus audacieuses. Le conseil de famille décida de me faire engager sur le camion transporteur de poissons *Amanda* de Kerteminde, qui allait jusqu'en Tchécoslovaquie avec du poisson frais. Les camions m'étaient aussi étrangers que les poissons, mais les parts de la famille à l'usine de filets étaient apparemment assez importantes pour me faire engager sans discussions.

Je me présentai au port d'Odense, où *Amanda* se ravitaillait en glace. C'était un vieux modèle M.A.N.

de 12 tonnes, et son chauffeur s'appelait Harley. Petit, large, des cheveux filasse et un nez cassé qui témoignait de son passé de boxeur.

Avant même que nous ayons quitté Odense, je savais que ce serait un voyage hors du commun. Harley n'avait que les femmes en tête. Ses petits yeux bleus clignaient rapidement, chacun de son côté du nez cassé, quand il dépeignait les délices qui se manifesteraient au sud de la frontière. À peine lancés sur la route, il me posait déjà des questions sur les sujets les plus intimes. Je répondais, forcé mais avec beaucoup d'imagination. Je n'avais pour vécu qu'une courte et déroutante relation à Paris, qui semblerait sans doute bien peu pour un homme du monde comme Harley. C'est pourquoi j'inventai sur le moment quelque chose de plus croustillant, qui le poussa à me donner des claques enthousiastes dans le dos et à nous promettre un voyage des plus agréables.

Très préoccupé, je me laissai emporter par-delà la frontière. Harley raconta ses préparatifs. À l'arrière de la cabine du chauffeur se trouvait un petit coffre à provisions rempli de pain, de fromages, de saucisses, d'œufs et de beurre. En cette année 1948, il prétendait que l'on pouvait troquer ces trésors inestimables contre une compagnie féminine. D'après lui, on trouvait des femmes partout sur le chemin entre le nord de l'Allemagne et la frontière tchèque. De tous âges, toutes tailles et tous genres. Voilà ce que disait Harley.

À quelques kilomètres au sud de Flensbourg, il se lança. Il s'arrêta pour récupérer une jeune femme avec laquelle il entama immédiatement les négociations. Une fois tombés d'accord, il conduisit le camion jusqu'au premier emplacement où il pouvait le garer, tira les rideaux de la couchette et me proposa d'aller faire une promenade. Une longue promenade. Je pouvais prendre une saucisse et quelques œufs et tenter ma chance. Je ne compris pas où il voulait en venir, mais fis ce qu'on me demandait. Je partis donc le long de la route de campagne, vers le sud, avec une saucisse de deux livres et deux œufs dans mes mains jointes. Et la promesse qu'il viendrait me récupérer.

Non loin d'*Amanda*, je tombai sur un groupe de réfugiés. Ils venaient de la zone anglaise et se rendaient dans la zone américaine, car on leur avait dit que les rations y étaient plus importantes. En voyant ce que je transportais, ils se regroupèrent autour de moi, affamés. Je m'assis et découpai la saucisse en tranches égales. Je donnai les œufs à un jeune garçon qui portait sur son dos une petite fille amputée d'une jambe. Dès qu'ils eurent mangé, ils se remirent en route. Ils marchaient tout au bord de la route, le plus près possible du fossé, comme s'ils craignaient encore les attaques aériennes.

Une heure plus tard, je fus ramassé par Harley. Dès qu'*Amanda* fut à son rythme de croisière, que le vacarme du moteur se calma et autorisa la conversation, il me demanda :

« Alors, bonhomme, on a pu faire sa petite affaire ?

— Oui, merci, répondis-je, bien qu'incertain de ce qu'il entendait par *affaire*.

— Une saucisse entière et deux œufs, hum. »

Il me lança un regard en coin.

« Les œufs auraient largement suffi. Les gonzesses sont folles de la jeunesse, tu vois. Tous les jeunes hommes ont été tués à la guerre, reste plus que des gus d'un autre âge, comme moi. La prochaine fois, prends juste deux œufs ou une demi-saucisse, ça devrait suffire. »

J'acquiesçai et notai soigneusement ses paroles dans ma tête.

Harley fit des affaires tout au long de la route à travers l'Allemagne. Les provisions s'amenuisaient, mais pas au point d'interdire un voyage de retour haut en couleur. Nous traversions des villages dévastés, bombardés, nous nous glissions doucement autour des cratères sur la route, et nous voyions des milliers de réfugiés en haillons qui marchaient le long des chaussées. J'essayai de parler de ce que l'on voyait avec Harley, mais il haussa les épaules et marmonna :

« Bordel, ils ont eu ce qu'ils cherchaient. Ils peuvent s'estimer heureux qu'on n'ait pas commencé à les gazer, à notre tour.

— Mais les gosses, tentai-je, ils n'ont rien fait. »

Harley ne m'entendit pas. Il enfonça le frein et hurla :

« Bon sang, tu l'as vue celle-là ! C'est le genre à deux livres de beurre ! »

Nous arrivâmes sains et saufs à Prague. On ne pouvait pas en dire autant des filets de poissons, la glace ayant fondu sur le trajet. Mais on ne se souciait pas de ce genre de choses en Tchécoslovaquie. Le poisson, c'était de la nourriture, qu'il chlingue un peu ou beaucoup, et la nourriture était une denrée rare.

Décharger le camion nous prit une journée. Je m'occupais de la maintenance, pendant que Harley visitait une maison d'*affaires* qu'il avait découverte lors d'un précédent voyage. À son retour, il était d'une humeur de chien. Il inspecta le véhicule, s'installa dans la cabine et roula hors de la ville sans m'adresser un mot. Il s'arrêtait toutes les deux minutes pour vider l'écluse, et cela s'accompagnait de plaintes et de gémissements.

« Putain, autant pisser des éclats de verre », dit-il une fois.

Nous étions arrivés à proximité de Munich, et ses difficultés semblaient empirer.

Je ne savais pas ce que pisser des éclats de verre impliquait, c'est pourquoi je lui demandai avec intérêt s'il avait ingéré du verre, ou quelque chose dans le même genre.

Harley me lança un regard mauvais.

« Bon sang, je suis rarement tombé sur un bonhomme aussi stupide que toi », dit-il d'un ton acide.

Aux alentours de Francfort, il vira vers une base militaire américaine et s'engouffra dans un dispensaire. Il y resta un long moment, et la nuit commençait à tomber lorsqu'il revint.

« Regarde ça, garçon, dit-il en agitant un gobelet contenant des comprimés. Voilà qui devrait venir à bout de cette saloperie. »

Il rit bruyamment et j'en déduisis qu'il s'agissait d'un médicament contre les éclats de verre dans les urines.

À Cassel, il commença à pleuvoir. Les nuages vinrent se déposer sur la route, et Harley dut conduire lentement pour distinguer la chaussée. Je somnolais sur mon siège, et chutai lourdement quand il freina tout à coup.

« C'est sûrement juste une impression, dit-il, mais jette quand même un coup d'œil. »

J'ouvris la porte et vis qu'il y avait un prêtre en noir sur la route, le bras autour de l'épaule d'une toute jeune fille.

« Sixième sens », rit Harley en leur faisant signe de monter.

Ils furent placés sur la couchette inférieure, et Harley adressa un clin d'œil complice à la gamine, qui esquissa un faible sourire en retour. Elle avait environ quatorze ans, était maigre et en haillons. Elle avait de grands yeux gris, et un beau visage.

« Une vraie petite perle ! » cria Harley.

Il se tournait régulièrement pour observer sa jeune passagère.

« Ce diable de prêtre est affreux, y a rien à garder, me dit-il à travers le bruit du moteur. Faut qu'on se débarrasse de lui ! La prochaine fois que je m'arrête, tu aides le pasteur à descendre, et ensuite tu claques la porte avant que la mignonnette ait le temps de le suivre. »

Je ne répondis pas et évitai son regard. Je commençais à me lasser de Harley et de ses aventures. Qu'il projette de violenter la fille d'un pasteur dépassait largement les bornes. Je me glissai dans l'espace couchette et commençai à rassembler mes affaires. Harley me fixait dans le rétroviseur.

« Qu'est-ce que tu fais, bonhomme ? Putain, tu peux pas faire ta petite affaire sous les yeux du curé, c'est un putain de blasphème ! »

Je plaçai quelques saucisses, du pain et du beurre dans mon sac et criai :

« C'est bon, tu peux t'arrêter ! »

Harley hocha la tête et gara le camion sur le bord de la route. Une fois la porte ouverte, j'aidai la fille à descendre et sautai moi-même dehors. Quand je tendis la main pour aider le prêtre, Harley me fixa un long moment, l'air sévère :

« Qu'est-ce que c'est que ce bordel ? » hurla-t-il depuis le siège du conducteur.

Je ne répondis pas, mais suivis les deux réfugiés sous la pluie ruisselante.

« Reviens, imbécile, criait Harley, qu'est-ce que je vais leur dire à Kerteminde ? »

Il nous suivait lentement en hurlant par la vitre baissée. Il nous escorta jusqu'à ce que nous bifurquions sur un chemin de gravier, puis il s'arrêta. Nous entendîmes encore un moment le bourdonnement du moteur, et nous pouvions voir les phares illuminer le ciel derrière nous.

Nous atteignîmes bientôt un viaduc de chemin de fer, sous lequel nous pouvions nous abriter. Le prêtre s'assit contre un pilier de béton, et la fille se glissa contre lui d'une façon qui ne rappelait pas du tout celle d'une fille et de son père. En allemand, d'une voix profonde et claire, il dit :

« Dieu voit tout ! »

Son regard glissait de moi à mon sac de voyage. Je compris le message et commençai à distribuer mes vêtements secs. Emmitouflé dans mon chandail islandais, le prêtre saisit une saucisse et la soupesa. Je lui tendis mon couteau et il commença à découper des tranches épaisses.

Pendant que nous mangions, il m'interrogea sur ma connaissance de la Bible, qui n'était d'ailleurs pas mon point fort. J'avais de toute façon du mal à exprimer le peu que je savais en allemand.

Il me regarda d'un air sévère et dit :

« Cette femme était également sans foi avant que je ne la prenne sous mon aile. Maintenant elle est dévouée à Dieu et à son représentant ici présent. »

Il coupa une tranche de pain et étala une épaisse couche de beurre dessus.

« *Gott mit uns*, voilà ce qui était écrit sur les boucles de ceinture de nos soldats. S'ils avaient eu la foi, nous aurions gagné la guerre. »

J'acquiesçai. Les soldats auraient sans doute eu besoin de quelque chose de plus qu'Hitler. Cette histoire de foi avait l'air raisonnable, car personne ne peut s'attendre à ce que Dieu retienne les pantalons de toute une bande de païens.

Le prêtre enfonça le dernier bout de la tranche de pain dans la bouche de la fille. Il éleva la voix et dit la messe :

« Le diable a moissonné nos soldats comme il te moissonnera si tu n'écoutes pas Sa voix, qui passe par moi. »

La fille leva ses grands yeux effrayés vers lui. Réveillé par la nourriture et mon vêtement chaud, il se lança dans un sermon tonitruant, au pouvoir terriblement soporifique. Je clignais des yeux, luttant pour rester éveillé, mais sa voix était comme un somnifère, et je tombai bientôt dans un profond sommeil. Je n'entendis pas le prêtre ranger les provisions dans mon sac de voyage, ne remarquai pas qu'il tirait la couverture sur laquelle nous étions installés. Je dormais à poings fermés quand lui et la fille, que je venais de sauver des éclats de verre, disparurent avec toutes mes possessions.

Le voyage de Cassel jusqu'à la frontière du Danemark en tant que réfugié était long, et je m'allégeai d'un certain nombre de kilos. Je finis par atteindre Kerteminde, et je ressentis une grande joie en voyant une voiture s'arrêter pour me ramasser. Mais quand je vis le conducteur, je secouai la tête et repris vite mon chemin. Ma confiance envers les prêtres en avait pris un méchant coup, et bien que j'aie connu le doyen Valentiner depuis mon plus jeune âge, et que je le savais bon et désintéressé, je ne pouvais plus dépasser ma défiance vis-à-vis du clergé.

De nombreuses années passèrent avant que je ne sois forcé de reconnaître qu'il y avait une grande différence entre un diable de religieux et un vrai chrétien.

Le premier jour d'expédition

Ella, Maria et Ruth. Trois petites perles, trois îles saupoudrées sur la *Riviera arctique*. Des pattes de mouche sur une carte.

Le *Catalina* vira et se tourna vers la sortie du fjord, prêt pour le voyage de retour vers l'Islande. Je l'observai longtemps, tandis qu'il disparaissait derrière la montagne conique de l'île de Ruth, tous moteurs hurlants, laissant seulement son large sillage d'écume. Son départ tranchait mes derniers liens avec l'Europe. J'étais maintenant livré à moi-même dans un monde étranger et sauvage, conformément à ce que j'avais souhaité.

Je vis une petite maison peinte en rouge, à une courte distance de la marque laissée par la marée haute. Une longue silhouette maigre était adossée à la façade, endormie. Je m'approchai de l'homme et laissai sans discrétion tomber mon sac de marin à terre. L'homme ne se réveilla pas. Je ramassai le sac, le soulevai et le laissai tomber de plus haut. Il leva lentement la tête et me fixa, l'air offensé. Ses yeux bleus luisaient au travers des broussailles sauvages formées par ses cheveux et sa barbe.

« Qu'est-ce que tu veux ? demanda-t-il d'une voix pâteuse de sommeil.

— Lauge Koch a dit que je devais rester ici sur l'île de Maria pour l'été, répondis-je. Si tu es Urban Olsen, il paraît que tu dois m'apprendre deux ou trois trucs. Je ne sais pas ce qu'il voulait dire par là. »

Il poussa un gros soupir. Puis il laissa retomber son menton contre sa poitrine, reprenant son sommeil interrompu.

Découragé, je m'installai sur le sac de marin pour attendre son prochain réveil. Le soleil suivait son chemin rectiligne haut dans le ciel, et c'est seulement quand le mur contre lequel il était adossé fut entièrement baigné dans l'ombre que l'homme à la barbe se réveilla. Il loucha vers moi, se leva et bâilla à s'en décrocher la mâchoire. Puis il se dirigea vers l'autre mur de la bâtisse, toujours éclairé par le soleil.

« Où est-ce que je vais habiter ? demandai-je. Où est-ce que je vais dormir ?

— Habiter ? »

Il haussa les épaules.

« Il y a des tentes et des sacs de couchage dans la maison. Assieds-toi au soleil et dors, si tu es fatigué.

— Je ne suis pas fatigué.

— Alors pourquoi tu veux dormir ? »

Il secoua la tête, se laissa aller contre le mur et ferma les yeux.

Je me sentais seul et abandonné en montant la tente, et me morfondais sur moi-même en étendant des peaux de rennes en guise de lit. Je m'étais échiné pendant deux ans à l'école de navigation pour participer à cette expédition au nord-est du Groenland. J'avais rêvé du « hameau des sourires heureux », d'entraide et de camaraderie, pas d'un bonhomme acariâtre et narcoleptique comme Urban Olsen. Pour chasser la morosité, j'attrapai dans mon sac une bouteille d'eau-de-vie islandaise. J'avais à peine enlevé le bouchon qu'une voix à l'extérieur lançait :

« Dis, t'aurais pas un petit schnaps sous le coude ? »

Je me retournai et vis la face barbue dans l'ouverture de la tente. À la vue de la bouteille, une large faille se fit au milieu de la barbe, et des dents brillèrent dans un sourire ravi.

« Quel sacré putain de hasard ! éructa le bonhomme. On dirait bien une bonne bouteille. Pure sorcellerie.

— La Mort Noire », le renseignai-je.

Il avait l'air plutôt sympathique quand il souriait. Urban hocha la tête et tendit la main.

« Pas goûté un tel alcool du commerce depuis le départ de l'expédition estivale l'an dernier, dit-il d'une voix presque solennelle. Puis-je ? »

Il but longtemps. Si longtemps qu'il dut finalement s'interrompre pour respirer un peu. Il me rendit la bouteille non sans quelque réticence, et je bus une gorgée. Il hocha la tête d'un air approbateur.

« Voilà qui est malin. Faut le boire petit à petit, du moins tant qu'on n'est pas totalement rompu aux habitudes islandaises. Tu dois passer l'hiver ? »

J'acquiesçai, et le regardai, un peu surpris, boire de nouveau à la bouteille, comme je bois du lait. Un peu essoufflé, il reprit :

« Ça devrait aller. C'est pas sûr que tu chopes le vertigo, même si ça touche la plupart des gens.

— Le vertigo ?

— Une sorte de maladie de printemps, dit-il. Après un bon hiver bien noir, le printemps peut être difficile. Le soleil, la chaleur, les chants des oiseaux, tout ça.

Alors les gens commencent à avoir des sensations et le vertigo. Fais gaffe au printemps, et tout devrait bien se passer. La première année, c'est la pire. La deuxième et la troisième, ça va déjà mieux, même si ça passe moins vite que la première. La quatrième année, tu veux plus rentrer chez toi.

— Tu es ici depuis quatre ans ? demandai-je.

— Et des poussières », dit-il en hochant la tête.

C'était ma première rencontre avec le chasseur Urban Olsen, ou le vieux Ubbe comme on l'appelait sur la côte. Il avait quatorze hivers passés à son actif, fut la première personne que je rencontrai dans le nord-est du Groenland, et l'un des derniers que j'oublierai. Urban était l'homme à tout faire de l'expédition, et était aussi doué en navigation qu'en fabrication de pains aux raisins. Il était excentrique, un peu barjo et passablement alcoolique. Et il m'a appris « deux-trois trucs » sur la vie en expédition qui me servent encore aujourd'hui.

Nous restâmes longtemps assis à savourer la bouteille de Mort Noire, en regardant le fjord par l'ouverture de la tente. Les nuages s'étiraient comme des voiles bleues au-dessus des montagnes du Suess Land, et le fjord aspirait les couleurs du ciel, gris plomb, lourd, inerte.

« Tu voulais pas dormir ? demanda soudain Urban.

— Il ne fait même pas nuit, répondis-je.

— Si t'as dans l'idée d'attendre l'obscurité, ça risque de prendre quelques mois. »

Il leva la bouteille pour voir ce qu'il restait à l'intérieur.

« Je vais à la chasse au lièvre, alors si t'as le temps, tu pourrais venir avec moi.

— Je n'ai pas de fusil, objectai-je.

— Un fusil ? »

Il me regardait, surpris.

« On va juste chasser des lièvres. Qu'est-ce que tu ferais d'un fusil ? Tant que t'oublies pas la bouteille, ça ira. »

Nous descendîmes jusqu'à la rivière, où les chiens étaient attachés à un cordage commun. Ils gémirent et hurlèrent d'une façon effrayante à notre vue, et bondirent aussi loin vers nous que le leur permettaient leurs chaînes individuelles. Je m'arrêtai à une certaine distance.

Urban éclata de rire.

« De bons clébards, aucune raison d'avoir peur. »

Je restai là où j'étais. Ils avaient l'air terriblement dangereux. Un gros diable blanc avait les oreilles plaquées contre la tête et les babines retroussées. Ses dents étaient longues et blanches, couvertes d'écume. Ses yeux étaient rouges de colère, et il claquait des mâchoires encore et encore, avec un bruit sec qui faisait froid dans le dos.

« Faut croire qu'il aime pas ton odeur, expliqua Urban. Quand on a les jetons, on dégage une odeur qui les rend furax.

— Comment on se débarrasse de cette odeur ?

— On arrête d'avoir les jetons. »

Il se dirigea vers le chien blanc, qui vint se blottir en remuant la queue, doux comme un agneau, contre ses bottes.

« Tiens, regarde, dit Urban, il est gentil. Gratte-le entre les yeux, ils aiment bien ça. »

Je m'approchai, tremblant de trouille. Le chien grondait, menaçant, et à l'instant où Urban recula pour me laisser la place, il se jeta sur moi et déchira l'une de mes jambes de pantalon.

« C'est quoi ces manières ? hurla Urban, un rien remué. Déchirer un pantalon de marin tout neuf ! Colle-lui en une ! »

Dans un mélange de colère et de peur, je levai la bouteille de schnaps et donnai un coup sur la tête du monstre. Celui-ci poussa un gémissement surpris, recula en titubant, s'assit sur sa queue et me lança un regard lourd de reproches. Alors je hurlai « sale clébard ! » plusieurs fois, ce qui le fit se coucher sur le dos, les quatre fers en l'air.

Urban me prit la bouteille.

« Ne refais plus jamais ça, dit-il lentement. Imagine si elle s'était cassée… »

Nous passâmes la rivière et continuâmes vers la montagne, où Urban prétendait trouver des lièvres. Il était infatigable, gardait le même rythme, que ça descende ou que ça grimpe, et ne semblait pas même essoufflé. Quand enfin il fit une halte et s'assit sur une pierre plate couverte de mousse, j'étais trempé de sueur, et j'avais un goût de sang dans la bouche. Je m'allongeai sur le dos dans la bruyère et respirai lourdement. Les nuages gris me semblèrent se poser hermétiquement comme un couvercle sur une grosse casserole, et je me sentis enfermé, misérable, souhaitant pouvoir disparaître de l'île. Je fis part de mes états d'âme à Urban.

Il m'écouta patiemment. « Je sais comment c'est. Jette-t'en un coup. Avec quelques gorgées, c'est comme si le ciel reprenait de l'altitude, dit-il avec un sourire. La Mort Noire, ça rend diablement attentif. »

Urban resta un long moment immobile. Il fixait un point éloigné, et juste au moment où j'allais demander si on ne devrait pas continuer, il saisit mon bras.

« Les voilà ! chuchota-t-il.

— Qui ça ?

— Les lièvres. Là-bas, sur le flanc de la montagne, entre les rochers. Regarde, ils jouent. »

J'observais attentivement, mais ne voyais rien d'autre qu'un tas d'éboulis.

« Je ne les vois pas, dis-je.

— Ne regarde rien en particulier. Regarde tout en général, comme quand tu veux t'orienter de nuit. D'un coup tu les verras bouger. »

Urban se leva.

« Il faut s'habituer à voir, ici. Comme pour tout le reste. »

Sans chercher à se cacher, il se dirigea droit vers la montagne. Je filai sur ses talons. Arrivé devant le tas de rochers, je ne voyais toujours rien, pas même une crotte de lièvre.

« On les tient ! dit Urban, ravi. Ce soir, t'auras du lièvre rôti comment jamais tu n'en as mangé.

À propos, il te reste de la Mort Noire ?

— Encore deux, plus une bouteille de cognac. »

Il me lança un regard chaleureux.

« Je crois que tu passeras ton premier hiver sans problème, dit-il. T'as ça en toi. Garde juste la tête froide quand le soleil reviendra, et tout ira bien. »

Avec un petit hochement de tête encourageant, il se mit à genoux et glissa sa main entre les rochers. Il fouilla longtemps, passa son bras entier dans l'ouverture, jura tant et plus, secouant la tête en faisant virevolter ses longs cheveux.

« Une prise ! » hurla-t-il soudain.

Quand il dégagea son bras, il tenait par les oreilles un grand lièvre rondouillard. Il le leva devant lui et lui parla :

« Alors, on croyait échapper à Urban, hein, bonhomme ? Pas très malin, mais joliment gras. »

Puis il donna un coup sec du tranchant de la main sur la nuque du lièvre, et celui-ci était raide mort. Enjoué, il se tourna vers moi.

« Voilà, t'as appris comment se comporter avec les chiens, et comment on capture des lièvres. Maintenant, je vais te montrer comment on dépèce sans abîmer la peau, parce que la fourrure de lièvre est parfaite pour faire des chaussettes. Et niveau apprentissage, je crois que ça ira pour aujourd'hui. »

Sur la fin de l'automne, un peu avant que l'expédition estivale ne reparte en Europe, je me rendis à la baie des Rennes pour accueillir une bande de géologues. À mon retour sur l'île de Maria, j'avais attrapé la grippe, j'étais malade et misérable. Urban me prescrivit un médicament qu'il faisait lui-même, à partir d'opium et de rhum, à doses égales. Je dormis pas loin de vingt-quatre heures, et à mon réveil j'étais guéri. À l'exception des chiens, j'étais seul sur l'île. Sur la table de la maison, il y avait un mot, le couteau de chasse d'Urban planté dedans. Ça disait :

BON NOËL, BONNE CHASSE, BON HIVERNAGE.
P.-S. : Le couteau est à toi. Urban.

La première pin-up du nord-est du Groenland

Beaucoup de gars considéraient comme une bénédiction que la côte au nord du 71e parallèle reste exempte de femme. La présence physique de cette entité si attirante était exclue, et pourtant elle vivait parmi nous, comme un élément attrayant et subversif. Une chose est sûre, quand l'imaginaire fiancée d'un de ces hommes fut subtilisée et offerte à une âme solitaire et sans défense, il en résulta une démence pire que le vertigo et la rage réunis.

Dans ma vingtième année, je passais l'hiver dans le centre de l'est du Groenland, avec un Groenlandais du nom d'Ugge, de Scoresbysund. Cette année-là, nous étions particulièrement désœuvrés et une compagnie féminine nous manquait terriblement. Comme mentionné précédemment, une telle présence était exclue, et dès les premiers gels, nous nous rendîmes chez le chasseur du cap Humboldt, un ombrageux Norvégien qui chassait dans les districts de la périphérie. Il s'appelait Bjørgdal, était long et maigre, et équipé d'une pomme d'Adam saisissante, qu'on ne se lassait jamais d'observer. Elle bondissait dans tous les sens comme une balle de ping-pong, même quand il se taisait.

Le bougre, qui n'avait pas eu de visite depuis quelques années, se montra terriblement timide à notre arrivée. Pour éviter la confrontation imminente, il avait même été jusqu'à enfoncer la tête dans le four, comme s'il y cherchait désespérément quelque chose. Il ne consentit à en sortir que lorsque Ugge déposa du charbon sur les braises et ouvrit la virole du poêle. Il resta silencieux quelques heures, et quand sa voix se fit entendre, elle était ténue comme celle d'un traquet, parce qu'elle n'avait pas servi depuis longtemps.

« Il est quelle heure ? »

Je l'éclairai sur l'heure, la date et le mois en cours, et il opina de la tête, reconnaissant. Puis il fixa le sol, l'air embarrassé, et chuchota :

« Quelle année ? »

Après trois jours passés à jouer aux cartes, à boire de l'authentique alcool norvégien ou du rhum distillé maison, nous étions prêts à repartir. Nous avions passé de bons moments ensemble, et Bjørgdal nous fit promettre de revenir au printemps, afin de reprendre nos parties de cartes.

Noël approchait. Les vœux et les nouvelles venaient du Danemark par l'émetteur à ondes longues, et tout le nord-est du Groenland était ému aux larmes. Nous avions de nouveau besoin de compagnie, et cette fois notre choix se porta sur de nouveaux candidats à l'hivernage, dont la station, la Crique, se trouvait à quelques centaines de kilomètres de notre base d'expédition. Si la chance nous souriait, nous pourrions y fêter Noël et être rentrés pour le Nouvel An à l'île d'Ella.

Le voyage aller fut glacial. Nos barbes gelaient et se collaient aux anoraks, et quand on urinait sur la glace, cela s'échappait en petites perles scintillantes sous la lumière de la lune. Il ne fallait pas rester immobile trop longtemps, sinon le jet gelait. Nous ne forcions pas les chiens, de la glace pouvant se former dans leurs poumons et leur faire cracher du sang.

L'accueil à la Crique fut chaleureux. L'équipe était composée de cinq hommes. Un météorologue congelé venu de Kastrup, un télégraphiste atteint de malaria, un solide homme à tout faire jutlandais, et deux Groenlandais. Le premier étant un cousin d'Ugge et le deuxième un célèbre meurtrier de Scoresbysund. Ils avaient tout un stock de vivres en conserve, mais pour ce qui est de la boisson, il n'y avait que du vin rouge. C'est bien connu, la teneur en alcool du vin rouge est trop faible pour se conserver en Arctique. C'est pourquoi il avait fallu en boire en grande quantité dès le premier jour de l'expédition. Il restait encore quelques caisses à consommer, histoire de les sauver du gel.

Nous fûmes installés et abreuvés, et nous pûmes nous réchauffer. Ils nous rapportèrent des nouvelles du Danemark, des rumeurs et des potins de la côte, jusqu'à ce que les yeux nous démangent. Il y avait une raison à cela : à la suite d'une erreur de logistique, leur fourneau tournait au pétrole lourd alors qu'il aurait dû être alimenté au pétrole lampant. Les habitants de la station avaient eu le temps de s'habituer à l'épaisse fumée dégagée en permanence par l'engin, et même si leurs yeux étaient rouges façon lapins albinos et qu'ils toussaient salement, ils refusaient de se passer de la fumée. Ils en étaient devenus accros, mais avaient tout de même une bougie allumée sur la table pour éviter l'overdose. Quand celle-ci s'éteignait, ils entrouvraient la porte et faisaient entrer assez d'oxygène pour survivre quelques heures de plus.

Le télégraphiste avait navigué en Orient, et il nous montra une photo d'une beauté asiatique à moitié nue, qu'il présenta comme sa fiancée. Elle était petite et mince, très jolie, et pas du tout assortie au télégraphiste rondouillard qui se targuait du fait qu'il l'avait achetée, payée et qu'elle était à lui pour l'éternité.

L'entrepôt à farine fut transformé en chambre d'amis pour Ugge et moi, et nous déroulâmes nos sacs de couchage en peau de bœuf musqué sur les sacs de farine empilés. La fumée suintait depuis le salon où les résidents avaient leurs couchettes, et nous les écoutions tousser sans pouvoir nous endormir. Nous pensions à la même chose.

Ugge soupira profondément deux ou trois fois, et je chuchotai :

« C'est triste pour elle. »

Il acquiesça, et je continuai :

« Il ne devrait même pas avoir de droit sur elle.

— *Ap*, dit Ugge, en se redressant à moitié. Elle ressemble à ma petite sœur, au cap Sud. »

Je me penchai pour regarder à travers l'ouverture de la porte du salon.

« Combien de temps pour aller au cap Sud ? demandai-je.

— Trois, quatre jours », répondit Ugge.

Ça pouvait se faire avant Noël. Avec un signe de tête de connivence, nous nous glissâmes hors des sacs de couchage et commençâmes à les rouler. Il jeta un œil par la porte entrouverte et constata que, dans le salon, tous dormaient profondément. En passant sur la pointe des pieds devant la couchette du télégraphiste, j'attrapai la photo de la fille asiatique et la glissai sous mon anorak.

Nous attelâmes les chiens à la lumière des étoiles et des aurores boréales, et nous filâmes vers le sud du fjord, une beauté aux yeux en amande collée contre ma poitrine.

La sœur d'Ugge était d'une grande beauté, et très hospitalière. En dehors de ses yeux noisette et de ses cheveux noirs, elle ne ressemblait pas du tout à Nurelse, comme l'avait appelée le télégraphiste. La fête de Noël fut délicieuse dans ce hameau du nord de la côte des Bananiers, et nous rentrâmes chez nous rassasiés de nourriture et de discussions, entre autres. Nous arrivâmes sur notre île pour le soir du Nouvel An, congelés et fatigués. Le temps avait été mauvais, et nous étions repassés devant la Crique sans la remarquer. J'allumai l'émetteur radio tandis qu'Ugge démarrait le chauffage. À peine avais-je connecté la radio que le télégraphiste de la Crique me tomba dessus. Il jura et pesta à travers le sans-fil, menaçant de débarquer avec toute l'expédition pour récupérer Nurelse, dès la fin du gros temps.

J'accusai réception du signal, qui bien entendu avait éveillé un certain intérêt tout au long de son transit à travers la côte. Juste après, je fus contacté par les stations Nord, Danmarkshavn et Daneborg, qui tenaient à m'assurer leur sympathie pour le vol. Leurs résidents avaient bien compris que la fille devait être inhabituellement belle, et on ne pouvait pas se permettre de garder une telle beauté par-devers soi dans le nord-est du Groenland. Un peu plus tard, ce fut au tour de Scoresbysund et Angmassalik d'appeler, pour condamner sévèrement le kidnapping. En même temps, là-bas, ils avaient plein de filles.

Nous fîmes fondre de la glace, chauffer du café et nous nous installâmes pour discuter du problème. Ugge n'en démordait pas : il ne fallait en aucun cas laisser cette beauté retomber aux mains du télégraphiste, maintenant qu'elle était enfin libérée. D'un autre côté, après notre visite au cap Sud, ni lui ni moi n'étions particulièrement désireux de la garder. C'est pourquoi nous décidâmes de la conduire jusqu'à la côte, où elle pourrait répandre lumière et douceur. Les traîneaux furent donc chargés une fois encore, et le lendemain nous partions vers le nord. À notre arrivée au cap Humboldt, nous fûmes accueillis par un Bjørgdal sidéré.

« Le diable m'emporte ! hurla-t-il depuis le seuil de la cabane, les revoilà ! »

Au menu, il y eut du rôti de bœuf musqué et un rhum fait maison, dont la teneur en alcool était si forte que Bjørgdal tenait la main au-dessus de son verre chaque fois qu'il allumait sa pipe.

« C'est un authentique rhum norvégien, nous expliqua-t-il, avec essence de rhum, jus de chique, essence d'angélique, et une grosse cuiller à café de poivre noir moulu. »

Ce fut une soirée agréable. Nous racontâmes le voyage vers le cap Sud, et Bjørgdal se mit à pousser de lourds soupirs en regardant loin au-dessus de nos têtes. Un peu plus tard, il revint à lui et fit même un bras de fer avec Ugge, en toute amitié. Au cours de la lutte, le tonneau d'eau se renversa, et son contenu gela immédiatement sur le sol. C'est alors que je dévoilai la beauté asiatique du télégraphiste. Bjørgdal fut profondément remué en voyant la photo.

« Oh ! éructa-t-il, quelle nana… Voilà que je tombe amoureux. »

Il plaça la photo au milieu de la table, face à sa chaise, et la fixa, captivé. Sa bouche était entrouverte et sa pomme d'Adam bondissait dans tous les sens comme un petit animal.

« Le télégraphiste va peut-être venir la chercher, dis-je.

— Ha ha ! »

Ce fut sa seule réponse. Il avait posé ses jambes sur la table pour éviter de se retrouver collé au sol par la glace, et un éclat sauvage et inquiétant passa dans ses yeux. Puis, il dit très doucement :

« Elle me sourit. »

Ça, nous ne pouvions pas le voir. Nous pouvions seulement voir un chasseur riant d'un air bête en compagnie d'une fille à moitié nue.

Les gars de la Crique ne mirent jamais leurs menaces à exécution. Quelque six mois plus tard déjà, Ugge et moi pouvions leur rendre visite sans le moindre risque. Le télégraphiste ne dit pas un mot sur le vol ou sur son amoureuse, et nous en déduisîmes que cet amour n'avait pas été si profondément enraciné que ça.

En revanche, au cours du même printemps, la Compagnie de chasse norvégienne captura Bjørgdal, qui était devenu fou furieux et tirait sur tout ce qui bougeait sur son territoire. Tout ce qu'il désira emporter après six années passées sur la côte, ce fut un bidon de 20 litres plein d'un authentique rhum norvégien fait maison, et une photo encadrée d'une fille ravissante et partiellement dévêtue, qu'il présentait comme sa fiancée.

Plusieurs années après l'expédition, je découvris par hasard que la fille venait de Bali, et qu'elle n'avait sans doute jamais été fiancée au télégraphiste. Sa photo illustrait la page 96 du livre d'Åge Krarup Nielsen, *De la Corée à Bali*.

L'oie de Noël

Il y a des jours où l'on se sent comme incapable de contenir l'existence. Elle est parfois à ce point pleine d'événements et d'expériences que l'on est forcé de s'écarter un instant de cette exubérance pour ne pas être écrasé.

J'ai vécu de tels jours lors de mes premières années dans le nord-est du Groenland. Non pas qu'il se passât grand-chose, maintenant que j'y pense, mais c'est surtout que les événements s'enchaînaient à une vitesse telle que l'on avait soudainement besoin d'une sorte de bouffée d'oxygène spirituelle, et que l'on devait quitter la cabane en haletant.

Ma chienne Angistai eut quatre chiots, je découvris dans le grenier trois journaux vieux d'un an seulement, Ugge apprit à jouer aux échecs, et un samedi soir, il y eut trois fois *Beautiful Brown Eyes* à la radio islandaise. Tout ceci était bien trop pour quelques jours à peine.

Pour être un peu au calme avec toutes ces émotions, je chargeai Angistai et ses chiots sur le traîneau et filai vers l'île de Maria, où j'avais en mon temps débuté ma carrière de héros polaire, sous l'égide du chasseur Urban Olsen. Là, je pouvais être tranquille avec mes pensées, mes chiots et même faire quelques mesures sur la glace entre les îles de Maria et de Ruth. De plus, je voulais fignoler un récit du Canada qui allait devenir mon premier livre. Ce même livre valut à Ugge quelques inquiétudes. Je lui en avais raconté le contenu, il avait secoué gravement la tête et dit que je tournais *sagdlugtorpok*, c'est-à-dire que je racontais des mensonges. La notion de racontars ne lui disait rien, car pour lui, soit une histoire était véridique au mot près, soit elle était véridique et enjolivée de savantes broderies par son auteur.

C'était le mois de novembre, et l'obscurité s'était déposée sur le nord du Groenland. Le temps de l'obscurité est un moment délicieux, une fois qu'on s'y est habitué. On fait tout avec une inébranlable bonne conscience. On mange souvent et beaucoup, parce qu'il fait froid et que le corps a besoin d'énergie et de graisse. On dort beaucoup, étant donné que c'est la nuit tout le temps et qu'il est déraisonnable de se lever en pleine nuit, même le jour. On travaille le moins possible, et seulement quand l'envie et les circonstances sont réunies.

J'arrivai à l'île de Maria et m'installai dans la petite cabane avec Angistai et ses petits. Et un jour, alors que j'écrivais à propos de Pete et de ses compagnons près de Mount Fynes, une pensée épouvantable s'ancra dans mon esprit. Elle ne cessait de me tourmenter. Et plus cette idée dévorait l'exaltation avec laquelle j'étais arrivé, plus elle me semblait terrible.

Le fait était que cette année-là, nous n'avions pas d'oie de Noël ! Cette pensée me ramena à la réalité. Mount Fynes et Pete disparurent, ma légèreté d'esprit fut remplacée par un sentiment de vide et de désespoir. Qu'est-ce qu'un Noël sans oie ? Même le meilleur chasseur ne peut pas trouver d'oie pendant la nuit hivernale. Ce serait un Noël avec des cœurs en sauce à la crème, dont nous avions trois boîtes pour les occasions spéciales. Mais les cœurs en sauce à la crème ne sont pas un plat de Noël. Les cœurs en sauce à la crème sont un repas pour les invités, quelque chose qu'on offre aux visiteurs pour leur montrer à quel point l'équipe vit dans le luxe et l'abondance. Les cœurs en sauce à la crème avaient le pouvoir de fermer les yeux de n'importe quel Inuit ou chasseur scandinave, de le faire se lécher les babines frénétiquement. Car justement les cœurs en sauce à la crème sont l'un des artifices les plus huppés et coûteux de la civilisation. Et leur goût est atroce !

Ugge accueillit ce dramatique état de fait avec un calme incompréhensible.

« *Ajorpa* », se contenta-t-il de dire.

Et il n'avait pas tort, même si cela ne reflétait pas totalement la gravité de la situation. C'était triste, mais en ce qui le concernait, la viande de phoque valait bien l'oie. La viande de phoque avait un goût auquel on s'était habitué au fil des hivers, et c'était là que résidait le problème avec l'oie de Noël, d'après ses papilles gustatives. C'était comme si on n'avait pas réellement le temps de s'habituer à l'apprécier avant qu'elle ne disparaisse.

Ce Noël, ce fut donc de la viande de phoque bouillie. Pour cette raison, ce ne fut pas un vrai Noël. Ugge tenta de me remonter le moral à l'aide de notre gramophone de voyage. Il avait pour l'occasion soigneusement poli l'aiguille, mais même comme ça, Doris Day passait pour une version enrouée de Louis Armstrong. Cela était dû au fait que chacune des chansons avait été jouée des milliers de fois. Et aussi à Ugge qui commençait à avoir mal au poignet à force de faire tourner la platine, le ressort du gramophone étant cassé depuis des lustres. Les premières années, j'adorais ce disque. Maintenant je le haïssais, peut-être parce que c'était le seul que nous avions.

Ce fut un Noël tragique, mais cependant un Noël que je n'oublierai jamais. Un Noël qui dura jusqu'à Pâques, et plus encore.

Au cours du printemps, longtemps après le retour du soleil, Ugge et moi partîmes vers le nord pour ravitailler une station en prévision de l'expédition estivale. Le temps était très agréable. Calme, clair, un grand ciel bleu et un soleil qui cuisait raisonnablement. Les oiseaux réapparaissaient, et nous étions sans cesse survolés par des groupes d'eiders et des nuages de guillemots à miroir en route pour les montagnes des oiseaux. Et soudain, il y eut le cri caractéristique des oies. Nous échangeâmes un regard, arrêtâmes les traîneaux et sortîmes les fusils de chasse de leurs étuis en cuir.

Les oies volaient bas, insouciantes. Elles avançaient bruyamment, comme si le ciel leur appartenait, juste au-dessus de nous.

Les deux tirs partirent en même temps, et deux volatiles tombèrent et atterrirent sur la glace avec un bruit sourd. Ugge en souleva une, se tourna vers moi en riant et dit : « *jutdlime pivdluarit* ». Joyeux Noël.

La tente fut montée en un éclair, et nous nous installâmes sur le traîneau d'Ugge pour arracher le manteau de plumes des oies. Une fois nues, elles furent découpées en morceaux adaptés à notre grande casserole, puis mises à cuire à feu doux.

Un fumet alléchant se répandit bientôt, portant avec lui l'esprit de Noël quelque peu différé. Nous chantâmes de jolies chansons groenlandaises et échangeâmes des cadeaux. C'est-à-dire qu'Ugge reçut mon couteau à dépecer, et moi le sien. L'idée était de moi, et vu que c'était le soir de Noël, il ne pouvait se dérober. Son couteau était long, tranchant et de bonne facture. Le mien était petit, façon couteau suisse, en acier inoxydable et impossible à aiguiser.

Je nous revois, lors de ce magnifique soir de Noël, en plein mois de mai, sous un ciel bleu infini, le soleil nous réchauffant jusque sous nos chandails islandais. Les yeux fixés sur la casserole, d'où s'échappaient des promesses odorantes. Les chiens étaient couchés autour de nous, les museaux frétillants en direction du fumet, rêvant de son origine qu'ils n'auraient pas l'occasion de goûter. À ma connaissance, aucune âme charitable n'a jamais servi d'oie rôtie à ses chiens de traîneau. C'était comme s'ils savaient que le contenu de la casserole était inaccessible aux quadrupèdes, et qu'ils devraient se contenter de cette divine odeur.

Soudain, l'un des chiens commença à glapir, en signe d'avertissement. En regardant dans la même direction que lui, nous vîmes un petit point noir loin dans le fjord.

Ugge saisit ses jumelles.

« Un grand traîneau, beaucoup de chiens. Un drapeau.

— Bordel ! dis-je en me tournant vers lui. C'est la patrouille à traîneau ! »

Je jetai un regard à la casserole et pensai aux oies découpées en petits morceaux qui cuisaient voluptueusement. La chasse à l'oie n'était peut-être pas tout à fait légale à cette période de l'année, et étant donné qu'on m'avait bombardé commissaire de police, être pris avec deux sacro-saintes oies en fin de cuisson serait honteux. L'esprit de Noël s'envola et fit place à une activité fébrile.

Les oies furent sorties de la casserole, et pendant qu'Ugge les remplaçait par de la viande de phoque et de la neige, je rentrai dans la tente et cachai les marchandises illégales dans nos sacs de couchage déroulés.

Lorsque le traîneau atteignit notre campement, nous étions assis en train de fixer la viande de phoque qui cuisait gaiement. L'air aussi peu accueillant que possible.

C'était un sergent de la toute nouvelle patrouille à traîneau établie à Daneborg. Un grand bonhomme, amical, qui tendait la main et parlait jutlandais en jetant des regards affamés à la casserole. Nous mangeâmes, bûmes un peu d'une bouteille d'eau-de-vie que nous avions toujours avec nous en cas de malheur. Et l'arrivée subite de notre hôte pouvait sans aucun doute être considérée comme un malheur. Et puis Ugge proposa que nous allions nous coucher. Le sergent demanda si nous avions de la place pour lui, ça lui éviterait de monter sa propre tente. Il pouvait voir que la nôtre était largement assez grande pour trois personnes.

Et c'est ainsi qu'Ugge et moi dormîmes chacun avec une oie rôtie. Au début, j'essayai d'éviter le contact de la peau en rentrant le ventre et en poussant avec les fesses. Mais le sac de couchage était trop étroit et l'oie restait collée à moi. L'odeur s'échappait par les ouvertures de la capuche du sac, et je m'abandonnai encore une fois à l'esprit de Noël. Je finis par me glisser entièrement dans le sac et arrachai discrètement une cuisse. Le goût était divin, la viande était restée à température et croustillante. Bienheureux, je restai blotti au chaud, fêtant mon réveillon de Noël tout seul. Je grignotai la viande autour des cuisses, suçotai les pattes et cassai une aile. Je pensai à tous mes proches au Danemark, dans mon île de Fionie, songeai aux innombrables oies accompagnées de pruneaux et de pommes que ma mère avait servies au fil des années. Je parvins à me remémorer à la fois le goût des pommes, des pruneaux et de la gelée de groseille. À cet instant, envahi par les émotions et les souvenirs, je dus m'absenter du monde réel. J'étais proche de la béatitude quand je fus interrompu une fois encore.

« Dis-moi, fit la voix du sergent, provenant, elle, du monde réel. Ça sent pas l'oie rôtie ? »

Je lâchai l'aile, effrayé, et passai la tête par l'ouverture du sac.

« L'oie ? demandai-je. Qu'est-ce que tu veux dire ? »

Le grand Jutlandais me transperça du regard.

« Je veux dire, comme de l'oie.

— Ha, ha ! éructai-je. T'as dû rêver.

— Je dormais pas », répondit-il.

Il se pencha vers le sac de couchage d'Ugge, duquel s'échappaient des bruits de rongement et de mastication. Ugge lui aussi fêtait Noël dans le noir.

« Vous avez abattu une oie ? » demanda le patrouilleur.

Quand mon collègue passa la tête hors du sac, avec un grand sourire ravi luisant de graisse d'oie, je passai aux aveux.

« Mais ce n'est pas encore autorisé », répondit le sergent.

Il glissa la main dans son sac de voyage et en sortit un carnet noir en toile cirée.

« On est comme qui dirait pas très sûrs du mois en cours, tentai-je d'expliquer, les mois défilent à toute vitesse, et on n'a pas de calendrier à l'île d'Ella. Au fait, tu écris quoi dans ton carnet ?

— Quand est-ce qu'elles ont été abattues ? demanda-t-il sèchement.

— Ben, euh, ça devait être hier, répondis-je, et Ugge confirma en hochant vigoureusement la tête.

— Des grandes, belles oies.

— Et il en reste ? » demanda encore le sergent.

Il écrivait toujours dans son carnet.

J'ouvris le sac pour vérifier.

« Encore pas mal, oui, avouai-je.

— Elles faisaient partie d'un grand vol ?

— Énorme, dis-je.

— Qui volait bas juste au-dessus de vous ?

— Juste au-dessus de nos capuches. »

Le sergent hocha la tête et écrivit encore. Quand il eut terminé, il referma le carnet dans un claquement.

« Envoyez les oies », ordonna-t-il.

Nous repêchâmes les restes dans les sacs de couchage et les déposâmes sur une caisse à provisions. Avec un grand sourire, le sergent saisit une aile, planta ses dents dans la chair croustillante, puis ferma les yeux, béat. Ugge attrapa la bouteille de schnaps, servit et souhaita *jutdlime pivlduarit tamavsa*, joyeux Noël à tous. C'était le mois de mai, il y avait du soleil et de la chaleur au beau milieu de notre nuit de Noël.

« Qu'est-ce que tu as marqué dans ton carnet ? » demandai-je une fois le digestif avalé.

Le sergent s'essuya la bouche d'un revers de main, et nous lança un grand sourire.

« Deux oies canadiennes abattues le 12 mai 1954 par deux chasseurs isolés, en état de légitime défense. »

L'appendicite

Endosser le rôle de docteur quand on préférerait s'en passer n'est pas facile. C'est comme si le poids des responsabilités augmentait proportionnellement au manque de compétence.

Il se trouve qu'avant mon départ pour le sauvage nord-est du Groenland, j'avais fait une formation de trois mois en médecine, après laquelle j'étais censé pouvoir exercer en tant que charlatan officiel auprès des membres de l'expédition et autres résidents du district.

Au fil des ans et des expérimentations sur un grand nombre de malchanceux, j'ai acquis une certaine expérience ainsi que l'intime conviction d'être totalement inapte à ce genre d'ouvrage. À vrai dire, il est arrivé une seule fois que le diagnostic et le traitement tombent juste. Et même si je sais qu'il y a une limite au nombre de couleuvres qu'on peut faire avaler aux gens, je vais quand même me permettre de partager ce récit.

Nos plus proches voisins côté sud étaient deux chasseurs d'origine scandinave. Bakke était norvégien, de Tromsø, et Åsen un Suédo-Norvégien de

Bohuslän, qui au cours de sa jeunesse avait voyagé jusqu'au Svalbard où il était devenu un prodigieux chasseur d'ours.

C'étaient deux types sympathiques à qui nous rendions visite une fois par an, sans pour autant recevoir de visite en retour.

Bakke était un bonhomme besogneux qui passait son temps à faire le tour du district à skis pour vérifier les pièges à renards. Il n'avait pas de temps pour les visites de courtoisie. Åsen était son exact opposé. Petit, gros et paresseux. Il préférait passer son temps allongé sur le banc de la cuisine, à somnoler en écoutant le ploc-ploc incessant de l'alambic. Éveillé, il était très divertissant, racontait des histoires d'ours fabuleuses, datant de son séjour au Svalbard.

Comme je l'ai mentionné plus tôt, ces deux-là n'avaient jamais fait de visite à l'île d'Ella. C'est pourquoi nous fûmes très surpris de voir un traîneau arriver de la plage la veille du Nouvel An, annoncé par de nombreux coups de fouet et aboiements de chiens. Bakke conduisait et Åsen était installé sur le traîneau, dans son sac de couchage. Ugge se précipita dehors avec un Petromax pour guider les invités, et je balançai des pelletées de charbon dans le fourneau, car il y avait des choses à cuire et de l'hospitalité à manifester.

Quand je sortis, ils avaient presque terminé de détacher les chiens. Bakke enleva ses gants en peau de phoque et me tendit la main. Puis il fit un signe de la tête vers Åsen qui gisait, immobile, sur le traîneau.

« Il y a un truc qui va pas dans son bide, dit-il. Je crois qu'il est en train de claquer. »

Il tira le sac de voyage du malade et Ugge dirigea la lumière sur le visage blême.

« De temps en temps il crie comme un cochon qu'on égorge, ajouta Bakke. C'est à l'intérieur, de l'extérieur on voit que dalle. »

Le chasseur rondouillard fut transporté dans la cabane et installé sur une couchette. Il ahanait fortement, mais gardait les yeux fermés, comme s'il dormait.

« Ça dure depuis quelques jours. Au début, il a couiné comme un rat toute une nuit, et au matin les vrais cris ont commencé. Des fois, il se reprend un peu et parle normalement. Mais les séances de cris se rapprochent, et j'ai pensé qu'il valait mieux l'amener ici. Le courrier *kamik* raconte que t'as fait une école de toubib. »

Des rumeurs s'étaient répandues. Voilà que j'étais condamné, pour ma vie groenlandaise entière, à soigner chaque maladie qui se présenterait. De la rage de dents au ver parasite dans l'œil. Encore que, dans ces deux cas précis, le traitement me semblait parfaitement clair. Åsen souffrait d'une inflammation de l'appendice, l'une des maladies les plus graves pouvant toucher un homme sous nos latitudes.

Après la consultation, pour confirmer mes craintes, je mis en marche notre émetteur radio et établis le contact avec le médecin d'Angmagssalik, à environ mille kilomètres au sud.

« A-t-il mal dans tout le ventre ? » demanda-t-elle.

La doctoresse de la région était féminine, rousse et très aimée, d'après ce que je savais.

« La douleur est située du côté droit, répondis-je en morse, et il a des flatulences involontaires.

— L'appendicite, répondit-elle toujours en morse. De la pénicilline ?

— Nous n'en avons pas.

— Alors coupez », dit-elle.

Décontenancé, je fixai un instant la clef morse. Puis je répondis « bip biiiiip bipbipbip », ce qui signifiait « attendez un peu ».

Le message fut transmis au patient, qui justement était dans une phase d'éveil, sans cri. Il blêmit davantage et toussa.

« Nan, nan, mon vieux, tu couperas rien du tout de moi, rien du tout.

— Alors tu vas mourir, répondis-je.

— C'est la vie », répondit-il.

Puis il se mit à pousser des gémissements et des plaintes. Nous autres nous retirâmes pour tenir une conférence.

« Va falloir que tu coupes quand même, insista Bakke, qu'il le veuille ou non.

— Ugge est sans doute plus qualifié que moi, tentai-je. Il dépèce depuis son plus jeune âge. Personne n'en sait plus sur l'anatomie des animaux que les Inuits. »

Ugge confirma d'un hochement de tête.

« Très chouette, cet Åsen, dit-il avec un sourire. Très gras. D'abord couper, ensuite peut-être il meurt, et nous avons de la nourriture pour les chiens pendant longtemps. »

Il avait dit ça à haute voix, en danois. Bakke n'était plus d'accord pour qu'Ugge opère. Il avait du mal à imaginer son comparse découpé en portions pour chien.

Nous écoutâmes un moment les plaintes d'Åsen, qui se transformèrent peu à peu en un gémissement incessant. Ugge découpa quelques tranches d'un gros cuissot de bœuf musqué et les jeta sur la cuisinière.

« Vous n'avez vraiment pas le moindre médicament ? s'étonna Bakke. Même pas un truc pour qu'il la boucle ? »

Je secouai la tête.

« On n'a que de l'eau-de-vie. »

Ugge retourna la viande, et une odeur alléchante se répandit dans la pièce. Soudain, il se tourna vers moi avec un air interrogateur.

« *Histussuaq ?* »

Je levai les yeux vers lui. C'était peut-être bien la solution. Quelques années plus tôt, il y avait eu des chevaux islandais pour l'expédition, et le vétérinaire avait laissé une caisse de médicaments sur l'île de Maria. De quels médicaments il s'agissait, je n'en avais aucune idée, mais compte tenu de l'état d'Åsen, ça n'avait sans doute pas d'importance.

Bakke était soudain tout feu tout flamme.

« Si Ugge et moi, on va chercher la caisse de médocs, tu peux rester ici et t'entraîner à coudre », proposa-t-il.

Aussitôt dit, aussitôt fait.

Le traîneau disparut rapidement dans l'obscurité. Je me rendis dans le cellier et attrapai une pièce de bœuf dans le tonneau de sel. Je la lavai soigneusement avec de la neige, et avec le gémissement d'Åsen pour m'encourager, je m'installai sous la lampe pour opérer.

Avec le couteau de chasse d'Ugge, je fis une belle incision bien droite entre le nombril et l'os iliaque de la bestiole, après l'avoir dessinée avec un bout de charbon. La chair s'ouvrit sans difficulté en un fossé grisâtre, semblable à celui que j'allais peut-être avoir l'occasion de charcuter sur le ventre d'Åsen. Je continuai de découper la viande maigre avec grande attention, en versant de la sauce tomate dans la plaie, avant de l'essuyer avec un torchon. Étant donné que le bout de viande que j'opérais ne faisait pas de crise d'appendicite, je devais imaginer la source du malheur. Ce n'était pas difficile. D'une coupe franche, je supprimai un amas de chair, l'observai un instant à la lumière du Petromax d'un œil expert, puis le balançai dans la caisse à charbon.

La couture fut un jeu d'enfant. La chair se referma sans broncher, et les points de suture étaient aussi serrés et ouvragés qu'une broderie balinaise. La plaie fut nettoyée avec un verre d'eau-de-vie, la moitié versée dessus et l'autre moitié pour moi. Ensuite le patient fut jeté dans une casserole pour servir plus tard de repas. Åsen s'était endormi, et je m'assis à côté de lui en me réjouissant d'avance à l'idée de l'opérer.

Ugge et Bakke revinrent pour le soir du Nouvel An, avec la caisse du vétérinaire. Celle-ci fut placée sur la table, et son couvercle brisé à l'aide d'un tisonnier.

Elle contenait beaucoup de choses étranges. À mon grand plaisir, il y avait de vrais scalpels, des aiguilles de suture et le fil qui allait avec. Tout était de qualité plus grossière que ce que j'avais vu à l'hôpital où j'avais fait ma formation, mais d'un autre côté, Åsen aussi était plus grossier que la moyenne.

Les médicaments se trouvaient dans une petite boîte en fer-blanc scellée d'un ruban en caoutchouc. Et parmi eux, une boîte de pénicilline, sous forme d'ampoules dont il fallait casser le bout, les diluer dans l'eau et injecter la solution dans une seringue. Je tentai de cacher le tout sous un paquet de coton, car l'envie de mener l'intervention chirurgicale devenait irrésistible. Mais Bakke les trouva.

« Voilà le putain de matos ! éructa-t-il, ravi.

— Nous n'avons pas d'eau distillée pour faire le mélange, tentai-je.

— De la bibine, répondit le Norvégien. C'est propre, et ça n'a jamais fait de mal à personne.

— Je suis pas sûr, protestai-je, l'alcool pique atrocement quand on le verse sur une plaie.

— Je suis sûr qu'Åsen n'y voit pas d'inconvénient, rit-il, tant que c'est de l'alcool. »

Il brandit triomphalement une énorme seringue.

« On va tout mettre dans ce truc, bien le secouer et piquer Åsen.

— Mais c'est une seringue de cuisine, objectai-je. Ma mère en utilisait une comme ça pour les couronnes à la vanille.

— Non, c'est une seringue à chevaux, répondit Bakke, en observant pensivement l'objet. On devrait peut-être aiguiser un peu la pointe. »

Ugge fut envoyé dans l'atelier pour aiguiser la seringue géante, et Bakke et moi commençâmes à casser les dix ampoules. Un demi-verre d'eau-de-vie fut ajouté au mélange, qui fut aspiré dans le piston. Ça faisait un sacré tromblon. Je tins la seringue dans la lumière et fixai le mélange trouble.

« On dirait que la pénicilline ne veut pas se dissoudre, constatai-je, peut-être qu'il vaut quand même mieux l'opérer.

— Ça se dissoudra sans doute à l'intérieur d'Åsen, dit Bakke. Si tu le piques, Ugge et moi on va le tenir. »

Nous retournâmes près d'Åsen, qui nous regardait, en proie aux pires douleurs. J'avais caché la seringue dans mon dos. Inutile d'effrayer le pauvre homme sans raison.

« Alors, mon gros. On va juste te faire une petite piqûre dans le fondement, et tu seras comme neuf. »

Åsen se tourna en haletant sur le côté, Ugge et Bakke se placèrent respectivement près de ses bras et de ses pieds.

Je leur fis un signe de tête, et ils agrippèrent l'épais chasseur. Et puis je le piquai. Un geste rapide et sec, et voilà que la canule de cheval était enfoncée dans la fesse blanche et tremblotante d'Åsen. Il hurla et couina quand j'appuyai lentement sur le piston, jusqu'au bout. Il se vrilla et voulut s'échapper de la couchette, mais fut gentiment et fermement maintenu par mes deux assistants médicaux. Il cria pendant toute la durée de l'injection, qui fut évidemment conséquente, étant donné qu'il fallait introduire dix millions d'unités de pénicilline et un demi-verre d'Ålborg. Puis soudain, le patient se calma. Il secoua joyeusement les fesses et commença à marmonner et à pouffer.

« Ça, c'était un putain de schnaps, mes amis. Bordel, ça tournoie dans toute la carcasse. »

Je dégageai la canule et massai la fesse avec un bout de coton imbibé d'alcool. Åsen roula sur le dos. Il arborait un visage bienheureux, et dit :

« Trinquons à la sobriété, les amis. Si je rechigne à prendre une autre dose, forcez-moi. Sacré putain de mélange. »

Ensuite, il tomba dans un profond sommeil, un sourire béat sur les lèvres. Nous autres allâmes jusqu'à la table pour manger la pièce de viande que j'avais opérée, et nous lancer dans la nouvelle année après l'heureux dénouement de la précédente.

L'ours

Quand on a passé trente-huit ans en expédition, on a forcément vécu des expériences différentes de celles d'un homme resté tranquillement chez lui. Et il arrive, en compagnie de quelques bons amis, que je me laisse aller à raconter une histoire, et bien entendu, je m'efforce alors de la raconter telle quelle, sans rien ajouter ni enlever. Enfin, dans les grandes lignes.

Lors d'un de mes récits, je m'aperçois à ma grande surprise que mes chers auditeurs se lancent des hochements de tête entendus et des sourires en coin. Signes que ce qu'ils sont en train d'écouter est sans conteste un énorme bobard.

C'est toujours une grande tristesse de devoir reconnaître la bêtise et l'ignorance de ceux qui nous sont proches. De se rendre compte que ces amis sont le produit incurable d'un futur sans attrait, d'un présent sans substance et d'un passé oublié. Aucun d'entre eux ne connaît cette frontière fine comme un cheveu entre le mensonge et le racontar.

Pour que ces petites anecdotes soient reçues avec le même esprit que celui dans lequel elles ont été écrites, je me dois d'affirmer ceci : je n'ai absolument aucune raison de mentir. Ces histoires n'ont aucunement besoin des béquilles que peuvent être le mensonge ou l'exagération. Elles se débrouillent très bien toutes seules, même s'il leur arrive occasionnellement de faire un petit écart. Et, à propos de ce qui va suivre, je souhaite que ça soit clair, une fois pour toutes : J'AI TIRÉ UN OURS !

C'était le mois de février, et le soleil était de retour dans le ciel du nord-est du Groenland après plusieurs mois d'absence. D'abord comme une lueur au sud, aux alentours de midi, puis, au bout de quelques jours, comme un quartier d'orange rougeoyant, posé sur l'horizon, appétissant mais hors d'atteinte.

C'est une période formidable. On retrouve un horizon dégagé, les chiens reprennent des couleurs, et le temps redevient une chose sur laquelle on compte. L'envie de grands voyages surgit, et ce printemps-là, nous partîmes faire des mesures sur la glace dans l'estuaire de Vegasund. Ugge était particulièrement ravi à l'idée de ce voyage. Il me raconta que sur la banquise près de la côte, à cette période de l'année, il y avait souvent des ours qui erraient, et que j'avais de grandes chances de voir mon premier ours polaire. C'était ma première année au Groenland, et par chance, je n'étais encore jamais tombé sur un vagabond blanc. J'avais terriblement peur des ours. Depuis le jour de mon arrivée sur la côte est, j'avais été nourri d'histoires d'ours blancs, et aucun de ces récits ne parlait d'un ours amical, ni même indifférent. Le simple fait de penser à ce rôdeur solitaire faisait se dresser les poils de ma nuque. Les ours étaient sournois, toujours affamés, toujours furieux, mortellement dangereux, et malheureusement très futés. Ils pouvaient se rendre invisibles sur la glace en se cachant dans une congère, la patte sur leur museau noir. Ils attaquaient souvent depuis les collines de glace, en se laissant lourdement tomber sur le traîneau ou les chiens. Les ours étaient capables de réduire en miettes une cabane de chasseur en quelques coups de patte avant gauche. Toujours la patte avant gauche, disait-on, car ils sont gauchers. Un ours polaire pouvait hurler à faire pisser dans son pantalon n'importe quel chasseur, il savait nager comme un phoque, courir comme un lièvre et faire des bonds de trois fois sa propre taille. À propos de leur taille, on la disait proche de celle d'un gros chien de traîneau avec un pelage conséquent. Multipliée par six. Ça donnait un ours de taille moyenne. Jamais en dessous de deux mètres cinquante, plutôt trois, ou quatre mètres. Voilà ce qu'on disait de l'ours blanc sur la côte.

Et ce monstre se baladait toute l'année dans la région, se distrayait en brisant de petits crânes ronds de phoques, en cueillant des myrtilles et en bouffant des chasseurs et des explorateurs.

J'étais terrifié par les ours. Je n'avais pas la plus petite envie d'en rencontrer un, et me félicitais depuis mon arrivée de chaque mois passé sans ours.

Le pire, c'était quand je voyageais seul. Je jetais des regards inquiets dans toutes les directions, et à chaque arrêt, je prenais avec moi dans la tente le plus gros chien, nommé Pavia, comme garde du corps. Et j'attachais Angistai, qui menait tous les autres chiens, au mât de la tente, en guise de sécurité supplémentaire. L'idée, c'était qu'en cas d'attaque inopinée, Angistai foncerait dessus, faisant s'effondrer la tente, ce qui activerait immédiatement Pavia. Avec deux chiens à ours sous tension, quelques mètres carrés de toile de tente et plusieurs haubans impliqués dans une bagarre, j'avais une petite chance de m'éloigner en rampant, sans être vu. Et si, malgré tout, ça virait à l'aigre, je dormais avec mon fusil chargé dans les bras. Ce qui faisait dire à Ugge que si je ne me faisais pas dévorer par un ours, je mourrais sans doute d'une balle perdue.

C'était durant cette période d'obscurité que la peur de l'ours approchait du célèbre vertigo polaire. Je pouvais, malgré la faible température de la tente, me réveiller baigné de sueur. Simplement parce que j'avais rêvé d'un ours d'au moins quatre mètres avec de petits yeux rouges et furieux, et une gueule qui pouvait avaler un homme adulte et son paquetage sans se fatiguer à le couper en deux au préalable.

Voilà quel était mon rapport à l'*Ursus maritimus*, lorsque Ugge et moi, à quelque distance de la terre ferme, trouvâmes des traces d'ours fraîches.

Ugge décréta que les traces devaient être vieilles de quelques heures. Ce que je contestai vivement. Personne n'était capable de dire si des traces avaient deux heures ou deux jours. Pour moi, elles étaient toutes pareilles. Des empreintes horribles, grandes comme des couvercles de marmite, avec de fines rayures à l'avant, faites par les longs poils des pattes. Lever les pieds n'était pas au goût de la bestiole.

L'ours était en route vers le bord de la glace, et quand Ugge se mit à sa poursuite, je le suivis. Vu que nous étions sur le même traîneau. Les chiens s'empressaient, le museau dans la piste fraîche. Ugge était assis sur un côté, comme si rien de tout ceci ne l'atteignait, et moi-même je me tenais à genoux à l'avant du traîneau, à l'affût du tueur blanc.

Il faisait un froid de canard, mais je sentais les gouttes de sueur former de petits torrents entre ma peau et mes vêtements. Et soudain, je le vis. Un gros lascar qui se trimbalait avec insouciance sur la glace, sûr de lui et de son talent unique pour anéantir tout assaillant.

« *Nanok !* » hurlai-je d'une voix aiguë.

Ugge acquiesça puis dit en riant :

« Tu l'as vu en premier. Il est à toi.

— À moi ?

— *Ap.* »

Nous avions deux armes. Le vieux fusil de guerre ayant fait ses preuves au siècle dernier, qu'il me tendit, et la carabine à un coup Remington qu'adorait Ugge avec chien, verrou et munitions de 12 mm faites maison.

« Lâche juste Pavia, suggéra-t-il, il va l'arrêter. »

Je parvins à tirer Pavia jusqu'au cordage principal et défis son mousqueton. Le chien fonça droit sur le monstre avec un mépris de la mort dépassant totalement mon entendement. Si ça n'avait tenu qu'à moi, j'aurais fait faire demi-tour au traîneau et j'aurais filé en priant pour que l'ours n'ait pas l'idée de nous suivre.

L'ours tourna sa petite tête et nous lança un regard bovin. Puis il s'assit et balança son long cou d'un côté à l'autre, comme s'il se réjouissait de la rencontre imminente avec Pavia. Par sécurité et sur le conseil d'Ugge, je détachai deux chiens supplémentaires, qui foncèrent immédiatement en renfort de leur collègue.

Le premier hurlement de la bête donna des ailes aux chiens restants. Nous foncions à toute vitesse droit sur la bagarre. L'ours était irrémédiablement coincé. Chaque fois qu'il essayait de se tourner pour filer, il avait un chien aux fesses, et quelle que soit la vitesse à laquelle ses coups partaient, ils n'atteignaient que de l'air. Les trois chiens étaient des chasseurs d'ours expérimentés et savaient exactement jusqu'où ils pouvaient aller.

Je parvins enfin à stopper le traîneau, à une centaine de mètres de l'ours. Je descendis et me tournai vers Ugge. Il restait assis. Il avait attrapé sa pipe et son tabac, et se préparait à l'allumer.

« Vas-y, et tue-le, dit-il sans lever la tête. Il n'est pas très gros. »

Pas très gros ! Il surplombait les chiens comme un phare. Je fis le tour du traîneau et me positionnai.

« Pas de là, conseilla Ugge, tu vas toucher un des chiens. Approche-toi un peu, il ne fera rien. »

Très lentement, à pas raides et avec le cœur au fond des *kamik*, je m'approchai de la bête. Après une vingtaine de mètres, je me retournai et lançai un regard suppliant à Ugge. J'entendis le mot *qanigdlivok*, qui, je crois, voulait dire que je pouvais m'approcher encore. Mon collègue était toujours absorbé par sa pipe, sa carabine dépassant du sac de traîneau.

« *Nanungniaq !* » cria-t-il en riant.

Cela voulait dire « chasseur d'ours », et son rire semblait suggérer qu'il y avait quelque chose de comique dans ce titre. Je fis halte à une cinquantaine de mètres du monstre. Rien n'aurait pu m'amener plus près. La créature me regardait fixement et mes jambes se mirent à trembler quand je croisai son regard. Ses yeux étaient injectés de sang par la rage, et j'étais proche de l'évanouissement quand il ouvrit la gueule pour pousser un rugissement de bienvenue si terrifiant que même les plus vieux chiens chasseurs d'ours tendirent l'oreille.

Sans même m'en rendre compte, je levai le fusil, et regardai le long du canon pointé sur la tête blanche. Mon doigt se crispa sur la détente jusqu'à ce qu'elle fasse un clic. Un clic très clair et distinct. Un froid glacial se répandit depuis ma nuque tout le long de mon dos. Totalement terrifié, je regardai d'abord le fusil, puis Ugge. Il venait d'allumer sa pipe. Il la sortit de sa bouche et hurla :

« Le levier d'armement ! »

Il secoua la tête et gloussa encore une fois :

« *Nanungniaq*. »

Le verrou était bloqué, et cela me prit une éternité pour le tirer et insérer une balle. Puis, le regard vissé sur l'ours, je fis feu. Je sentis le recul dans mon épaule, et entendis le fracas se répandre comme une douce euphonie. L'ours m'observa, surpris. Puis il porta un regard irrité sur sa hanche que mon projectile avait touchée. J'avais pourtant visé la tête, cette fois encore. Un long et terrible cri roula sur la glace jusqu'au bord de la banquise. L'ours repoussa d'un coup tous les chiens. Il tomba à quatre pattes, se rassembla et, d'un seul bond, réduisit de moitié la distance qui me séparait de lui. Je le fixai, paralysé par la peur, le canon du fusil pointé en l'air. L'ours se rassembla une fois encore, et à l'instant où il se dépliait pour venir s'écraser sur moi, un coup de tonnerre retentit. La carabine Remington d'Ugge avait parlé. La grosse balle toucha l'ours entre les deux yeux, et celui-ci tomba docilement sur le côté, raide mort.

« Ne t'approche pas de lui ! » cria Ugge.

Un conseil parfaitement superflu. Il se leva, rechargea sans hâte et s'approcha prudemment de la bête. Une fois certain qu'elle était vraiment morte, il sortit son couteau à dépecer et commença à l'ouvrir.

« La peau est à toi. Ton premier ours. »

Puis il enfouit sa tête dans la capuche de son anorak, où il pouvait discrètement rire tout son saoul.

La peau me revint donc. Et je l'ai toujours. J'ai tiré un ours, mais je ne l'ai pas tué. Quand je regarde cette peau, parfois, j'entends la voix d'Ugge proposer qu'aucun d'entre nous ne raconte jamais cette chasse à l'ours. J'étais *Nanungniaq*, même si j'aurais préféré l'éviter, et ne devais pas perdre la face.

Ugge tint parole. Jusqu'à sa mort, il y a une dizaine d'années. Moi-même j'ai gardé le secret jusqu'à aujourd'hui, jusqu'à ce que perdre la face n'ait plus grande importance.

Rire ensemble

La curiosité et le désir sexuel passent souvent pour les choses exerçant le plus grand attrait sur nous autres, pauvres mortels. Dans quel ordre, cela reste discutable, mais de manière générale ils se suivent. En ce qui me concerne, j'ai de tout temps été curieux comme un renardeau, ce qui m'a naturellement conduit à découvrir beaucoup de choses, mais a aussi occasionné quelques nuisances.

Il m'a fallu aller au nord-est du Groenland pour découvrir que ces deux forces, la curiosité et le désir sexuel, pouvaient se combiner pour former un tout encore plus fort, aussi drôle qu'incontrôlable.

Je ne prétends pas que le Groenland offrait un terrain propice à d'autres attraits que la curiosité. Le désir, lui, se jouait de malchance pour une raison simple : le pays était totalement dénué de femmes. En tout cas au nord de Scoresbysund, où les chasseurs et les explorateurs se trouvaient. Le chemin jusqu'aux premières habitations du district de Scoresbysund était très long. Mais pas assez long.

Une année, Ugge et moi avions rendu en avion une petite visite au cap Sud. Nous étions rentrés chez nous bourrés de doux souvenirs, qui tinrent tout un hiver. La visite avait eu un goût de revenez-y, et c'est pourquoi nous reçûmes avec grand plaisir au cours de l'hiver un télégramme du chef d'expédition nous proposant de nous rendre au cap Sud, dès le début du printemps, pour approvisionner les géologues qui viendraient faire l'estivage.

Nous partîmes dès mars, les traîneaux lourdement chargés. Le froid était mordant, et le soleil aussi faiblard que distant. Le voyage fut désagréable, et donc sans intérêt pour ce récit. Mais nous cheminions avec de grandes attentes, surtout moi, qui avais l'année précédente noué un début de relation avec Ivnale, la sœur d'Ugge. Il me l'avait chaudement recommandée. Elle était douce et pleine de joie de vivre, avait la main sûre pour les peaux malgré ses dix-sept ans, et savait même lire et écrire.

À notre arrivée au cap Sud, nous avions discuté de l'approvisionnement des dépôts avec Josva, le père d'Ugge, qui gérait la logistique. Le vieux chasseur proposa qu'Ugge se rende au fjord des Oies, au sud-est, et moi à Charcot Land, au fond du fjord Nord-Ouest. Je ne connaissais pas la région et demandai donc à emmener avec moi l'un de ses fils en tant que guide et compagnon de voyage. Le vieux secoua la tête avec regret. Tous ses fils étaient partis au cap Brewster, où la chasse à l'ours était inhabituellement bonne. Puis il me regarda en plissant les yeux par-dessus ses lorgnons et ajouta avec un petit sourire :

« Mais tu n'as qu'à emmener Ivnale avec toi. Elle est allée dans le fjord intérieur avec moi et a l'expérience des voyages. »

Il posa vivement sa main sur mon genou.

« Vous pouvez emprunter mon sac de couchage en bœuf musqué. Il est pour deux personnes. »

Je lançai un regard embarrassé à Ivnale. Elle était assise par terre, s'affairant sur une planche à gratter. Ses longs cheveux noirs tombaient sur ses joues et cachaient son visage. Ses mains luisaient de graisse, et de petits copeaux de lard se déposaient sur ses jambes nues.

Le père reprit :

« Ivnale est forte et toujours de bonne humeur. En plus, une jeune fille est comme un vrai *kissarssut* dans un sac de couchage à cette période de l'année. »

Kissarssut voulait dire fourneau, et l'idée même d'avoir Ivnale comme source de chaleur nocturne me fit rougir violemment. Je déclinai l'indécente proposition en bégayant. J'allais voyager seul, comme Ugge, et trouverais sans doute mon chemin. Le vieux Josva souriait, hochait la tête et ne comprenait visiblement pas un mot de ce que j'essayais de dire. Il y avait quelque chose d'étrange chez nous autres *kavdlunait* qu'il n'arrivait pas à saisir. Ivnale, imperturbable, grattait la peau et ne donnait aucun signe d'avoir entendu notre discussion, ne serait-ce qu'une bribe.

Ma curiosité était grande, bien entendu, et suivie de près par mon envie de mieux connaître Ivnale. La nuit venue, couché entre les peaux sur le sol, je l'écoutai dormir sur sa couche et regrettai intérieurement ma décision. Mais il était trop tard pour revenir dessus. Pensais-je.

Je me levai tôt, et filai avec le traîneau lourdement chargé en direction du fjord Nord-Ouest. Au détour d'une colline se tenait Ivnale avec le sac de couchage de son père dans les bras. Sa tête était légèrement penchée et elle avait un sourire gentiment moqueur sur les lèvres. Elle avait une course à faire dans la même direction que moi, dit-elle, et son père avait supposé que je voudrais bien l'emmener pour un bout de chemin.

Je plaçai le lourd sac de couchage tout en haut du chargement et lançai le traîneau. Les chiens tournèrent la tête avec un regard réprobateur vers le poids supplémentaire qu'ils avaient à traîner. Ivnale poussa quelques cris aigus qui leur firent comprendre qu'ils avaient une voyageuse expérimentée sur le dos, qui n'admettait aucune protestation.

J'étais assis à l'avant du traîneau, tournant le dos à la jeune fille qui s'était assise au beau milieu du chargement. Mes oreilles brûlantes étaient recouvertes par la capuche de mon anorak, et un flot continu de pensées affolées me traversait la tête, sans que je puisse en retenir aucune. J'étais comme paralysé. J'oubliai le lieu, le temps, et les chiens. Au bout d'un moment, elle me tapota l'épaule.

« Je ne veux pas me mêler de la direction que tu choisis. Tu fais bien évidemment comme tu veux pour aller au fjord Nord-Ouest. »

Je levai la tête et me rendis compte que les chiens suivaient les traces du traîneau d'Ugge. C'était très embarrassant, et je marmonnai quelque chose d'inaudible dans ma capuche en faisant faire demi-tour aux chiens.

La glace était solide et couverte de neige, idéale pour garder une bonne vitesse de croisière. Après quelques heures, Ivnale me tapota une fois encore l'épaule.

« *Avkutigvik*, dit-elle avec un signe de tête satisfait, ça avance bien. »

J'acquiesçai en retour et me creusai violemment les méninges pour trouver une réponse intelligente. Je me tournai enfin et dis :

« *Sor... Sordlo avqusineq* », ce qui voulait dire « comme un chemin tout tracé ».

Ivnale me sourit, heureuse. Je vis que toutes ses dents étaient intactes, très blanches et très belles. Elle glissa sa main sous son anorak en peau de phoque et en sortit un sac graisseux. Dans le sac, elle saisit un petit morceau de *mattaq*, de la peau de narval, qu'elle tendit vers ma bouche. J'ouvris en grand.

« *Tivka mamarpok*, remerciai-je poliment, c'est délicieux. »

Je mâchai soigneusement pour extraire toute la saveur de la peau caoutchouteuse. À l'instant où j'eus terminé le premier morceau, elle m'en fourra un deuxième dans la bouche. Et au fond de moi, je devais admettre qu'avoir Ivnale avec moi était très agréable. Puis je pensai au grand sac de couchage et fus parcouru de frissons.

Pendant que nous dégustions le *mattaq*, elle dit :

« Peut-être que les chiens sont déjà un tout petit peu fatigués. C'est souvent comme ça, les chiens se fatiguent vite le premier jour. »

J'observai les chiens. Ils avançaient calmement, la patte légère. Ils n'avaient pas du tout l'air fatigué. D'un autre côté, je n'avais aucune envie de contredire Ivnale.

« *Imaqa*, répondis-je. Peut-être qu'ils sont fatigués, peut-être pas. *Uvanga naluva*, je ne sais pas. »

Ma réponse était selon le langage inuit à la fois jolie et adéquate. D'après moi, en tout cas. Ivnale me souriait gentiment.

Trois heures plus tard, elle prétendit à nouveau percevoir des signes de fatigue chez les chiens. Je devais admettre qu'ils ne secouaient plus la queue avec autant d'entrain, et qu'ils avaient la tête bien basse au-dessus de la glace.

« *Ap* », répondis-je tout en continuant à avancer.

Ivnale hocha la tête et sourit. Un instant plus tard, elle hurla « Aiiii ! » si fort que je manquai tomber du traîneau de trouille.

« Il est dit qu'une certaine personne souhaite se reposer », dit-elle.

Elle avait employé le terme *signerituvok*, qui témoigne d'un impératif absolu.

Les chiens s'arrêtèrent sur-le-champ et commencèrent à se rouler en boule dans la neige. Je descendis du traîneau, enroulai le fouet et tâtai la neige du pied.

« Je crois qu'on va monter le camp ici », dis-je, et je commençai à détacher les harnais des chiens.

La tente fut dressée, et pendant que je nourrissais les bêtes, Ivnale alluma le réchaud et fit cuire de la viande.

Je pris mon temps avec les chiens, beaucoup plus que d'habitude. Leur parlai, les grattai derrière leurs grandes oreilles. Puis je m'assis sur le traîneau et les regardai avec grand intérêt ronger leur viande de morse gelée. Je tremblais. Non à cause du froid, mais parce que je savais que j'allais bientôt être forcé de me glisser dans la tente. Ivnale cria alors :

« *Nerissoqssoq*, à table ! »

Ma tente ne m'était jamais apparue aussi agréable. L'immense sac de couchage était déroulé sur les peaux de voyage, le réchaud et sa casserole étaient posés sur la caisse de provisions, bouillonnant gaiement. Une douce chaleur m'accueillit sur le seuil. Le fouet avait été accroché comme corde à linge entre deux montants de la tente, et y étaient suspendus les *kamik*, l'anorak et le pantalon d'Ivnale, ainsi que des vêtements plus fins que je n'étais pas en mesure d'identifier. Ivnale remuait les morceaux de viande dans la casserole à l'aide d'un long couteau pointu. Elle ne portait que des chaussettes en peau de lièvre et un bandeau rouge dans les cheveux.

« Enlève tes vêtements et accroche-les près des miens, dit-elle. Il faut que je *kamiut* tes *kamik* avant notre départ demain matin. »

Elle se tourna vers moi. J'étais toujours à l'entrée de la tente, et je la fixais, captivé. Elle était si incroyablement belle que ma bouche s'était figée, grande ouverte.

« *Suna-una ?* demanda-t-elle. Qu'est-ce qu'il y a ? »

Je secouai la tête. J'aurais voulu dire quelque chose, n'importe quoi, mais impossible de prononcer le moindre mot. Je ne pouvais pas détourner mon regard de la petite dame dorée, et soudain ça vint, dans mon groenlandais perfectible :

« *Singortitipa edit*, tu fais rougir mon visage. »

Ivnale rit. Elle se pencha en avant et saisit ma main. Elle m'attira dans la tente et ferma derrière moi. Toujours en riant, elle m'aida à me dévêtir, retira le couvercle de la casserole et harponna un bout de viande qu'elle me tendit. Puis elle s'allongea de tout son long sur le grand sac de couchage et m'observa avec un petit sourire.

Ma curiosité prit soudain des proportions écrasantes. Elle fut bientôt supplantée par son camarade, sans que la casserole ni le réchaud ne soient renversés. Ivnale riait beaucoup, et après un instant où je tentais désespérément de m'accrocher à ma dignité et autre éducation chrétienne, je ris avec elle.

Le jour suivant fut décrété jour de repos, car il y avait encore tant de choses dont nous pouvions rire ensemble. Le trajet du troisième jour nous emmena à peine une vingtaine de kilomètres plus loin dans le fjord, et le quatrième fut si drôle et agréable que nous ne voyageâmes que la moitié de la journée. Nous avancions très lentement vers le nord-ouest et atteignîmes avec beaucoup de retard Charcot Land, où les provisions devaient être déposées.

Le voyage fut long, délicieux et dénué de tous soucis, et nous avons ri ensemble jusqu'à voir les cheminées fumantes du cap Sud.

Ugge était déjà arrivé, et avec lui un jeune chasseur du nom de Tobias, qui avait chassé l'ours du côté du cap Brewster.

Tobias nous salua chaleureusement et demanda si nous avions fait un beau voyage. Il m'offrit une petite peau d'ours, dont Ivnale proposa de faire un pantalon.

Quand je fus seul avec Ugge, je lui racontai à quel point Ivnale était merveilleuse, et quel voyage heureux nous avions fait.

« Faut que tu racontes ça à Tobias, dit Ugge, il doit l'épouser cet été, quand le prêtre viendra en visite. »

Personne ne comprit pourquoi je voulus absolument partir le soir même. Ivnale se tenait sur le toit de la maison de son père et agitait la main, Tobias tira un coup de fusil en l'air, en signe de salut.

J'étais si malheureux, tandis que nous trottions après les traîneaux en remontant la rivière Rouge, totalement gelée. Et pour accentuer encore à quel point je me sentais misérable, je saisis le petit sac de peau contenant le *mattaq* qu'Ivnale m'avait offert. La saveur se répandit dans ma bouche, et le manque de cette sensation, rire avec Ivnale, m'envahit. Un manque bien plus fort que la curiosité et le désir réunis.

Les signaux

C'était comme si Ugge avait un lien particulier avec ses proies, un lien que j'étais incapable de comprendre. Il pouvait avoir la tête d'un phoque en plein dans sa ligne de mire, et d'un coup baisser le fusil, secouer la tête avec regret, et marmonner en regardant l'animal glisser dans la mer. Ou il pouvait tenir un lièvre par les oreilles, le fixer droit dans les yeux avant de le laisser filer, alors même que l'idée d'un lièvre rôti nous donnait à tous deux l'eau à la bouche.

Au bout d'une demi-année passée avec lui, lorsque je commençais à bredouiller le langage des Êtres Humains, il m'expliqua qu'il était possible de voir et de sentir à quel point un animal était préparé à mourir ou pas. Je tentais souvent de voir et sentir comme il le faisait, mais je ne parvenais jamais à comprendre les signaux qu'un animal exprimait. Un automne, au cours d'une chasse au bœuf musqué, je compris qu'Ugge aussi exprimait des signaux que je ne saisissais pas forcément.

Il y a beaucoup de choses à dire sur les bœufs musqués. En tout premier lieu, ils sont délicieux. De ce que je sais, rien n'est meilleur que la viande de la cuisse d'un jeune bœuf musqué. C'est sombre, tendre et d'une saveur indescriptible, quelque part entre l'agneau et le bœuf.

Les nombreuses et inquiétantes histoires dont on m'avait abreuvé à propos des ours polaires ne s'appliquaient pas aux bœufs musqués. C'étaient des créatures calmes et un peu simples, qui se laissaient abattre gentiment à n'importe quel moment de l'année. Ils tombaient volontiers, tant que l'on évitait de tirer dans la tête, protégée par une armure d'os très épaisse. Et quand on abattait un membre d'un troupeau, les autres ne s'en formalisaient pas plus que ça. Ils reniflaient avec curiosité leur camarade mort, lançaient quelques regards surpris aux chasseurs, puis reprenaient leurs passionnantes activités. La chasse au bœuf musqué était facile, sûre et rapportait beaucoup. À ce qu'on m'avait dit.

C'est pourquoi je n'avais pas le moins du monde les doigts de pied en bouquet de violettes la première fois qu'Ugge m'emmena chasser le bœuf musqué. C'était comme qui dirait aller chez le boucher. Un jour d'automne, sous un haut ciel bleu, nous prîmes le canot pour aller à l'île d'Ymer, où Ugge prétendait qu'il y avait toujours des bœufs musqués.

Le premier troupeau que nous trouvâmes était assez haut sur la montagne. Un peu de neige était tombée sur les sommets, mais les saules et bouleaux polaires poussaient dans les vallées étroites des hauts plateaux.

À l'aide des jumelles, nous comptâmes huit bêtes, grasses d'un été doux, et vêtues de leur magnifique et tout nouveau pelage d'hiver. Ugge trouva un endroit pour échouer le canot et nous partîmes pour la chasse.

C'était ma première véritable chasse au bœuf musqué. Une fois, j'avais participé à une chasse semblable, mais c'était en plus grande compagnie. Les bœufs que nous visions alors étaient morts avant que je n'arrive sur place. Cette fois-ci, ce serait différent, et je crapahutais sur la montagne pour arriver le premier à distance de tir.

En dehors de l'homme, le bœuf musqué n'a pas d'ennemi. Les loups avaient quitté le nord-est du Groenland quand les rennes avaient disparu, et les hommes n'avaient jamais été assez nombreux dans cette partie du monde pour constituer une menace réelle pour l'*Ovibos moschatus*, ou *Umingmak*, le barbu, comme on appelait l'animal en groenlandais.

Ces bêtes-là n'avaient probablement encore jamais été confrontées à l'homme, et mon arrivée dans la vallée ne leur fit pas grande impression. Apparemment agacé par le dérangement, le troupeau adopta une formation triangulaire, le mâle dominant en tête, les mâles plus jeunes sur les côtés, les femelles et les petits au milieu.

Je pris mon temps. Je n'avais absolument pas peur. Car quand les bœufs musqués prenaient cette position, ils ne bougeaient plus, m'avait-on dit.

Le gros mâle me regardait fixement, et je l'observais avec curiosité en retour. Deux autres mâles tentèrent de petites parades d'intimidation, trottant quelques pas vers moi, essayant de prendre un air impressionnant en reniflant avec mépris, ou grattant le sol de leurs sabots. Mais ce comportement m'avait été décrit comme tout à fait normal. À l'intérieur du groupe, les femelles et les petits, cachés derrière les fourrures longues comme des rideaux, attendaient patiemment que le mâle dominant fasse son travail.

Je fus apparemment décrété inoffensif. Après m'avoir étudié un moment, le gros mâle secoua lentement la tête, se tourna et reprit le broutement interrompu. Le reste du troupeau suivit son exemple et la formation se défit rapidement.

Que faire ? Abattre l'un d'entre eux serait comme abattre une vache dans un pâturage. Perplexe, je baissai mon fusil et cherchai Ugge du regard. Il se tenait sur un petit rebord au-dessus de la vallée et agitait vivement les bras en l'air dans ma direction.

Le troupeau commença à dériver lentement vers le haut du flanc de montagne. Le mâle dominant me lança un regard légèrement réprobateur quand je leur emboîtai le pas. Mais nous avions besoin de viande, et les nombreux kilos dont nous avions tant besoin pour l'hiver se baladaient juste devant moi. Je relevai mon fusil et visai encore une fois le gros taureau qui me faisait face. J'évitais soigneusement de regarder ses grands et beaux yeux.

Le coup de feu eut un effet incontestable. Le vieux bœuf s'agenouilla, toussa plusieurs fois puis tomba sur le côté. Un peu plus loin, Ugge dégringolait de la pente en courant. Il hurlait et couinait d'une façon effrayante, et tirait en l'air avec sa carabine. Le troupeau fut pris de panique. Les jeunes taureaux poussèrent des beuglements nerveux, et quand Ugge envoya d'un coup de fusil un nuage de cailloux et de terre sur eux, ils partirent au galop. Ils fonçaient vers le fjord avec le reste du troupeau sur les talons. Malheureusement, le hasard voulait que je sois pile sur leur trajet.

Je courus. Mes bottes touchaient à peine le sol, je courais pour ma vie. Les munitions s'éjectèrent de la poche de mon anorak, ma pipe tomba de ma bouche, mes moufles et mon bonnet furent généreusement semés sur le flanc de montagne.

Avec le souffle chaud d'un jeune taureau dans la nuque, je dévalais la montagne comme si j'avais des ailes. Les bêtes, au fond tout à fait pacifistes, n'avaient probablement aucune intention de m'empaler ou de me couper en petits bouts avec leurs sabots tranchants. Mais il me paraissait très clair qu'elles ne se formaliseraient pas non plus si je devais me transformer en chair à saucisse parce que je me trouvais sur leur chemin vers le fjord.

Je peux assurer à toute personne n'ayant jamais tenté l'expérience qu'il est extrêmement difficile de précéder des bœufs musqués sur un flanc de montagne. Les distancer est impossible. Ils ont le pas sûr et léger comme des bouquetins, et une fois qu'un troupeau est pris de panique, il ne s'arrête pas avant d'avoir atteint l'eau.

Mon salut vint sous la forme d'un gros rocher anguleux, placé sur mon trajet par une période glaciaire visionnaire. D'un bond de côté, je fus à couvert, à peine une seconde avant le furieux passage du troupeau. Mes poumons faisaient un bruit de soufflet, mon cœur tambourinait et j'avais l'impression qu'il avait déménagé dans ma gorge. Ma bouche s'emplit d'un désagréable goût métallique.

Je n'ai aucune idée du temps qu'il me fallut pour retrouver mon souffle, car j'étais à moitié anesthésié par l'épuisement et la peur. C'est seulement quand deux coups de fusil retentirent vers la plage que je bondis hors de mon abri. Que se passait-il en bas ? Le troupeau attaquait-il Ugge ?

Sur la plage, Ugge était en train de dépecer l'une des deux bêtes qu'il avait abattue. Il rit en me voyant arriver.

« Où est ton bœuf ? » demanda-t-il.

Je montrai la montagne du doigt.

« Tu ne vas pas le chercher ? »

Il posa son fusil contre la tête qu'il venait de détacher du corps pour pouvoir sortir la langue par l'autre côté.

« C'est ton premier bœuf.

— Je ne sais pas comment le dépecer, tentai-je.

— C'est facile, comme dépecer un phoque. Mais un peu différent. »

Avec un soupir, je commençai à gravir la montagne. En chemin, je rassemblai mes possessions éparpillées.

Le bœuf était là où je l'avais laissé, et une fois tout à fait certain qu'il était mort, je me mis au travail.

Écorcher, découper et porter la viande jusqu'à la plage me prit plusieurs longues heures. Quand enfin je revins avec la dernière partie, la peau, mes jambes tremblaient de fatigue. Ugge avait dressé la tente et fait cuire de la viande. Après le copieux repas, nous nous allongeâmes, repus et somnolents, dans nos sacs de couchage.

« La viande, comment tu l'as cuite ? demandai-je.

— Entre deux pierres plates, répondit Ugge.

— Ils auraient pu me piétiner à mort. »

Ugge hocha la tête pour confirmer.

« Facilement, oui.

— C'est parce que tu as tiré qu'ils ont paniqué, dis-je.

— Pour ça et parce que j'ai crié comme un loup. Ils ont encore peur des loups, même s'ils n'en ont jamais vu.

— Ils auraient pu me piétiner à mort.

— C'est ça, les signaux, dit Ugge. Les bœufs ne voulaient pas être abattus dans la montagne.

— Tu pouvais voir ça ? questionnai-je, surpris.

— Le voir et le sentir. »

Ugge sourit.

« Tu as bien vu qu'ils ont porté leur viande eux-mêmes jusqu'à la plage, pour nous éviter de le faire. Je t'ai même fait signe.

— J'avais vu », avouai-je.

Il me tendit notre pipe commune. Je m'installai confortablement dans mon sac de couchage et tentai d'en savoir plus sur les signaux.

« Comment tu as pu voir et sentir qu'ils voulaient eux-mêmes descendre jusqu'ici ?

— J'ai vu que la distance de là-haut jusqu'à la plage était très grande, répondit Ugge, et j'ai senti à quel point mes articulations seraient douloureuses si nous avions dû porter toute cette viande sans aide. »

Je posai ma pipe à côté de moi, roulai sur le côté et tentai d'oublier cette humiliante histoire. Ce qui visiblement fut un échec.

Un peu sur la mort

Il y a quelques années, j'ai appris que mon vieux camarade d'expédition, Ugge, était mort. La glace l'avait pris, comme il l'avait prédit il y a bien longtemps.

Ugge et moi parlions souvent de la mort, lorsque nous étions jeunes et que nous passions l'hivernage ensemble. Il avait un point de vue très naturel quant à l'aspect inéluctable de la mort. C'était, disait-il, comme lors d'un voyage, quand on rencontre un obstacle, une grande brèche ou une chaîne de glace. On continuait le voyage, surpassait l'obstacle et on allait plus loin. Le plus souvent, on ne se souvenait même pas qu'il y avait eu un obstacle.

Ce qu'il y avait après la mort, Ugge ne pouvait bien entendu pas l'expliquer, pas plus qu'il ne pouvait prédire ce que le lendemain apporterait.

Moi qui avais eu une éducation chrétienne, j'aspirais la philosophie d'Ugge en moi. J'étais jeune et ouvert à tout ce qui était nouveau. Et je dois dire que rien ne me paraît plus vrai et plus malin que les idées des vieux Inuits, que les jeunes Groenlandais transmettaient, en tout cas à cette époque.

La nouvelle de la mort d'Ugge fit surgir en moi beaucoup d'émotion. Parce que ces années-là, dans le nord-est du Groenland, avaient été parmi les plus heureuses de ma vie, et ce en grande partie grâce à ce Groenlandais de Scoresbysund. Parmi toutes les pensées qui couraient en moi, il en fut une en particulier qui m'aida à accepter qu'Ugge ne soit plus de ce monde.

La vie en Arctique est unique en cela qu'on peut consacrer tout son intérêt à chaque impression, contrairement à notre culture où il faut choisir et répartir son attention, parce que l'offre est si importante.

Au nord du cercle polaire, on développe au fil des années une ouverture d'esprit peu commune à l'égard de la vie et de la mort, et chaque sensation ou événement est placé sous une loupe pour le grossir le plus possible.

Si, au cours de l'année arctique, il arrive quelque chose de tout à fait inhabituel, on peut facilement imaginer les proportions que cela prend. Je parle seulement de choses positives et intéressantes. Les aspects négatifs, dangereux ou désagréables sont traditionnellement passés sous silence. Personne n'a envie d'entendre parler de tristesse et de misère.

Une fois, par exemple, Ugge partit de ma cabane. Il voyageait par un temps terrible, qui avait ouvert une large brèche dans le fjord de Scoresbysund. Il tomba deux fois dans la brèche, et la deuxième fois, les chiens remontèrent en premier et prirent la tangente. Ugge parvint à se traîner jusqu'au cap Hope, où des gens s'occupèrent de lui. Il avait de graves gelures aux mains, aux pieds et sur le visage. Il fut incapable de voir pendant un temps, ses yeux ayant été endommagés par la poudreuse. Cela me fut raconté deux ans plus tard par sa sœur. Lui-même n'avait rien dit quand je l'avais rencontré quelques mois plus tard. Je lui avais demandé comment diable il avait réussi à traverser le gros temps, et il avait répondu :

« J'ai avancé, et je suis arrivé. »

C'était comme ça, et dans un sens il avait raison. On ne parle pas de ce qui est désagréable.

Tradition ou pas, je vais maintenant raconter un voyage agréable, qui, des années plus tard, adoucit le manque laissé par Ugge.

J'avais un traîneau. Un court, large et solide traîneau qu'Ugge avait construit pour moi. Un jour, je l'améliorai, parce que j'étais fatigué d'être assis dessus le dos courbé, tournant le flanc à la vitesse, et de ressentir les irrégularités de la glace par des coups secs dans tout le corps. J'avais donc récupéré une chaise de cuisine de la cabane d'expédition. J'en avais coupé les pieds et attaché l'assise à un disque à ressort pivotant, lui-même fixé sur le cadre du traîneau. La chaise était rembourrée de peau de bœuf musqué, à la fois le dossier et l'assise. Le trône ainsi créé était placé en plein milieu du traîneau, de façon à pouvoir mettre du chargement à la fois devant et derrière.

Cet équipement original fut soigneusement examiné par Ugge. Il fit le tour de l'engin en marmonnant, et je guettai avidement son expression. Il avança les lèvres, plissa les yeux et secoua lentement la tête.

« *Ajorpok* », dit-il enfin.

Et ça voulait dire : mauvais.

« *Ajorneq* », ajouta-t-il.

Et cela voulait dire que c'était le traîneau le plus médiocre qu'il avait jamais vu.

C'était pourtant un sentiment bien agréable que d'être assis sur cette chaise de cuisine rembourrée en glissant sur la glace. Il y avait quelque chose d'élevé à voyager de cette façon. Aucun autre homme dans le nord-est du Groenland, ni même de l'Alaska ou du Territoire du Nord-Ouest Canadien n'était au même instant que moi assis sur une demi-chaise de cuisine fixée sur un disque pivotant.

Les chiens ne comprenaient rien. Ils tournaient sans cesse la tête et fixaient, surpris, le phénomène. Je souriais, criais et faisais claquer le fouet pour leur faire comprendre que la chaise ne changeait en aucune façon leur contrat de travail.

Nous dépassâmes tranquillement le cap Elisabeth, droit sur le fjord du Roi Oscar. Il y avait une large brèche dans la glace côté nord du fjord, où je parvins à tuer un petit phoque marbré. Je lançai à de nombreuses reprises une ligne équipée d'un crochet à requin pour le ramener, puis je distribuai sa viande et ses viscères aux chiens. Ce jour-là, la vie me souriait chaleureusement.

Plus tard, alors que j'étais couché dans la tente après un bon repas composé de viande de phoque, je fus frappé par une pensée. J'en avais vu plus au cours de cette journée de voyage sur mon siège pivotant que sur un traîneau normal. Je ne tournais plus le dos à quoi que ce soit, et pouvais faire des tours à trois cent soixante degrés si j'en avais envie.

Le matin vint tard, comme à son habitude à cette période de l'année. Hors de la tente, le ciel était nuageux et il faisait étrangement chaud. Les chiens agitaient leurs museaux en l'air et reniflaient nerveusement. Quand ils me virent, ils glapirent et hurlèrent, formant un concert que je connaissais bien. Ils voulaient rentrer avant que le *piteraq* ne soit sur nous. J'étais entièrement d'accord avec eux, car un *piteraq* est une tempête proche de l'ouragan qui a pris de la vitesse sur l'inlandsis, et qui tombe dans les fjords avec une force accrue. Au printemps, on peut le voir grandir très vite, d'abord petit nuage à la forme elliptique au-dessus de l'inlandsis puis tempête obscurcissant le ciel entier.

Nous étions à peine à une journée de la maison, assez proches pour que les chiens retrouvent seuls le chemin malgré les rafales de neige. Je démontai le camp, grimpai sur mon trône pivotant et ordonnai le départ.

Les prémices de la tempête soulevèrent la neige, soustrayant presque les premiers chiens à mon regard. Ils baissèrent la tête mais continuèrent. La joie de la vitesse de la veille les avait quittés, et bientôt les museaux furent baissés, tout près de la glace, et les queues remontées sous le ventre.

Je me tenais sur mon siège et tentais de voir de biais sous le bord de ma capuche. Le vent soufflait fort, mais je restai assis. Tempête ou pas tempête. Le trône avait été placé là pour y rester. Alors je le fis pivoter pour tourner le flanc au vent, et ce fut plus supportable.

Soudain, les chiens firent halte. Nous étions arrivés à une barrière de glace, dont je me souvenais de la veille.

« Elle n'est pas très large ! » hurlai-je à Angistai, qui menait les autres chiens.

Je me frayai un chemin jusqu'à elle, saisis sa tête entre mes mains et lui mordis doucement l'oreille.

C'était quelque chose qu'il y avait entre Angistai et moi, depuis son plus jeune âge.

« Maintenant tu vas nous faire traverser, là où c'est le plus facile. Et tu auras de la graisse de phoque et du *pemmikan* sans crochet à requin une fois arrivés », promis-je.

Tout se passa assez bien à travers les grands amas de glace. Tant qu'un diable d'ours ne se cachait pas dans la neige dans le but de nous tomber dessus, pour m'avaler ou béqueter l'un des chiens, il n'y avait pas de problème pour surmonter cette barrière de glace. Dès que le terrain fut plus régulier, je sautai sur le traîneau et repris ma place. Et il advint ce qui n'aurait pas dû advenir. Les chiens venaient de tirer l'attelage par-dessus un bloc de glace plus ou moins rond et descendaient à toute vitesse lorsqu'une sangle s'accrocha autour d'un pic de glace tranchant. Je me penchai en avant pour libérer la corde, mais les chiens donnèrent eux-mêmes un coup en avant qui découpa la sangle. Le traîneau fit un bond en avant, et je fus éjecté de mon trône et projeté sur la glace.

« Aiii ! hurlai-je, Angistai aiiiiii ! » mais les chiens n'entendaient rien.

Leurs oreilles étaient emplies par les mugissements de la tempête. Ils continuèrent leur route vers la maison, sans se demander pourquoi le traîneau s'était allégé.

Je pus suivre leurs traces quelques minutes, puis elles disparurent, recouvertes par la neige. Je continuai dans la direction qui d'après moi était celle de la cabane, convaincu que tant que je ne m'arrêtais pas, j'arriverais à rentrer.

En accord avec la tradition, je n'ai encore jamais raconté cette marche. Je me sentais devenir plus lourd à chaque pas. À certains endroits, la neige était dure, mais à d'autres elle était molle et très profonde. L'obscurité vint vite, et l'obscurité arctique, pendant une tempête, est totale.

C'était comme si mes jambes rétrécissaient tandis que mes rotules enflaient jusqu'à ne plus tenir dans mon pantalon en peau de phoque.

« Il suffit de continuer à bouger. Pas à pas, lever la jambe droite, en avant, puis la gauche... »

Pourquoi ne pas s'arrêter un peu ? Juste un petit instant, histoire de reprendre son souffle ! L'idée était forte, séduisante. Elle réduisait à néant toute autre préoccupation. Ce serait juste le temps d'un clin d'œil, et puis je resterais debout, puisque j'avais de la neige jusqu'aux hanches.

J'osai. En me promettant que ce serait seulement une courte pause pour reprendre des forces.

C'était merveilleux. Comme si la neige formait un trône à mon intention. Je n'avais qu'à me laisser aller un tout petit peu, et la poudreuse formait d'elle-même un siège parfait. Ça picotait agréablement dans tout mon corps, et toutes mes pensées se condensèrent en une seule : s'installer confortablement et laisser picoter. Les hurlements effrayants de la tempête disparurent, remplacés par le bien-être, comme un grand espace à la fois familier et inconnu. Ma vie ne défila pas devant mes yeux, et je ne ressentais pas la moindre angoisse. J'eus un peu froid au début, mais ce fut de courte durée. Et bientôt, quand la chaleur commença à se répandre non seulement dans mon corps mais aussi tout au fond de mon âme, je n'eus plus aucune envie de me relever. C'était si incroyablement agréable de rester là et de mourir.

Un instant plus tard, j'avais abandonné. Je devins un petit monticule de neige et de félicité entre les grands éclats de glace. J'étais installé dans un dôme avec vue sur l'éternité. Je pensais clairement et avec lucidité, je savais que j'étais en train de mourir, et c'était très bien comme ça. Si c'était comme ça, mourir, alors le seul avantage à ressusciter serait de pouvoir mourir à nouveau. La vie avait été agréable, mais la mort était l'expérience la plus voluptueuse à laquelle j'avais jamais pris part. Je ne compris réellement à quel point que lorsque je fus douloureusement ramené à la vie.

Les chiens étaient rentrés, menés par la futée Angistai. Ugge comprit immédiatement que j'avais dû chuter de mon trône. Il attela ses chiens, attacha Angistai à la plus longue sangle et fila vers le cap Elisabeth, où j'étais parti faire des mesures sur la glace.

La tempête était toujours là et les traces des chiens effacées. Mais Angistai courait avec une assurance infaillible le long de sa propre piste. Après quelques heures, elle parvint jusqu'à cet igloo *rielesque* que j'étais devenu, où j'étais terriblement mort.

C'est seulement quand Ugge m'eut placé dans un sac de couchage en peau de renne, la maison chauffée à des températures tropicales, que la vie revint dans mon corps. Ugge était assis à côté de la couchette, une bouteille de rhum à la main.

Le dégel fut affreusement douloureux. Je lançai des regards suppliants à la bouteille.

Ugge remplit un verre et m'aida à boire.

« Tu as fait bon voyage ? » demanda-t-il en riant.

Je fis descendre le rhum et sentis une légère chaleur dans ma gorge. Puis j'acquiesçai et dis :

« *Nuánersoq*, *kujanaq*, agréable oui, merci. »

Et pour accentuer à quel point cela avait été agréable, je fis montre de ma maîtrise du groenlandais :

« *Agsungâtsiaq nuanersoq*, beaucoup très agréable.

— Hum. »

Ugge m'observa, pensif. Il avança les lèvres et hocha la tête, embarrassé. Des mots si forts n'étaient pas dignes d'un homme modeste.

S'il advenait un jour, dans un autre lieu, que j'aie l'occasion de questionner Ugge sur son dernier voyage, je souhaite de tout cœur qu'il puisse répondre comme je l'ai fait, quitte à manquer de modestie.

Panaris

Sur la petite île de Lombok, dans l'archipel de la Sonde, près de Bornéo, les gens se rassemblent sur la plage après leur journée de travail pour regarder le soleil se coucher. C'est une heure fatidique, un court instant de réflexion solennelle avant que la nuit n'enterre le jour dans le calme et l'obscurité.

Ce moment paisible m'a toujours rappelé cet instant où l'on retient son souffle, que les Inuits appellent *qarrsiluni*, ce qui signifie « quand on attend que quelque chose éclate ». Ce sont des occasions durant lesquelles l'esprit se vide de toute pensée, et où quelque chose remonte du plus profond de la mémoire et éclate. C'est peut-être à cause de cette association à l'Arctique qu'un soir, alors que j'observais parmi d'autres le soleil embraser la mer, loin derrière l'horizon, Signe surgit dans mon esprit.

Au cours d'une longue vie de voyage, il est inévitable de rencontrer certaines personnes que l'on aimerait garder comme amis. Mais une vie de voyage est un tourbillon incessant de bonjours et d'au revoir, de lettres et de visites promises mais jamais faites. Les amitiés s'entreposent dans les souvenirs, puis rejaillissent des années plus tard, fortes et claires, apparemment sans raison particulière. Comme avec Signe. Narkorsaq Signe Vest, la Groenlandaise danoise. Descendant bruyamment la colline du dispensaire avec ses chiens-loups. Pliée en deux par les rhumatismes, ses longs cheveux gris au vent, un sourire dans ses yeux bleus pleins de joie.

Je n'ai aucune idée d'où Signe venait, ni de ce qui lui est arrivé depuis. Je l'ai côtoyée durant deux années riches en expériences à Scoresbysund, où elle exerçait en tant qu'infirmière et médecin. Je vais maintenant raconter une histoire tout à fait véridique de cette époque.

Le hasard voulut que je me coupe alors que je dépeçais un phoque pour nourrir mes chiens. Ça saignait beaucoup, et je me fourrai le doigt dans la bouche tandis que je répartissais aussi équitablement que possible la viande et le lard aux neuf gosiers voraces.

Les infections étant rares au Groenland, je me contentai de rincer la plaie et de l'envelopper dans un chiffon propre jusqu'à ce qu'elle arrête de saigner.

Mais le lendemain matin, le doigt avait doublé de volume et lançait atrocement. Je fis mousser du savon noir dans de l'eau tiède et mis le doigt dedans. Cela calmait la douleur, mais seulement tant que la plaie restait dans l'eau. Je passai tout le jour et le soir suivant en souffrance. Une souffrance insurmontable me semblait-il, car aucune douleur n'est plus forte que celle que l'on ressent sur l'instant.

Juste après minuit, cela devint trop. Je retirai le chiffon et ne reconnus plus du tout mon doigt. Il avait maintenant triplé de taille et adopté une effrayante couleur entre le rouge et le lilas. J'avais un panaris, et un tel bonhomme doit être ouvert et nettoyé si l'on veut éviter la septicémie et tout le toutim. Je devais aller voir Signe.

Endurant un calvaire indescriptible, je parvins à atteler les chiens. Ils avaient sommeil et n'avaient de toute évidence aucune envie de faire un tour. Il me fallut recourir aux grands mots, et ils comprirent enfin que l'affaire était sérieuse et mirent sans la moindre bonne volonté le cap sur Scoresbysund et son petit dispensaire.

Il n'était pas difficile de tirer Signe du lit. Il était une heure et demie du matin, mais elle se présenta rapidement dans une longue chemise de nuit blanche et des chaussons en jonc et peau de lièvre. Elle avait l'air d'une adorable vieille sorcière. Elle regarda mon doigt et eut un sourire doux, le même que la sorcière avait dû adresser à Hansel et Gretel.

« Entre, je t'en prie, dit-elle, maintenant que tu as de toute façon sorti une vieille bonne femme de sa couchette. »

Elle me fit passer la porte et me mena au salon, qui faisait également office de salle de consultation. Elle alluma une lampe accrochée au-dessus de la table basse, ajusta la mèche pour qu'elle ne suinte pas et m'invita à m'asseoir.

Le domicile et dispensaire de Signe était une vieille maison d'expédition française dont la colonie avait fait l'acquisition après le départ des explorateurs. Il y avait deux étages bas de plafond avec un appartement privé, une cuisine et une salle de consultation au rez-de-chaussée, ainsi que trois petites salles de repos pour les patients à l'étage.

La maison était joliment placée. Sur le flanc de la montagne, au-dessus de la colonie, avec une vue magnifique sur Scoresbysund. On voyait même jusqu'au cap Brewster. Aucune route ne montait jusqu'à la bâtisse, ce qui voulait dire que pour atteindre Signe, ses patients devaient traverser une large rivière, escalader une montagne puis passer les dix chiens-loups, des bêtes qu'elle avait importées d'Alaska durant la guerre. C'étaient de gros clébards gris aux pattes larges, qui seyaient parfaitement à leur maîtresse et lui fournissaient beaucoup de travaux de suture.

Je m'installai et présentai mon doigt. Signe y jeta un coup d'œil avant de déclarer :

« Il vaut mieux que tu avales un peu de rhum. »

Je supposai que le rhum faisait partie du traitement et hochai la tête avec reconnaissance. Un quelconque anesthésique serait sans doute nécessaire quand elle passerait à l'action. Alors j'eus droit à du rhum. D'abord en grog, qui était la spécialité de Signe. Et quand il n'y eut plus d'eau bouillante, il fut servi sec, car pour une obscure raison elle se refusait à allumer le fourneau.

Je compris bientôt que ce traitement tombait à pic. Car la douleur devenait de plus en plus supportable à mesure que la bouteille de rhum se vidait. Et un moment après avoir fait un sort au rhum jamaïcain, j'avais même la nette impression que mon doigt n'était plus aussi enflé qu'avant. Je m'essayai à boutonner mon pantalon en peau de phoque, ce qui avait été impossible d'une seule main avant mon départ.

Nous parlâmes. Signe était toujours disposée à tailler le bout de gras, surtout en matière de littérature. On lisait beaucoup au Groenland, à cette époque. Il n'y avait pas grand-chose d'autre à faire durant ces journées d'hiver, venteuses et glaciales, qui confinaient les gens à l'intérieur.

À ce moment-là, j'étais sur le point d'achever un petit recueil de récits du Groenland, et je dévoilai mes dernières facéties littéraires à Signe, qui m'écoutait avidement. On disait ses critiques sévères et ses éloges rares.

« On se doit de faire de son mieux, qu'on rafistole des gens ou qu'on écrive des romans, disait-elle, et on n'a pas besoin de louanges pour autant. »

Elle secoua la tête et dit :

« Tu es danois, et tu ne seras jamais groenlandais. C'est pourquoi tu ne raconteras jamais d'histoires comme un Groenlandais. Raconte comme celui que tu es, pas comme celui que tu aimerais être. »

Elle m'adressa son sourire pétillant.

« D'ailleurs, je placerais l'action de ces histoires dans un autre endroit que le Groenland. Pourquoi pas le Territoire du Nord-Ouest du Canada ? Il y a comme plus de place pour ton imagination. »

Je gravai ces paroles dans ma mémoire. Et d'ailleurs, le *Récit qui donne un beau visage* prit finalement place dans le nord du Canada, après quelques visites à l'île de Baffin.

Mon doigt picotait maintenant agréablement, et je l'utilisais sans réfléchir pour feuilleter les vieux livres sur le Groenland que Signe m'avait présentés.

« Tu peux trouver beaucoup de sagesse dans ces bouquins », dit-elle en tapotant du poing le *Recueil de mythologie groenlandaise* de Rink.

Puis elle bâilla, et je vis que ses yeux bleus s'étaient faits tout petits. L'audience était levée.

En sortant du salon, je passai devant la cuisine, d'où s'échappait une odeur étrange et surtout épouvantable. J'en fis la remarque à Signe.

Elle acquiesça.

« En ce moment, j'ai une *kivfak* aussi bavarde qu'incompétente. »

Elle frotta les pièces en laiton du fourneau avec un pan de sa chemise de nuit blanche.

« Hier, je lui ai demandé de vider le seau des toilettes, en le dégelant pour détacher le bloc du fond et des bords. »

Je hochai la tête. C'était en effet le seul moyen d'en faire sortir le contenu, à moins de briser le seau.

« Et puis je suis partie faire mes visites, reprit-elle. Le vieil Émile avait mal à la poitrine, et j'ai toujours peur du spectre de la tuberculose. »

Je pris mes moufles, laissées à sécher sur le fil au-dessus du fourneau.

« À mon retour, dit Signe avec un demi-sourire, la fille était partie jacasser avec la *kivfak* de l'assistant commercial. »

J'acquiesçai encore une fois. L'assistant commercial et sa jolie *kivfak* habitaient juste un peu plus bas sur la montagne, près de chez Signe.

« Cette idiote avait – Dieu me garde – rempli le fourneau de charbon et ouvert les grilles avant de mettre le seau dessus. »

Son sourire disparut.

« Ça bouillait quand je suis rentrée. Et ça bouillait depuis longtemps. »

Je m'imaginais parfaitement le seau en train de bouillir. Je voyais sans peine son contenu frémir joyeusement, faire des bulles et couler le long de son contenant jusqu'aux anneaux rougis de la cuisinière.

Ça avait été une nuit agréable et riche d'enseignements, et je remerciai Signe. Puis je descendis de la montagne jusqu'à mes chiens qui dormaient avec insouciance devant le traîneau. Les chiens-loups de Signe grognèrent vaguement à mon passage, à moitié endormis, mais ne tentèrent pas d'arracher leurs chaînes comme à leur habitude.

La colonie était calme et plongée dans le noir lorsque je la quittai. Seule la maison de Signe avait encore un œil doré ouvert.

Les chiens filèrent autrement plus vite au retour qu'à l'aller. J'étais assis de côté sur le traîneau et repensais à tout ce que Signe m'avait raconté. Et bien entendu à son seau de chiotte et à l'infâme odeur qui flotterait dans la cuisine pendant des semaines. Puis mon doigt recommença à me faire souffrir. J'enlevai ma moufle et l'éclairai de ma lampe de poche.

Il avait la couleur et l'allure d'une saucisse en fin de cuisson. Je transpirais, ce qui était idiot étant donné les vingt degrés en dessous de zéro, et je sentais les gouttes de sueur se frayer un chemin entre ma peau et mon maillot de corps. Nous avions totalement oublié le doigt. À cause de la littérature, du rhum et de la conversation passionnante de Signe.

Je fis péniblement faire demi-tour aux chiens. Ils protestèrent fortement, car nous étions déjà à mi-chemin. Il fallut au chef mordre quelques jeunes oreilles avec conviction avant que le calme ne revienne dans les rangs. Nous reprîmes lentement le chemin inverse dans nos propres traces.

Il y avait toujours de la lumière dans le salon de Signe. Quand je fus de retour devant sa porte, j'étais au bord de l'évanouissement à cause de mon doigt douloureux.

Signe me fit entrer sans un mot. Elle avait déjà préparé un scalpel, une aiguille, du fil et des pansements, et servi deux verres de rhum.

Je fus sommé de boire le mien, et elle se mit à l'ouvrage. Elle coupa, nettoya, gratta et supprima cette chose diabolique de mon doigt. Puis elle saupoudra de pénicilline et referma le tout. Enfin, elle goba le contenu de son verre, déclara que mon doigt était comme neuf et qu'elle avait sommeil.

Une fois rhabillé, je tirai délicatement ma moufle sur le bandage et demandai :

« Et la *kivfak* ? Qu'est-ce que tu lui as dit quand elle est rentrée ?

— Rien du tout. Je lui en ai collé une bonne sur la caboche, j'ai déposé cinq couronnes dans une enveloppe, parce que ça coûte cinq couronnes de frapper sa *kivfak*. Puis je l'ai envoyée à l'administration de la colonie avec l'amende. »

L'excursion céleste de Josva Eliassen

On en apprend beaucoup sur le caractère d'une personne avec qui on voyage. Les voyages en traîneau dans l'Arctique en particulier stimulent notre compréhension de l'autre, de ses bonnes et mauvaises habitudes.

Voyager avec un Inuit, qu'il soit des Territoires du Nord-Ouest, d'Alaska ou du Groenland, c'est presque comme voyager avec soi-même. Et la compréhension de son propre caractère est souvent un peu honteuse, bien qu'instructive.

À travers les années, j'ai eu l'occasion de voyager avec des Inuits ici et là dans le monde arctique. Et chaque fois, cela s'est passé de la même manière. Nous partions, et je me faisais distancer. Je ne les rattrapais qu'au beau milieu de la nuit, alors qu'ils dormaient profondément. Je ne dormais jamais plus de quelques heures, car eux se levaient tôt et en pleine forme, attelaient leurs chiens et filaient.

Je ne sais pas comment ils s'y prenaient. Mon traîneau n'était jamais plus lourdement chargé que les leurs, et mes chiens étaient aussi nombreux et puissants que les leurs. Pourtant, je me retrouvais toujours seul à suivre les traces qu'ils avaient laissées.

Les premières années, j'avais l'impression qu'ils n'en avaient tout simplement rien à faire de moi. Que je tombe dans une crevasse, me fasse manger par un ours ou me brise la nuque en descendant d'un glacier, c'était mon problème, pas le leur. Plus tard, je réalisai que ces hommes proches de la nature avaient un sixième sens qui les gardait scrupuleusement informés des ennuis qui me tombaient dessus.

J'ai à présent vécu ce fait inexplicable tant de fois que je peux en donner un exemple sans hésitation. Car les animaux ailés et les avions ne sont pas les seuls à voyager dans les airs.

Durant plusieurs années, mon camarade de voyage était donc un Groenlandais de l'Est, qui en raison de la vague de christianisme qui avait frappé le nord-est du Groenland au début du siècle dernier, avait reçu le prénom Åge. Et Åge était un prénom tout à fait déplacé pour un homme de la condition d'Åge. Åge est un beau prénom, très joli et qui convient parfaitement sous des latitudes situées bien plus au sud. C'est une appellation pertinente pour un employé de banque à Silkeborg ou un fonctionnaire de l'administration de Rødovre. Mais pour un chasseur groenlandais émérite, ça n'allait pas du tout.

C'est pourquoi il est heureux que, dans sa grande clairvoyance, Dieu ait rendu le joli prénom danois impossible à prononcer par une langue est-groenlandaise. Le mot avait été « eskimoisé » en quelque chose qui faisait penser à un rappel à l'ordre pour des chiens paresseux. Ugge ! Le patronyme était dès lors fondé, exact et compréhensible.

Ugge et moi avons passé l'hivernage plusieurs fois dans le centre du Groenland de l'Est. Et nous nous occupions durant l'obscurité hivernale en essayant de clarifier nos univers spirituels respectifs. Le mien était indéniablement un peu fade comparé au sien. J'avais depuis mon enfance une vague croyance luthérienne mâtinée d'un soupçon de superstition des gens de Hindsholm. Pas vraiment de quoi pavoiser. La légende du Maître de Fionie intéressa cependant Ugge. Il pouvait mugir dans le ciel et avait une fois traîné l'enclume du forgeron de Martofte jusqu'au clocher de l'église. Les trolls et les lutins n'avaient rien de nouveau pour mon compagnon. Il les connaissait bien depuis toujours. Il fut en revanche captivé par les jeunes filles elfiques et leurs danses. Il aurait bien aimé en importer quelques-unes au Groenland, faisant fi de leur creux dans le dos.

La mythologie d'Ugge était incroyablement riche. Et pour lui, les figures mythiques étaient aussi réelles que tous les autres êtres vivants de son univers. Son grand-père avait été un célèbre chaman à Angmagssalik, et son père était craint en tant que *Qivitoq*, Marcheur des montagnes, qui encore aujourd'hui pouvait terrifier les chasseurs d'Isortoq.

D'après Ugge, nous étions loin d'être aussi seuls sur l'île d'Ella que je le croyais. Nous étions entourés d'innombrables entités, bonnes ou mauvaises, inoffensives ou dangereuses. La pire de ces choses était sans conteste *Qubaia*, qui faisait passer le diable lui-même pour un enfant de chœur.

Au début des années cinquante, l'expédition Lauge Koch eut pour objectif de cartographier géologiquement le nord-est du Groenland. Pour des raisons climatiques, ce fut donc une expédition estivale, durant laquelle des hommes de science de toute l'Europe travaillèrent intensément. Pour l'automne, l'hiver et le printemps qui suivaient, des considérations économiques réduisaient l'équipe au strict minimum, à savoir deux ou trois hommes seulement pour l'hivernage.

On nous avait assigné comme tâches des observations météorologiques et quelques mesures de la glace dans plusieurs fjords.

C'est ainsi que lors d'une sombre journée d'hiver, Ugge et moi partîmes pour l'un de nos nombreux voyages en vue de mesurer la glace. Les outils de forage n'étant pas encore arrivés jusque dans l'est du Groenland, nous devions percer plusieurs mètres de glace à l'aide de piolets. Chaque trou prenait du temps et faisait abondamment transpirer. Nous n'arrivâmes jamais à en faire plus de quatre en une journée, même après nous être rendu compte que nous pouvions nous épargner les vingt derniers centimètres en tirant dans le trou en même temps avec nos deux fusils. L'eau jaillissait alors comme un geyser, et l'ouverture était juste assez grande pour que nous puissions y passer la longue jauge de mesure. L'objectif de ces mesures était entre autres de déterminer l'épaisseur moyenne de la glace dans les fjords, une donnée utile si des minerais importants étaient découverts et devaient être exploités.

En général, nous montions le camp près du dernier trou, et parfois nous déposions une ligne de pêche. Avec de la chance, on pouvait ferrer un requin. Il fallait alors agrandir le trou et sortir la bête de l'eau avec l'aide des chiens. C'était une tâche laborieuse, mais les requins sont gros et leur chair parfaite pour nourrir la meute, une fois séchée. Leur foie pouvait peser jusqu'à 35 kg et être échangé au Commerce

Royal Groenlandais de Scoresbysund pour une couronne le kilo. Les requins étaient égratignés et avaient des yeux de Pékinois à cause de la différence de pression, quand après plusieurs heures d'efforts ils gisaient enfin sur la glace. Ugge prétendait que le père de son grand-père était si fort qu'il pouvait tirer un requin par un trou de respiration de phoque, d'un seul coup et sans aide, écrasant l'estomac et brisant toutes les côtes. Mais c'était sans doute un bobard.

Nous nous frayâmes un chemin à coups de pioche et de fusil à travers notre troisième et dernier trou de la journée, puis le camp fut monté après avoir placé un filet à phoque entre notre ouvrage et un trou de respiration.

Dans la tente, nous allumâmes le réchaud, mîmes de la viande à cuire et déroulâmes les sacs de couchage. On s'installa de part et d'autre de la caisse à provisions. Je notai les relevés de la journée dans le journal de bord, allumai ma pipe et me tournai vers Ugge. Il était assis devant le réchaud et fixait l'eau bouillante, dans laquelle les bouts de viande se déplaçaient comme de petits animaux vivants. De la graisse suinta par-dessus le rebord de la casserole et fit siffler le réchaud comme avec colère. Ugge avait l'air effrayé.

« *Sunana ?* demandai-je. Qu'est-ce qu'il y a ? »

Il secoua la tête et posa un doigt sur ses lèvres, m'intimant le silence. Après un court instant il chuchota :

« *Qivitoq !* »

Je souris et fis non de la tête, car je n'avais pas encore fait la connaissance d'une telle créature. Bien entendu, je savais qu'un *Qivitoq* est une personne qui a perdu confiance en beaucoup de choses, en particulier elle-même. Une personne qui ne s'entendait plus avec Sila, qu'Ugge avait présentée comme étant de nature divine et présente en chaque chose. Tout était imprégné de Sila, et il valait mieux être en bons termes avec cette entité inconnue. Dans le cas contraire, on abandonnait volontairement les tourments de cette vie en allant dans la montagne pour mourir. Mais il ne s'agissait pas de mourir vraiment, non, car l'âme perdurait alors en tant que *Qivitoq*, moitié humaine et moitié animale, un être doté de mauvaises intentions envers les vivants qu'il rencontrait.

Je ne croyais pas à cette histoire de *Qivitoq*.

« C'est de genre féminin ? » demandai-je.

Nous n'avions pas vu de femme depuis plus d'un an, et l'idée d'être visité par un *Qivitoq* féminin n'était pas totalement malvenue.

« Un homme », répondit-il.

Décevant. Il me jeta un regard furtif pour voir si je me moquais de lui.

La viande étant cuite, je réduisis la flamme du réchaud. Je piquai ensuite un morceau de viande et le tendis à Ugge. Il secoua la tête, il n'en voulait pas. Un instant plus tard, il se glissa dans son sac de couchage et tira la capuche par-dessus sa tête.

Histoire de l'égayer un peu, je lui proposai que nous sortions pour nous brosser les dents. Suite à l'introduction de la brosse à dents sur l'île d'Ella environ un an plus tôt, il considérait le brossage de dents comme une activité passionnante. En général, il mangeait le dentifrice avant de brosser, car il trouvait que ça avait un goût absolument merveilleux.

Mais ce soir-là, il ne voulut pas sortir. Et quand je me levai et entrepris d'ouvrir la tente, il passa vivement la tête hors de son sac et me demanda avec insistance de rester à l'intérieur. Je vis l'horreur dans ses yeux et m'assis. Quand Ugge me demandait quelque chose, il y avait toujours une bonne raison.

Cette nuit-là, je dormis mal. J'avais en alternance trop froid et trop chaud, et chaque fois que je me réveillais, je regardais vers Ugge et le voyais assis, écoutant, le visage marqué d'une expression intense. Le réchaud était posé sur la caisse à provisions, entre nous. Il brûlait à feu doux, pour que les *kamik* et les moufles étendus entre les montants de la tente puissent sécher.

La nuit devint matin, puis jour. Ugge ne voulait toujours pas manger. Il gardait la tête dans sa capuche et ne répondait pas quand je lui parlais.

Il ne protesta pas non plus quand je sortis de la tente. C'était presque la pleine lune. Des nuages noirs se traînaient lentement dans le ciel, et tout était totalement silencieux. Même la glace, qui habituellement gémit et soupire à cause des marées, se taisait. Les chiens étaient roulés en boule à quelques pas de la tente. Mais leurs têtes n'étaient pas cachées sous leurs queues touffues comme c'était en général le cas quand ils dormaient. Ils avaient la tête dressée, comme s'ils écoutaient quelque chose. Un jeune chien se leva, s'étira et se secoua pour se défaire de la neige qui le recouvrait, mais un léger grondement menaçant de son meneur le fit se recoucher immédiatement.

Je leur distribuai du poisson séché et de la graisse de phoque, mais ce fut comme si les animaux ne voyaient ni la nourriture ni moi. Et je compris enfin que quelque chose d'inhabituel était en train de se produire. Car des chiens qui ne se jettent pas immédiatement sur leur pitance doivent être captivés par quelque chose qui n'est pas de ce monde. Du moins pas du monde que je connais.

Je retournai dans la tente et questionnai Ugge.

« Un *Qivitoq* est parti d'Angmagssalik, répondit-il à contrecœur. Il vient par ici à travers les airs.

— Comment tu peux savoir ça ? » demandai-je.

Il me regarda longuement.

« C'est comme ça, dit-il lentement. Comment je sais dans quelle direction aller au milieu d'une tempête ? Comment des messages peuvent-ils aller d'un endroit à un autre sans que personne ne les y amène ? »

J'acquiesçai. Je l'avais déjà vu, en pleine tempête de neige, conduire les chiens avec une assurance infaillible jusqu'à une cabane de chasse où nous pouvions trouver refuge.

Je finis par me laisser convaincre par Ugge et son *Qivitoq*. Il prétendait qu'il s'appelait Josva Eliassen et venait soit d'Angmagssalik soit du cap Dan. Pourquoi Josva était devenu un Marcheur des montagnes, il ne le savait pas.

Nous restâmes presque deux jours dans la tente, oppressés par le *Qivitoq*. Puis, un matin, je fus réveillé par un aboiement joyeux. Ugge avait déjà mis de la viande à cuire, et la tente était remplie d'une odeur épaisse et bienvenue de chair de phoque. Je passai la tête dehors et vis qu'Ugge était en train de tirer le filet à phoque.

« Et Josva Eliassen, alors ? demandai-je.

— Il est passé ! » cria-t-il, ravi.

Une semaine plus tard, nous étions de retour à l'île d'Ella. Je mis en marche la petite radio Sheerman et contactai Angmagssalik pour vérifier la date et l'heure, comme à mon habitude. Puis je discutai un moment avec le télégraphiste des événements récents dans la grande métropole est-groenlandaise.

Ils avaient reçu du courrier de Reykjavík, me raconta mon interlocuteur, et puis il y avait eu ces grandes recherches dans la montagne, qui étaient maintenant arrêtées.

« Qu'est-ce que vous recherchiez ? demandai-je.

— Un ancien catéchiste. Il a disparu dans la montagne il y a plus d'une semaine.

— Josva Eliassen ? » questionnai-je alors, haletant. Pour autant qu'on puisse haleter télégraphiquement.

« Oui. Les vieux du coin disent qu'il avait épuisé sa bonne fortune de chasseur, et qu'il est sans doute parti dans la montagne pour mourir. »

Après avoir coupé la transmission, je me rendis dans le salon. Ugge se tenait près du fourneau et cuisait de la viande de bœuf musqué sur les anneaux. Je le fixai, éberlué. Il y avait plus de sept cents kilomètres entre Angmagssalik et l'endroit où nous avions dressé notre camp. Comment diable avait-il pu savoir que Josva Eliassen était devenu *Qivitoq* ?

Ugge se retourna. En voyant mon expression, il haussa les épaules et m'adressa un petit sourire d'excuse.

Il y avait plus de choses entre terre et ciel que je ne savais. Il y avait en tout cas, durant les jours que nous avions passés sans bouger, un certain Josva Eliassen.

Une œuvre d'art

Non loin de Thulé, il y a une œuvre d'art. Haut dans la montagne, cachée de trois côtés par les massifs montagneux et seulement visible depuis le grand fjord de Wolstenholme.

L'œuvre est, comme la montagne groenlandaise, la propriété de tous. On me l'a offerte une nuit de Noël, et lors de mon départ de Thulé, j'en ai fait don à la population.

Si elle y est toujours, et je suppose que c'est le cas car elle a été dressée par l'U.S. Army Task Force, j'en recommande la visite. Pas tant pour observer l'œuvre d'art, que le temps a sans doute égratignée de ses dents, mais surtout pour la petite grotte à trente pas du monument, direction sud-sud-est. Et en particulier les cinq bouteilles de Laphroaig qui y sont cachées, le meilleur whisky sur cette terre.

Honest John Napier était le plus grand brigand au nord du cercle polaire. Il volait aux riches, c'est-à-dire à l'U.S. Air Force, et donnait aux pauvres, y compris les Eskimos aux alentours de la base de Thulé. Ce qu'il fauchait exactement était d'une moindre importance tant qu'il s'y prenait bien et que cela passait inaperçu.

Le vol, prétendait John, faisait partie du programme d'entraînement qu'il avait concocté pour ses troupes. Il commandait une section de vingt-deux hommes de l'Army Task Force, et tous lui étaient dévoués.

John n'avait pas un physique particulièrement remarquable. Un petit homme épais, d'origine franco-irlandaise, aux cheveux bouclés grisonnants. Des yeux bruns et une voix rauque, qui étrangement s'éclaircissait après une dose adéquate de Laphroaig. On ne remarquait pas spécialement John. Mais on ne l'oubliait pourtant plus jamais. C'était un pirate des temps modernes, un roublard et un aventurier.

Le bras droit de John se nommait Jack Gardner, surnommé Black Jack. Un des plus grands Noirs sur lesquels je sois tombé. Il était le sergent-chef de la section, et ces deux-là, John et Jack, avaient passé les vingt dernières années ensemble. Leur réputation au sein de l'armée était si mauvaise qu'ils ne pouvaient pas s'attendre à de l'avancement. Ils n'en étaient pas moins indispensables. Leur section était spécialisée dans l'aménagement de pistes d'atterrissage sur la glace, et ils en avaient déjà construit des provisoires et des permanentes en Alaska, au pôle Sud et au Groenland.

Honest John adorait les tempêtes. Car quand la station météo annonçait un mauvais temps de niveau trois, la base était bouclée. Personne ne pouvait en sortir, pas même la police militaire. L'Army Task Force était donc libre de partir en exploration. Ils visitaient des hangars, des entrepôts, des églises, des boutiques, des clubs et beaucoup d'autres lieux prometteurs.

La complexité de ces raids venait ensuite. Car personne n'avait la moindre idée de ce qu'on pouvait faire du butin. Une partie allait aux Eskimos, le reste était amené à la décharge et disparaissait parmi les autres déchets de la base.

Pour illustrer l'ampleur de ces raids, je peux citer un exemple. Une fois, après une tempête de trois jours, on m'a proposé : 100 kg de jambon en boîte, 4 caisses de poulets surgelés, 1 000 hamburgers, 6 dindes surgelées, 3 postes de télévision, 1 chandelier à sept branches ainsi que 18 paires de bottes de l'armée à usage polaire.

De nombreux traîneaux lourdement chargés partaient de la tente cylindrique de Honest John, en direction du nord. Et quantité de petits objets étranges trouvaient leur place dans les habitats. Bien qu'il n'y ait pas d'électricité dans la plupart des hameaux, les articles électriques étaient très en vogue. Posséder une cafetière électrique, une cireuse ou encore un appareil de stérilisation d'instruments chirurgicaux constituait d'indéniables signes extérieurs de richesse.

Au cours d'une froide et claire journée de novembre, John et Jack passèrent devant ma maison, située à une trentaine de kilomètres de la base. Ils trimbalaient trois fauteuils « échangés » au club des officiers. Je n'avais pas assez de place pour les mettre dans mon salon, et proposai de les emmener dans la montagne, où il y avait une vue imprenable sur le fjord. J'avais précédemment passé une nuit dans une petite grotte à quelques kilomètres de la vieille Thulé. Devant la grotte, sous un grand surplomb se trouvait un petit plateau où les fauteuils pouvaient trouver leur place. La vue depuis ce plateau était exquise et variée. Il y avait toujours quelque chose à observer. L'hiver, un fjord désert, délicatement éclairé par la lumière des étoiles et de la lune. L'été, l'eau paisible et scintillante, qui par mauvais temps adoptait une couleur gris plomb, tirant sur le noir, chevauchée par l'écume blanche. Un fjord avec des baleines blanches brisant la surface de l'eau, des phoques curieux et d'innombrables passages d'oiseaux.

Un an environ après l'élaboration de ce poste d'observation, je fus appelé tard le soir par John, via l'émetteur VHF. C'était le soir de Noël, que j'avais passé en compagnie de mon chien d'intérieur, M. Mortensen. C'était un vieux chien de traîneau à la retraite qui avait passé sa jeunesse comme mascotte du club des officiers, ce qui lui avait valu quelques mauvaises habitudes concernant la boisson. M. Mortensen était alcoolique. Aucune cure ne marchait sur lui. Il aimait surtout le bourbon, et chouinait chaque soir misérablement jusqu'à ce que son Dimple six ans d'âge soit servi dans sa gamelle.

John appela alors que nous étions sur le point d'aller dormir. M. Mortensen s'était enfilé son dernier Dimple et s'était roulé en boule devant le feu après avoir rituellement grogné à l'intention de l'œil de verre de la Vierge, ainsi qu'on appelait le petit hublot rougeoyant du fourneau.

« On a quelque chose, dit John, quelque chose de grand, et on s'est dit qu'on devait te l'offrir comme cadeau de Noël. »

Je sentais une pointe d'hystérie dans sa voix.

Je me plaignis de l'heure tardive à laquelle il appelait, mais il resta intraitable. Je devais penser au fait que c'était Noël, penser à leur déception à tous si je ne venais pas. Ça avait été toute une histoire de se procurer le cadeau, l'unique, celui dont ils étaient certains que j'avais rêvé toute ma vie.

La curiosité l'emporta. Je promis de venir. Le vent soufflait toujours, mais pas au point de m'aveugler si je m'agenouillais sur le traîneau. M. Mortensen dormit la majeure partie du trajet, la tête contre le sac du traîneau. Il n'avait pas protesté quand je l'avais appelé loin de la cheminée. Car partout où j'allais, M. Mortensen allait également.

En plein milieu de la tente oblongue qu'on appelait Atwell, il y avait une énorme caisse. Sur son couvercle, on avait écrit en travers à la peinture verte l'inscription *Merry Xmas Jørn from Army Task Force*. Toute la section rassemblée autour de la caisse avec dévotion lui donnait des airs de cercueil. Honest John et Black Jack se tenaient à un bout, comme deux croque-morts, terriblement sérieux. Le caporal Jones me fourra une bière Budweiser dans la main, et quand je l'eus ouverte, John dit :

« Nous allons maintenant te présenter notre cadeau, en toute modestie. »

Il me tendit un marteau arrache-clou.

« Et nous allons assister à son ouverture, et nous délecter de la surprise qui va envahir ton visage. »

Il fit un geste d'encouragement de la main, et je commençai à enlever les clous.

Deux hommes soulevèrent le couvercle, et je me mis à farfouiller dans les nombreuses couches de papier huilé qui enrobaient le mystérieux cadeau. En dessous, il y avait une couche de mousse plastifiée qui fut découpée avec le couteau de Jack.

John avait raison. Une expression stupéfaite se répandit sur mon visage. Pas seulement sur le mien d'ailleurs, mais sur tous ceux qui étaient là. Mon cadeau de Noël était un long cylindre, un peu aplati, fait de métal brillant.

J'étais surpris, mais aussi un peu inquiet. Qu'est-ce que j'allais bien pouvoir faire d'un cylindre de plus de deux mètres de long et si épais que deux hommes ne pouvaient pas l'encercler de leurs bras ? J'envoyai des sourires ravis mais forcés à l'assistance, qui ne me furent pas retournés.

Honest John s'éclaircit bruyamment la gorge plusieurs fois et fit des signes de connivence au sergent-chef, qui prit la parole de sa voix douce et profonde.

« On sait que tu as toujours voulu avoir une mignonnette. Alors on t'en a trouvé une. »

Il se pencha en avant et lut :

« Elle peut contenir 80 gallons et ne doit donc être remplie qu'une fois par an. Même en comptant la consommation de M. Mortensen. »

Je souris faiblement, et Honest John vit que je ne gobais pas l'explication de Jack. Il fixa gravement le cylindre et marmonna :

« On dirait un réservoir de secours pour avion. Hum. Pas tout à fait ce que j'avais imaginé. »

Il contourna l'objet, toqua dessus plusieurs fois de son poing et hocha la tête.

« Mais tu dois admettre qu'elle est belle. Elle a quelque chose de particulier, quelque chose qui charme au premier regard. Comme si elle renfermait un secret. »

Le caporal Jones ajouta :

« Si on la remplit de whisky et qu'on la place à l'extérieur de sa maison avec une vanne à travers le mur… »

John lui répondit par un sourire sévère. 80 gallons de whisky, ça faisait dans les 350 litres. Et c'était beaucoup, même pour l'Army Task Force.

Le silence se fit dans l'assemblée. Ne restaient que les petits *plop* des Budweiser décapsulées sporadiquement, et un tintement lorsque John servit du Laphroaig. Black Jack chuchota pour lui-même :

« C'est presque une œuvre d'art, ce truc-là. »

Honest John plissa les paupières. Puis ses lèvres s'ouvrirent en un large sourire chaleureux. Il se tourna vers moi.

« Bien entendu, ce cadeau a été pensé comme une œuvre d'art, au fond. Comme un rocher, un bout de bois ou un bloc de marbre renferme une œuvre d'art, ce magnifique réservoir contient un secret que tes amis vont faire jaillir. Nous allons capter l'art du cylindre, et faire surgir quelque chose qui rayonnera, répandra la joie pour des siècles et des siècles. »

Le réservoir fut traîné à l'extérieur par huit hommes et déposé dans la neige pour une auscultation méticuleuse. On amena des outils, des chalumeaux, des pieds-de-biche et autres babioles. Il y avait aussi des scies à métaux, des clefs à tube et de grandes limes. Puis la section de l'U.S. Army Task Force commença à façonner l'œuvre d'art à partir du réservoir de secours. Le sergent-chef Jack Gardner, qui prétendait avoir une vision très claire de la forme que devait prendre la sculpture, dirigeait les travaux. Honest John et moi, nous nous installâmes sur des caisses de stockage pour observer, tout en sirotant le Laphroaig en compagnie de M. Mortensen.

J'ai depuis eu l'occasion de contempler nombre d'œuvres d'art, mais pas une seule approchant de près ou de loin celle qui me fut offerte par mes amis de Thulé.

Elle était grande, nul besoin de le préciser. Le réservoir fut ouvert comme on épluche une banane. Chaque rabat était minutieusement ouvragé au chalumeau pour ressembler, avec un peu d'imagination, aux pétales d'une fleur. Jusque-là tout allait bien. Puis on arrivait à ce que Jack appelait la partie non-figurative. Les nervures qui avaient solidifié le réservoir de l'intérieur avaient été tirées en longues spirales, nouées ensemble par plusieurs hommes costauds pour dessiner deux personnages s'étreignant tendrement. Selon Jack. Avec un peu d'effort, je pouvais deviner l'étreinte, mais pas les deux personnes, même avec toute la bonne volonté dont j'étais capable. Pour les différencier, la silhouette masculine fut bleuie à la lampe à souder. La silhouette féminine fut laissée blanche et brillante, *in naturalibus* pour ainsi dire. Le bloc entier fut soudé sur une poutre métallique de cinquante kilos, prévue au départ pour consolider les tentes.

J'étais touché. Très touché. M. Mortensen, la queue entre les pattes, grogna en direction du monument. Il ne but pas plus ce soir-là.

« Ce cadeau, dit Honest John, est l'expression des sentiments amicaux que nous avons pour toi et pour le pays qui nous a donné un foyer. »

Il lança un regard légèrement confus à son sergent-chef, qui lui répondit d'un œil désapprobateur. John soupira. Il avait une légère tendance à la grandiloquence lors des occasions solennelles.

« Bref, pour toi de notre part, dit-il laconiquement. Tu le veux où ? »

J'étais conscient que la chose devait partir loin. D'abord parce que c'était un réservoir d'avion volé et que cela pouvait déclencher quelques questions désagréables. Ensuite parce qu'elle était dangereuse, et pas qu'un peu. Des enfants inuits pouvaient se couper à mort sur les formes tranchantes s'ils commençaient à grimper dessus. M. Mortensen pouvait perdre quelque chose de particulièrement important s'il s'avisait de pisser dessus. L'œuvre devait se trouver loin de Dundas, où j'habitais.

« J'aimerais le placer dans la montagne, à côté de nos fauteuils », dis-je.

Le visage de John rayonna.

« Bien entendu. Il se fondra parfaitement dans le paysage. Cette femme et cet homme vivront leur éternelle étreinte au cœur de la plus parfaite nature de l'univers. »

Il fallut pratiquement une journée pour amener la création à sa place. Elle fut montée aussi haut que possible dans la montagne avec des véhicules à chenilles, puis traînée tout le reste du chemin sur une planche de contreplaqué, à l'aide de cordes. *L'Étreinte* fut posée sur le mince rebord devant la grotte, pour que nous puissions la voir en même temps que le magnifique fjord depuis nos fauteuils.

Une fois les hommes retournés à la base, John, Jack et moi restâmes longtemps silencieux. Le croissant de lune éclairait le fjord d'une lumière blafarde qui faisait briller les flancs de montagne comme de l'argent tacheté. Un jeu d'ombres et de lumières se fit, et soudain je vis ce que Jack Gardner s'était imaginé pendant la genèse. Deux silhouettes s'enlaçaient bel et bien. Un homme et une femme, nus, partageaient une étreinte par un froid glacial sur le rebord d'une falaise. Je fis part de ma découverte à mes compagnons. Black Jack hocha la tête, l'air entendu.

« Les choses doivent être observées avec la bonne perspective », dit-il.

Honest John plissa les yeux, et regarda fixement la sculpture.

« Tu es sûr que c'est un homme et une femme, Jack ?

— Absolument certain. »

John secoua la tête.

« Je n'ai pas les compétences nécessaires, ajouta-t-il alors, accablé. Peut-être que si je buvais comme un trou, je serais capable de distinguer quelque chose. »

Et c'est ce que John fit, lors d'un beau jour de printemps, alors que nous avions passé la nuit dans la grotte. Et cette fois-là, il vit des tas de choses diverses, que ni Jack Gardner ni moi ne pouvions voir.

Pour éviter que d'autres amateurs d'art ne repartent déçus par *L'Étreinte*, il déposa cinq bouteilles de whisky Laphroaig dans la grotte. Vous voilà prévenus.

Un départ digne

Après quinze hivers passés dans l'Arctique, je commençais à me demander de quoi le monde pouvait bien avoir l'air plus au sud. Là où le jour et la nuit alternaient toute l'année, où les arbres étaient grands et verts et où le nez ne gelait pas dès l'instant où on le mettait dehors. Ces questionnements se firent insistants. Au cours de la longue nuit hivernale, mon imagination s'emballait. À propos de déserts, de jungles et de mers infinies, libres de glace. Et d'un coup, j'eus envie de partir. Partir loin de la neige et de la glace, et d'étés qui déclinent alors qu'ils viennent tout juste de commencer.

Avant de prendre la décision finale, je voulais passer encore un hiver en tant que héros polaire. Cela devait se faire au sommet d'une montagne perdue dans l'inlandsis, où une expédition canadienne avait besoin d'observations météorologiques quotidiennes, de mesures ainsi que de quelques calculs sur la lente dérive de la glace vers la côte. J'aurais droit pour toute compagnie à six chiens et un radio émetteur.

Dans le nord-est du Groenland, j'avais déjà été seul pendant de longues périodes, mais ça avait toujours été avec la certitude que mes camarades d'expédition reviendraient à la base à un moment ou un autre. Au Camp 3, je réalisai rapidement que j'étais seul et ne pouvais compter que sur ma propre compagnie jusqu'à ce que l'hélicoptère vienne m'évacuer avec les chiens, onze mois plus tard. C'est ce qui était prévu.

L'automne passa sans problème. Je faisais mes relevés météo toutes les trois heures, chassais un peu, bien qu'il n'y ait aucune créature à chasser et que je le savais. J'entretenais des conversations longues et passionnantes avec les chiens. De plus, je me liai d'amitié avec un dentiste d'Hawaï via l'émetteur à ondes courtes.

Puis vint la nuit. Accompagnée d'une lourde et épaisse obscurité et d'un sentiment écrasant de solitude. Heureusement, le sommet de la montagne était légèrement éclairé par la neige qui était tombée au début de l'hiver. La vieille éminence sur laquelle j'avais planté ma tente devint blanche et jeune, une part de l'énorme glacier qui s'étendait vers l'est.

Mais après les neiges vinrent les tempêtes. Les unes après les autres. Elles s'annonçaient avec fracas et hurlements, et après avoir pris de l'élan pendant des centaines de kilomètres sur l'inlandsis elles venaient heurter mon sommet et se répandre dans les fjords avec des airs d'ouragan.

La tente, qui avait rapidement été recouverte de neige, se tordait sur son cadre d'aluminium, le sol remuait et le poêle à pétrole dansait. Certains jours, il était impossible de sortir pour démarrer le générateur alimentant mon émetteur radio.

Tout cela n'était pas spécialement effrayant, car j'avais déjà vécu de telles situations dans l'est du Groenland. J'oserais même prétendre que, jusqu'au beau milieu du mois de décembre, je n'étais pas encore le moins du monde timbré. Je jouais aux échecs avec le dentiste d'Hawaï, gagnai une partie et en perdis deux avant que la folie ne surgisse de l'ombre.

Un des derniers jours de décembre, je sortis chercher de la neige pour en faire de l'eau. Quelqu'un me fixait. Sûr et certain ! Un quelconque imbécile se tenait là dans l'obscurité et m'observait fixement. Les cheveux de ma nuque se dressèrent de peur, j'attrapai le seau de neige et me précipitai dans la tente.

De retour au chaud, je tentai de rire de moi-même. Bien entendu, personne ne me regardait. Il n'y avait pas âme qui vive des lieues à la ronde. Qui monterait jusqu'à ce sommet glacial, abandonné des dieux ? Je parvins à m'insuffler assez de courage pour sortir au cours de la soirée, afin d'éliminer quelques besoins naturels. Alors que je me tenais là, accroupi, regardant nerveusement dans toutes les directions, je sentis quelque chose de vivant effleurer mon postérieur. Avec un hurlement, je fis un bond en l'air avant de courir aussi vite que possible jusqu'à la sécurité de la tente, mon pantalon sur les chevilles. Avant même d'avoir retrouvé mon souffle, je compris que c'était un des chiens.

Mais il y avait quelque chose là, dehors. Sûr et certain. Une chose ou une autre, qui attendait patiemment que je sorte. L'angoisse s'installa, et le mois de janvier venu, je ne sortais pratiquement plus de la tente. Je rentrai les chiens à l'abri, où ils formaient un gros tas agité, haletant à cause de la chaleur. Je ne me prenais en main pour sortir que lorsque je manquais d'eau. Mais avant, j'allumais deux gros Petromax. Je posais le premier près de la porte et gardais l'autre à la main, pour que la zone du flanc de montagne soit bien éclairée. Alors seulement, je sortais, entouré par les chiens et baigné dans la lueur jaune des feux de pétrole.

L'angoisse finit par se muer en une étrange léthargie qui dura jusqu'au début de février. Je passais la plus grande partie de mon temps allongé dans ma couchette à fixer le demi-cercle que formait le toit de la tente, laissant mes pensées flotter comme elles le désiraient. J'oubliai Hawaï, les observations météorologiques et me foutais de savoir si la glace bougeait ou pas.

Et un jour, les chiens commencèrent à se battre. L'enfermement et l'inactivité les avaient rendus irritables, et ils se lancèrent dans une petite bagarre, histoire de faire quelque chose. La petite bagarre devint rapidement très sérieuse.

Je me levai à contrecœur pour les séparer. Mais ils ne voulaient absolument pas être séparés, ça non. Le sang jaillit à flots. Qiatiq, mon meneur, eut l'épaule déchirée jusqu'à l'os, le vieux Stratus perdit un œil et Bodut verrouilla sa mâchoire autour de ma cheville quand je tentai de disperser la bande. J'explosai. Hurlai et me démenai, arrachai la porte de la tente et balançai tout le paquet dehors à coups de pied. Je sortis et, sans me soucier des fantômes et autres observateurs, grondai et invectivai la troupe qui fila le long de la montagne. Les chiens se rassemblèrent, foncèrent sur la glace et disparurent dans l'ombre obscure des sommets.

J'étais seul. Le paysage était baigné de la lumière de la lune, et l'immense ombre du *nunatak* qui avait avalé les chiens ressemblait à une faille insondable.

J'avais froid. Je me tenais sur le sommet en caleçon long, maillot de corps sans manches et chaussons, et je sentais la chaleur de ma rage s'atténuer, remplacée peu à peu par un froid mordant qui se glissait sous ma peau.

L'angoisse de l'inconnu s'envola. Elle ne fit pas que disparaître, elle laissa derrière elle un sentiment de joie et d'espoir. C'était comme si ma conscience s'ouvrait, que mes sens s'aiguisaient et que toutes les petites choses que ma léthargie avait masquées m'apparurent comme autant de petits miracles.

Les chiens finirent par rentrer, et nous eûmes une longue et fantastique conversation. Je battis le dentiste trois fois d'affilée aux échecs au cours d'une même semaine et commençai à écrire mes impressions, des histoires qui me semblaient évidemment incomparables.

Enfin, la lumière revint et avec elle l'envie de voir des gens. La nature autour de moi était magnifique et infinie, mais c'était comme devenu insuffisant. Aussi loin que mon œil portait, elle était dominée par un ciel immense et clair. Le temps se réchauffait et la neige au sommet du *nunatak* commença à fondre. Les jours étaient longs et libres, et se suivaient la main dans la main sans même que je le ressente.

Tout était bien, tout était beau. Mais ça manquait de vie.

Les dates que j'inscrivais dans le journal de bord n'avaient aucune réalité. Elles étaient des mesures de temps dans une dimension où le temps n'existait plus.

C'est pourquoi ce fut une surprise de réceptionner un télégramme indiquant que le camp allait être évacué et que je serais transporté jusqu'à Søndre

Strømfjord pour mon retour au Danemark. J'avais quatre jours. Plus que quatre jours dans mon refuge de solitude.

L'idée était monstrueuse ! Comment serait-ce de regarder d'autres gens dans les yeux ? Entendre leurs voix et les laisser entendre la mienne. Peut-être allaient-ils me toucher, rire, me poser des questions. Peut-être même allais-je avoir l'opportunité de dormir avec l'une de ces créatures ! L'angoisse de l'hiver refit surface avec un nouveau visage, et je décidai d'en parler sérieusement avec les chiens. Il fut décidé à l'unanimité de se tirer avant l'arrivée de l'hélicoptère.

En quelques heures, le camp fut bouclé et j'envoyai un télégramme à la direction de l'expédition pour leur indiquer qu'ils pouvaient venir tout récupérer, et que j'étais déjà parti sur la glace pour rentrer chez moi seul. Ils n'avaient pas besoin de se soucier de moi.

Ce fut un long voyage jusqu'à Sarfanguaq, où j'eus la chance d'attraper le premier bateau de l'année vers Sisimiut. Là, je me mis d'accord avec le Groenlandais Ando pour qu'il m'emmène à Søndre Strømfjord, où je pourrais prendre un avion pour l'Europe.

Ando était un Groenlandais court sur pattes, entre deux âges, avec un fort appétit pour les voyages. C'était un homme plein de surprises, qui se présenta le jour du départ avec un traîneau vide, sept chiens maigrichons et une jeune femme nommée Amalie.

Je lui fis remarquer que le voyage serait long, et que nous avions besoin de provisions à la fois pour les humains et les chiens. Il sourit, secoua la tête et répondit que tout devrait se dérouler sans problème. Il avait préparé quelques dépôts tout au long du chemin.

Nous partîmes tôt un matin, avant même que la ville ne se réveille. Après cinq heures de trajet, Ando fit halte et envoya Amalie dans la montagne. Elle en revint avec un vieux cuissot de renne, dur comme du bois et enrobé d'une couche verte de moisi. Ando tira une bouteille d'eau-de-vie du sac du traîneau. Il fallait maintenant manger, et ne plus voyager pour aujourd'hui, voilà ce qu'il disait. Il monta la tente, attacha les chiens et commença à découper des lamelles du cuissot avec sa hache.

La viande avait un fort goût de date de péremption dépassée. Mais l'eau-de-vie relativisait le problème. Amalie prépara du thé, et à la fin du repas, elle et Ando allèrent se reposer dans la tente. Je m'installai dehors au soleil et me demandai comment je devrais me comporter une fois à Søndre Strømfjord. Je devais évidemment adopter le rôle du héros polaire solitaire et taciturne, qui avait acquis une grande sagesse par la privation et la douleur. J'avais dû m'endormir, car je fus réveillé après quelques heures par Ando, qui me proposa généreusement d'aller dans la tente voir Amalie. Ça ne fait rien, disait-il, et Amalie en avait elle-même envie.

Je préférais ne pas y aller, et je le dis à Ando. Amalie était une gentille fille qui, même s'il lui manquait la plupart des dents du haut, était très attirante. Mais je n'avais pas été en compagnie d'une femme depuis longtemps, et ce qui pouvait se passer à l'intérieur de la tente m'effrayait un peu. Ando comprenait parfaitement, et proposa qu'on aille plutôt chasser le renne.

Nous attrapâmes deux rennes durant les vingt-quatre heures suivantes. Le premier fut découpé pour les chiens et le deuxième gardé comme provision de voyage. Amalie creusa le long d'un côté de la tente une tranchée, où le sang, les rognons et autres déchets furent jetés. Elle y versa également l'eau usée du thé, de la soupe moisie et le contenu du pot de chambre en fer-blanc.

Nous mangeâmes bien et longtemps, puis Ando et Amalie reprirent leurs activités nocturnes. Je tombai dans un sommeil agité, au cours duquel j'avais apparemment pas mal remué, puisque au matin je me réveillai avec l'arrière de la tête dans la tranchée.

Je tentai de me lever. Mais mes cheveux, longs après onze mois de pousse, s'étaient mêlés aux délices de la tranchée, qui, au cours de la nuit, avaient gelé en un solide bloc de glace.

Désespéré, j'essayai d'atteindre mon pantalon, et le couteau de chasse à sa ceinture. Je pouvais voir le couteau mais pas l'atteindre. Alors, me sentant misérable, je dus appeler Ando à l'aide. Il leva la tête et regarda par-dessus la caisse à provisions. Puis il éclata de rire. Amalie se réveilla, et une seconde plus tard, ils étaient tous les deux affalés nus sur la caisse à provisions, écroulés de rire devant ma tragique situation. Je voulus rire avec eux, mais n'y parvins pas vraiment. Pas même quand, au bout d'un long moment, Ando eut pitié et me libéra.

L'arrivée à Søndre Strømfjord fut différente de ce que j'avais imaginé. Nous descendions de l'arrière-pays, juste au moment où la machine venue de Los Angeles atterrissait. Je n'eus qu'à me lever du traîneau pour aller directement m'asseoir dans les sièges confortables de l'avion.

À côté de moi était assis un couple d'Américains. La femme se pencha vers son mari, s'écartant de moi, et lui chuchota quelque chose à l'oreille. Quand nous eûmes décollé, ils échangèrent leur place. Je regardai par le hublot le vaste monde montagneux qui s'étendait au-dessous. Une série de plans d'eau que nous avions passés en traîneau peu de temps avant semblaient m'adresser des clins d'œil. L'avion s'éleva lentement au-dessus de l'inlandsis, là où j'avais passé la dernière année. Une année de solitude, d'angoisse et de privation, mais aussi de joie, de liberté, et de sensations de bonheur qu'on ne pouvait décrire.

Je me retournai vers mes compagnons de vol et vis qu'ils s'étaient déplacés de plusieurs rangs. Une hôtesse se tenait non loin et me fixait. Je lui souris, et elle me sourit en retour.

« Ils disent que vous puez », m'expliqua-t-elle.

Je rougis et baissai le regard. Mon anorak était constellé de taches de sang, et mon pantalon couvert de saletés et de graisse de renne.

« Vous pouvez vous laver dans les toilettes », proposa-t-elle.

Je secouai la tête et me retournai vers le hublot. L'odeur du Groenland, les voyages en traîneau, les chiens et le gibier, le réchaud et les délices de la tranchée d'Amalie me remplissaient, m'étourdissaient. Et je me sentis plus seul que je ne l'avais jamais été sur la glace. Pour la première fois en quinze années arctiques, je me sentais comme un héros polaire.

LIVRE 2

J'ai vécu, et pour cela
je suis profondément reconnaissant.

Je vis toujours,
ce que l'on pourrait considérer
comme un bonus, puisque j'aurais dû,
depuis longtemps déjà, être hors service.

J.R.

Imaqa

Imaqa était fils de Mazanti, frère de Josva et donc oncle d'Ugge. Et puisque j'étais plus ou moins fiancé à une des sœurs d'Ugge, Imaqa et moi étions presque parents.

Alors que Josva s'était fait baptiser déjà dans les années trente, Imaqa s'en était fermement tenu à son ancien mode de vie et aux croyances héritées de ses aïeux. Il ne se retrouvait pas dans ce bon Dieu chrétien et n'arrivait pas à saisir pourquoi il fallait adorer une divinité bénéfique. Car le bien était bon en lui-même, aucune raison de s'en soucier. En revanche, il fallait craindre et conjurer le mal, et c'est pourquoi Imaqa, dans sa jeunesse, à Angmagssalik, avait reçu la formation d'exorciste. Il remplissait toujours cette fonction, en toute humilité, lorsqu'il vivait au cap Hope. Contrairement à son frère, il n'avait donc jamais reçu par le baptême de nom chrétien, et gardait celui qui lui avait été donné à la naissance. Imaqa veut dire « Peut-être ». Il naquit païen, et c'est en tant que païen, *gutimik nalussussusek*, qu'il vécut et mourut. Chaque fois que je repense aux « vieux » de l'est du Groenland, le visage d'Imaqa m'apparaît. Son visage, sa vie et sa mort.

Imaqa avait toujours été un prodigieux chasseur. Dans la fleur de l'âge, la moitié des ours tués dans son district était son ouvrage, et même à l'aube de la vieillesse, il restait un des plus grands chasseurs d'animaux marins. Les morses étaient sa spécialité, et il voyageait volontiers plusieurs semaines en traîneau pour rejoindre l'habitat de ces créatures.

Ma première rencontre avec Imaqa, bien avant que je ne m'installe moi-même dans le district de Scoresbysund, eut lieu à la cabane du cap Elisabeth, nichée au fond de l'immense fjord du Roi Oscar. Ugge et moi avions passé quelques jours dans la cabane le temps que la glace ramollisse, en espérant peut-être dénicher quelques phoques dans les fissures. Nous n'avions plus de quoi nourrir les chiens, et il devenait urgent d'y remédier. Ils étaient fatigués et n'avaient pas la force de faire les longs trajets pour ravitailler les dépôts de l'expédition d'été.

Mais la glace des fjords restait dure, bien que l'été fût là.

C'était déjà le début du mois de juin.

Le vieux païen débarqua en pleine nuit, avec un énorme phoque barbu sur son traîneau.

« Celui-là est venu en marchant sur la glace, expliqua-t-il. Pouvait plus retrouver l'eau. Et quand je lui ai parlé, il a vivement insisté pour mourir. »

Imaqa secoua la tête, l'air grave, et passa sa main sur le dos blanc de la bestiole.

« Pouvais-je refuser de le tuer ? »

Il fit tomber l'animal du traîneau et le retourna sur le dos.

« Il a beaucoup souffert, il y avait des traces de sang sur plusieurs kilomètres derrière lui », ajouta le chasseur.

Nous pouvions voir que les poils de son ventre avaient disparu, et que le phoque s'était traîné mille après mille sur sa chair à vif.

« Comment as-tu pu lui parler ? » demandai-je, étonné.

J'avais alors seulement passé deux ans au Groenland, et j'étais encore ignorant des nombreux sens que les Inuits avaient conservés, sens que nous autres avons perdus depuis bien longtemps.

Imaqa me lança un regard perplexe.

« Parler ? Qu'est-ce que tu veux dire ? C'est simplement parler comme on a appris à le faire. Peut-être comme tu peux dire les pensées d'un autre homme sur du papier. »

Il ne savait pas lire, et avait du mal à comprendre comment les autres en étaient capables.

« C'est autre chose, rétorquai-je, on lit des signes qu'on a appris.

— C'est exactement ce que je viens de dire, répondit-il en hochant la tête. Des signes qu'on a appris. Et comme ça, on peut parler aux animaux.

— Quels signes ? » voulus-je savoir.

Imaqa eut l'air déconcerté.

« Mais… tu sais bien. Les signes du corps, des yeux, des oreilles. De la bouche, de la queue, le ton de la voix. Il s'agit simplement de parler, m'assura-t-il. Pas difficile. »

Nous passâmes quelques jours paisibles, vivant du phoque barbu d'Imaqa. Les chiens retrouvèrent des forces, et Ugge et son oncle parvinrent à capturer assez de phoques pour notre voyage. Imaqa prit congé de nous et repartit vers la colonie.

Plusieurs années devaient s'écouler avant que je ne le croise à nouveau. Il était devenu un vieil homme. Une hémorragie cérébrale l'avait rendu aveugle d'un œil et avait à moitié paralysé son bras gauche. Mais le vieux était indomptable. Il se tenait au bord de la glace chaque matin, avant tout autre. Et même s'il revenait rarement avec du gros gibier, il continuait de chasser.

Un jour, Ugge vint me voir et m'annonça que le grand chasseur était mort. Et je n'avais besoin ni de beaucoup d'imagination ni de ma connaissance d'Imaqa et de son entourage pour me représenter sa dernière chasse.

Imaqa avait quitté le cap Hope sous un lourd brouillard verglaçant. Les maisons étaient silencieuses, car les gens étaient plongés dans le sommeil qui précède l'aube, celui qui est le plus profond. Les chiens avançaient d'un pas léger, et prirent par habitude le chemin menant au bord de la glace. C'étaient de grandes bestioles maigres, au pelage gris-blanc, qui levaient les oreilles au moindre signe venant de leur maître. Il s'adressait à eux avec des sons de gorge doux et roucoulants, et ils écoutaient attentivement. De temps à autre, l'un d'eux jetait un rapide coup d'œil en arrière. Aucun des chiens ne changea de place dans l'attelage, et les traces laissées par le traîneau restèrent bien droites et parallèles jusqu'au cap Tobin. De là, il ne restait que quelques kilomètres avant d'atteindre la côte, où la mer et ses courants chargés de glaces flottantes effleuraient la banquise.

C'était l'automne, et le soleil se montra comme à contrecœur au-dessus de la mer, à l'est. Pendant un long moment, il se traîna lentement sur les plaques de glace dentelée, avant de s'élever paresseusement en projetant des gerbes de lumière orange et rouge à la ronde. Les montagnes se parèrent de teintes roses, et la glace hésita un instant pour un chatoiement doré, avant de jeter son dévolu sur un gris lumineux et un blanc éclatant. Imaqa avait le visage tourné vers le soleil, pour capter sa chaleur. Il avait fermé les yeux pour les protéger de la lumière aveuglante, mais il voyait les couleurs et la beauté de la glace derrière ses paupières. C'était une vision qu'il avait contemplée si souvent que désormais, elle vivait en lui.

Imaqa longeait le bord de la glace, vers le nord. Il était assis sur le traîneau, présentant le flanc à sa direction et le visage à la mer. Il inspira l'odeur de la mer et sentit ses délices. Puis il ouvrit son œil valide et s'efforça de découvrir la vie cachée sous la banquise.

La chaleur du soleil dispersa le brouillard, qui protesta silencieusement un instant, avant de s'élever en volutes étincelantes pour se dissoudre dans le ciel bleu, infini. Au-dessus de l'eau, un jeune plongeon recherchait ses acolytes, et son cri plaintif recevait à la fois échos et réponses des falaises proches. Quelques corbeaux tournèrent juste au-dessus du traîneau, l'accompagnant un long moment. Ils faisaient un boucan d'enfer, mais ni Imaqa ni les chiens ne leur prêtèrent attention. Le traîneau poursuivit son chemin le long de la côte sinueuse, jusqu'au dos du fjord Hurry. Là, le bord de la glace s'incurvait vers la terre, formant une large baie aux eaux calmes et claires. Imaqa fit halte. Il saisit son fusil et inséra des cartouches dans la chambre. Les chiens se roulèrent dans la neige et entreprirent de ronger les petits éclats de glace coincés entre leurs coussinets. Puis ils s'ébrouèrent et s'étendirent au soleil. Quelques jeunes chiens grognèrent en direction du chef de meute, qui ne leur accorda même pas un regard.

Imaqa commença à chanter doucement. Un chant sans paroles, qui pouvait peut-être attiser la curiosité des animaux marins. Cette chanson lui appartenait, et il l'avait souvent entonnée avec beaucoup de chance. Elle avait tiré de nombreux phoques des profondeurs, de petites têtes rondes qui se tournaient, intriguées, vers la côte. Et la chanson était devenue la dernière chose que ces créatures entendaient. Comme un cadeau qu'Imaqa leur offrait, en échange duquel elles lui offraient leur vie. Il avait transmis son chant à ses jeunes neveux et nièces, mais peu d'entre eux l'utilisaient. Certains riaient en secouant la tête, parce qu'ils trouvaient la chanson dénuée de sens. Ce qui était vrai, et faisait justement son pouvoir. Les jeunes avaient alors leurs propres chants, Imaqa le savait, des chants pleins de sens sur la vie dans les colonies, sur l'amour et sur la politique. Des airs qui n'avaient pas le moindre pouvoir, et qu'il était impossible de transmettre aux animaux que l'on chassait. C'était comme si les jeunes s'alimentaient de ces chansons, plutôt que l'inverse, ce qui était tout à fait étrange, même incompréhensible, car ces chants n'appartenaient à personne. Or, comment peut-on transmettre ce que l'on ne possède pas ? Il y avait de cette façon beaucoup de choses que sa vieille caboche ne pouvait contenir, des choses qui n'avaient aucun sens pour qui veut être chasseur.

Imaqa ne connaissait que la chasse. Alors il envoya son chant dénué de sens vers la mer, pour que tous ceux qui le souhaitaient puissent l'écouter. Et il advint que l'eau entre les plaques fut percée par un petit phoque curieux, dont les grands yeux noirs observaient avec intérêt le vieil homme sur son traîneau. Imaqa ne les vit pas. Mais il entendit le sourd clapotement quand la créature retourna à l'océan. Il plaça la main devant son œil aveugle et observa attentivement avec le valide, mais ne vit que les plaques proches, tel un mur de glace flou. Et l'eau lui apparaissait comme en filigrane dans les fentes.

Imaqa resta la journée durant sur son traîneau, attendant ses proies. De temps à autre, il chantait sa chanson, mais il restait le plus souvent immobile, en silence. Il entendait parfois un coup de feu, venant d'autres chasseurs plus au sud. Il souriait alors et se sentait joyeux. À chaque détonation ou presque, il pouvait deviner, au son, qui venait de tirer. Car chaque fusil a sa propre voix.

Dans l'après-midi, il mangea un peu de poisson séché, prépara du thé sur le réchaud et, la tasse chaude entre les mains, parla aux chiens. Mais ils étaient si ivres de soleil qu'ils daignèrent à peine lever la tête pour montrer qu'ils écoutaient. Des vols d'oiseaux passaient par-dessus le traîneau comme de petits nuages noirs. Imaqa pouvait deviner à leurs cris et au bruit de leurs ailes à quelle espèce ils appartenaient, et il savait qu'ils venaient du nord, où se trouvaient les grandes montagnes des oiseaux. Nombre d'entre eux étaient nés au début de l'été, et ils étaient maintenant assez forts pour que leurs ailes les portent loin de l'hiver groenlandais.

Les corbeaux observaient toujours le vieil homme d'un œil perçant. Ils n'allaient nulle part pour l'hiver, ils restaient, à l'image des hommes, dans cet agréable pays. C'est pourquoi Imaqa aimait beaucoup les corbeaux et ne les faisait fuir que rarement quand il avait attrapé quelque chose. Lorsque c'était le cas, il les laissait aller et piocher dans la neige teintée de sang, et il arrivait même qu'il leur jette quelques morceaux de viscères, au grand dam des chiens.

Au moment même où Imaqa décida de s'en retourner au cap Hope, l'eau juste devant le traîneau fut percée par une grosse tête barbue, qui l'observa avec curiosité. Elle était si proche que le chasseur pouvait constater que l'une de ses défenses était brisée. Sans réfléchir, sans hésiter, Imaqa projeta le harpon qui était posé sur le traîneau. Le jet n'avait pas la force de la jeunesse, mais fut suffisamment puissant pour arrimer la pointe du harpon dans l'un des trois plis du cou du morse, là où la peau est la plus fine. Le manche tomba, mais la ligne et la vessie utilisée comme flotteur glissèrent à toute vitesse sur la glace, jusqu'à l'eau. Imaqa bondit. Les chiens s'éveillèrent en un clin d'œil et se levèrent pour suivre la lutte. Un des plus jeunes tenta de s'avancer vers le bord de la glace, mais un grondement du chef de meute l'en dissuada.

Le morse plongea et le flotteur dansa entre les amas de glace. La bête échappa bientôt à la vue d'Imaqa, bien que les chiens la distinguèrent encore sans problème. Mais Imaqa savait où elle se trouvait. Il l'entendait toucher la glace, l'entendait disparaître sous l'eau et remonter à la surface. Il la suivait comme s'il avait encore une vue parfaite. Le morse allait revenir, il le savait. Il allait tenter de l'assaillir, de briser la glace sous ses pieds pour l'emporter vers le fond. Mais il savait aussi que la glace sur laquelle il se tenait était trop épaisse pour que le morse la traverse. Il saisit son 89 et retira le cran de sûreté. Puis il entonna de nouveau son chant dénué de sens. Un air que le morse entendrait, auquel il ne pourrait pas résister. Car les ancêtres de la bête avaient écouté le même chant, fredonné par les ancêtres du chasseur. Imaqa se balançait d'avant en arrière avec son vieux fusil entre les mains. La capuche de son anorak retirée pour mieux entendre, l'œil aveugle fermé pour mieux voir avec le valide. Il sentit la chaleur envahir son corps, parce qu'il avait harponné le gibier qu'il préférait. Il commença alors à chanter pour le morse une nouvelle chanson, pour le louer de s'être laissé harponner, et le remercier de s'être donné la peine de venir jusqu'à lui.

Le morse attaqua exactement comme il l'avait prévu. Il surgit des profondeurs, où il avait pris son élan, bondit de l'eau et s'écrasa sur la glace en la brisant sous son poids. Imaqa se tenait juste au bord de la fêlure. Il souleva le fusil et fit feu. Le projectile pénétra par un œil, et la lourde bête s'immobilisa entre les éclats de glace. Le chasseur saisit rapidement la ligne et la lança avant que le morse n'ait eu le temps de dériver. Le crochet à requin mordit dans le dos de sa proie. Lentement, il tira sur la ligne, et quand le morse fut remonté jusqu'au bord de la banquise, il saisit son couteau et fit deux entailles dans la peau de son cou. Il inséra dans l'ouverture une boucle en cuir et arrima sa prise à un bloc de glace proche, puis il commença à libérer les chiens de la corde principale.

Ceux-ci s'étaient levés. Ils sentaient l'odeur du sang chaud qui ruisselait de la bête, et les jeunes se mirent à couiner de faim. Mais Imaqa les fit taire. Il attacha les traits des chiens à la ligne, hissa la proie jusqu'à placer sa tête sur la glace, et indiqua aux chiens de tirer.

Le chef de meute le comprit instantanément. Il poussa les autres et se jeta en avant. Les chiens hurlèrent sous l'effort. Imaqa saisit le fouet et le fit claquer au-dessus de leurs têtes, pour les encourager. Lentement, l'énorme masse du morse glissa hors de l'eau. Imaqa laissa les chiens le tirer sur plusieurs mètres avant de les arrêter. Puis il les ramena vers le traîneau, qu'il mit à l'envers, fichant le haut des montants dans la glace.

Enfin, il commença à découper sa prise. D'abord, il enleva doucement la peau et la déposa par terre avec la chair vers le bas, pour que la neige puisse en aspirer le sang. Puis il retira les boyaux et les partagea entre les chiens. Les corbeaux étaient revenus. Ils volaient en cercle au-dessus de la neige tachée de sang, en poussant des cris stridents, et il leur jeta des bouts d'intestin et d'autres choses. Les volatiles s'en emparaient immédiatement et certains les avalaient sans attendre, d'autres emportaient leurs prises pour les déguster ailleurs.

Il y avait beaucoup de viande. De larges pièces d'une délicieuse viande d'un rouge profond. Les chiens étaient rassasiés et nettoyaient leur museau rougi. Imaqa retourna le traîneau et commença à empiler la viande dessus. Le chargement atteignait la moitié de la hauteur des montants et était si lourd que les saisines gémissaient misérablement.

Quand Imaqa eut terminé, il déposa la tête du morse dans l'eau et la laissa couler, en entonnant son chant dénué de sens. Il savait que la créature se laisserait à nouveau prendre, car elle avait été traitée avec douceur et respect, et il savait qu'elle n'était pas fâchée ou indignée qu'il l'ait tuée. La nuit était tombée tandis qu'Imaqa terminait son ouvrage. Il déposa une peau de voyage sur l'imposant chargement et arrima le tout solidement, puis commanda aux chiens de se lever. Ils étaient repus et n'avaient aucune envie de tirer le traîneau sur la longue route vers le cap Hope. Et quand il les fit enfin partir, ils trottinèrent le museau près de la glace, la queue basse.

Imaqa s'allongea de tout son long sur le chargement. Il pensa à sa chasse et se sentit heureux. Il pensa également à ses nièces et neveux, car lui-même n'avait pas eu d'enfants. Puis il ferma les yeux et laissa les chiens trouver seuls le chemin du retour.

Ils firent halte au cap Hope, devant la maison de Josva, où Imaqa avait vécu toute sa vie. Ugge les entendit et se leva. Il trouva Imaqa sur le traîneau, toujours allongé, un petit sourire aux lèvres, et ses deux yeux ouverts. Le vieil homme était mort.

« Il souhaitait la mort, me dit Ugge.

— Mais de quoi est-ce qu'il est mort ? demandai-je. Il est mort de froid ? »

Ugge secoua la tête.

« Quand un être humain désire renoncer à sa vie, parce qu'elle lui semble plus pesante que la mort, ou s'il souhaite mourir, repu de jours et dans un instant heureux, alors il est bon qu'il s'allonge et se laisse mourir.

— Ça ne peut pas être aussi simple que ça », répondis-je.

Ugge m'observa un long moment. Puis il hocha la tête, haussa les épaules et alla s'affairer ailleurs.

Ce n'est que de nombreuses années plus tard que je compris. C'était aussi simple que ça.

Histoire d'un sifflet

J'ai toujours éprouvé un profond respect envers les natifs qui voyaient en une pierre, un pilier ou une sculpture à l'effigie de quelque chose de sacré. Une entité auprès de laquelle on peut chercher de l'aide dans une situation difficile, ou du moins décharger ses inquiétudes. Moi-même, je n'ai jamais créé ni utilisé ce genre de fétiche, mais il s'en est fallu de peu. Surtout lorsque, il y a de nombreuses années, j'ai été sauvé par un sifflet.

Il y a bientôt quarante ans, le sifflet « ACME of England » parvint dans le nord-est du Groenland, en tant que sifflet de service d'une expédition arctique de l'époque, menée par le colonel Simpson. Le but de l'expédition ne fut jamais vraiment clair pour aucun des participants, mais nous avions dans l'idée que ça devait concerner l'existence de volcans actifs dans le fin fond du Groenland.

Simpson ne crut pas un instant à ces volcans. Et quand il eut constaté que les nuages de fumée observés depuis la mer n'étaient rien d'autre que de la poussière qui virevoltait au-dessus des cratères morts, il se jeta avec énergie dans son véritable hobby. Les aqueducs romains. Simpson était un petit bonhomme zélé, et il travaillait jour et nuit pour amener l'eau des rivières de montagne jusqu'au camp, d'une façon tout à fait classique.

Pour faciliter le travail de l'expédition, le bateau de ravitaillement avait amené jusqu'à la côte deux chevaux islandais, des animaux malins et travailleurs. D'après M. Simpson, on pouvait les entraîner à obéir à un sifflet.

Étant le plus jeune membre de l'expédition, on me confia le sifflet « ACME of England », les deux chevaux, et la tâche de parcourir le terrain à la recherche de matériaux de construction.

L'été durant, nous transportâmes des pierres pour l'aqueduc de M. Simpson. Au début du mois de septembre, il s'étendait à peine à une cinquantaine de mètres des tentes les plus proches du camp. L'ouvrage peut toujours être observé sur la face nord de l'île de Traill. Une construction de deux étages en granit gris, équipée d'un canal sur le dessus pour les afflux d'eau du printemps.

Au début, je doutais fortement de la magie du sifflet, mais j'allais vite me rendre compte que M. Simpson n'avait pas exagéré. Il y avait quelque chose d'étrange dans ces trilles, comme une invitation, joyeuse et optimiste. Quand je le faisais chanter, les chevaux dressaient leurs oreilles velues, retroussaient leurs babines et semblaient rire fort. Puis ils se mettaient à l'ouvrage avec une force incroyable. C'était comme si l'instrument faisait apparaître à leurs yeux d'immenses prairies vertes et de gros baquets remplis d'avoine. Comme si les animaux et les êtres humains, toute la merveilleuse nature groenlandaise et les notes du sifflet formaient une communauté plus élevée, qu'aucun d'entre nous ne pouvait comprendre, mais que nous pouvions tous savourer. C'était un sifflet magique ! Ce petit cylindre métallique avait auparavant officié dans la bouche de M. Simpson alors qu'il était chef de patrouille des boy-scouts de son pays natal, le Yorkshire, en *bombay bloomers* et avec son esprit ouvert d'enfant. Il prenait, en Arctique, une nouvelle dimension, qui faisait ressortir le meilleur des animaux et des êtres humains. Le sifflet répandait joie et douces sonorités, et pouvait sauver des vies. Ce qui advint, d'ailleurs.

À la mi-septembre, déjà, l'expédition retourna en Angleterre. On confia l'équipement à Ugge et moi, ainsi que les provisions restantes. Et les chevaux.

L'hiver s'annonçait sombrement, et nous comprîmes vite que les pauvres créatures mourraient de faim, bien que M. Simpson nous ait assuré que les chevaux islandais étaient capables de creuser à travers la neige et la glace jusqu'à l'herbe, au même titre que les bœufs musqués ou les rennes.

Seulement, nos chevaux n'avaient pas spécialement envie de creuser. Ils se tenaient là, le derrière exposé au mordant vent d'hiver, la tête baissée. Même le sifflet ne parvenait pas à les revigorer. Ils se collaient à l'aqueduc de M. Simpson, qui les protégeait un peu du vent, et le gel les y fixait solidement, à tel point qu'il fallait les libérer à la hache chaque matin. C'était désolant et, le cœur lourd, nous finîmes par les mettre à mort, par pitié. Nous rangeâmes la viande dans le dépôt.

Vint ensuite le long hivernage, qui en Arctique est tout à fait habituel. Nous nous étions réfugiés dans une cabane que les chasseurs de la région appelaient

« le Palais de cristal », parce qu'elle possédait trois grandes fenêtres avec vue sur la mer, et une autre, étroite, tournée vers le fjord, derrière.

C'était un refuge spacieux assemblé à clins, si bien isolé que seuls les tourbillons de neige des tempêtes importantes révélaient les endroits où le calfeutrage était tombé. On y trouvait une petite cuisinière, deux couchettes séparées par une table, une photo encadrée de Christian X à cheval, et une autre de Joséphine Baker et ses bananes.

Le temps passait vite dans une maison si confortable. Nous essuyions les tempêtes bien au chaud et sortions lors des accalmies dans les fjords voisins faire des mesures pour M. Simpson. La neige s'entassait sur plusieurs mètres autour de la cabane, et seuls une partie du mur ouest, la cheminée et un pan du toit restaient visibles. Nous avions condamné les fenêtres dès le début de la longue nuit d'hiver, et nous utilisions une trappe dans le plafond pour entrer et sortir, au lieu de nous embêter à creuser un passage devant la porte. Le séjour était agréable, avec beaucoup de plaisirs et peu d'obligations.

Un matin, nous fûmes réveillés par un vacarme terrible. Un ours cognait sur le mur ouest, celui qui n'était pas enneigé. Il avait visiblement envie d'entrer. Un vieux diable affamé, supposions-nous, qui n'avait pas été assez malin pour hiverner comme le font les ours raisonnables. Il avait dû renifler la viande. Après avoir marché un moment sur le toit, renversé la cheminée, faisant cracher de la fumée à la cuisinière, et grondé de mécontentement, il commença à frapper le mur de sa patte jusqu'à y faire un gros trou. Le bonhomme passa la tête à travers pour observer son futur repas. Ugge et moi fixions, affolés, ses coléreux petits yeux rouges et, non moins affolés, les munitions du 89 posées sur l'étagère juste en dessous du trou par lequel l'ours avait passé la tête.

Ugge ne bougeait pas d'un poil. Je tentai de sortir du sac de couchage, mais y retournai immédiatement lorsque l'ours rit d'un air méchant et poussa un rugissement que nous comprîmes parfaitement. Il était fatigué, affamé, et aimerait beaucoup nous manger.

À ce moment, je sentis le sifflet, accroché autour de mon cou par une ficelle. Je le collai entre mes lèvres et soufflai. La cabane, où avait régné un silence de mort, à l'exception du souffle rageur de l'ours, s'emplit soudainement de joyeux trilles. La magie fit effet !

Les petits yeux injectés de sang de l'ours clignèrent de surprise. Il ouvrit la gueule en grand, nous offrant une vue plongeante sur le fond de sa gorge, et produisit un étrange bourdonnement de ventre, un son que ni Ugge ni moi n'avions entendu auparavant. Son long cou commença à se balancer d'un côté à l'autre dans le trou, et sa langue pendait sur une de ses babines, la salive coulant à flots. Nous le fixâmes, éberlués, et j'en oubliai de siffler, ce qui fut une erreur. À l'instant où les fluctuations magiques s'estompèrent, le doux bourdonnement se mua en grondement affamé qui nous souffla contre les murs de la cabane. Je me déchaînai sur le petit cylindre métallique et l'ours se calma aussitôt. Son regard se fit presque tendre, et si j'osais, je prétendrais que l'énorme gueule afficha un sourire ravi. Mais je n'ose pas, parce qu'un récit véridique exclut toute affirmation douteuse. Cependant je maintiens que l'expression générale de l'ours au son du sifflet semblait ravie. Je continuai de souffler, et l'autre posa ses fesses dans la neige, à l'extérieur, en gardant la tête dans le trou qu'il avait ouvert. Les petits yeux clignotaient gaiement, et ce qui ressemblait vaguement à un sourire persistait. La langue avait cessé de goutter, maintenant que l'ours avait autre chose en tête qu'un déjeuner en avance.

Je sifflai encore et encore, et commençai à être hors d'haleine. Ugge, pressentant que l'instant où je serais à court de souffle pouvait survenir incessamment, se glissa hors de son sac de couchage et rampa vers l'étagère sur laquelle se trouvaient les cartouches. L'ours ne lui accorda pas la moindre attention. Il avait le regard fixé sur le sifflet, entre mes lèvres, et même lorsque Ugge osa lever la main vers la boîte de munitions, il n'en eut cure. C'est seulement lorsque mon compagnon inséra une cartouche dans la chambre du 89 et fit claquer le verrou que le son discordant irrita l'ours, apparemment fin mélomane. Celui-ci rugit et commença à forcer l'ouverture. Ugge fit feu à la hâte et, faute de mieux, je jetai le sifflet vers la tête du monstre. La balle traversa une oreille qui dépassait, et le sifflet disparut dans la gueule béante. Puis l'ours poussa un nouveau rugissement. Et quel rugissement ! Le plus étrange et surprenant qu'un ours ait jamais poussé dans le nord-est du Groenland. Car au milieu du cri retentissant on entendait clairement l'agréable tonalité du sifflet, plus forte et plus riche que jamais. L'ours loucha avec surprise vers son museau, rugit derechef, histoire de voir, et emplit de nouveau la cabane de ce son étonnant. Puis il retira la tête et la lumière entra à flots. Nous nous précipitâmes tous les deux pour regarder dehors, les yeux écarquillés. L'ours descendait la colline, vers le fjord. Son imposant derrière gigotant d'un côté à l'autre, il valsait sur la neige dure, et bougeait la tête au rythme des tonalités de sifflet que sa gueule produisait.

Une vue captivante. « *Nanok qitsarigpoq*, chuchotai-je, l'ours danse joliment. »

Ugge hocha la tête.

« *Sordlo Inuit*, répondit-il, comme un Être Humain. »

L'ours disparut dans la neige, et nous grimpâmes sur le toit pour remettre la cheminée en place. Une fois le feu de la cuisinière rallumé, nous fîmes du thé. Que nous coupâmes avec du rhum, parce qu'il s'agissait d'un jour mémorable. Plus tard, nous réparâmes la cabane autant que possible, en clouant une demi-peau de bœuf musqué sur le trou dans le mur. Le roi Christian, qui était tombé, retrouva sa place, puis nous rassemblâmes notre matériel et chargeâmes le traîneau. Nous filâmes vers le détroit d'Humboldt pour nous occuper des mesures mensuelles de la glace.

Il advint qu'au cours de la journée suivante, nous vîmes des traces de traîneau. Il s'agissait visiblement d'un attelage léger et étroit, tiré par trois chiens. Nous supposâmes que c'était Bjørgdal, un chasseur norvégien qui résidait au cap Humboldt. Nous fûmes immédiatement saisis d'une envie de faire une partie de cartes, notre rituel, une fois l'an, avec Bjørgdal. Une fois les mesures terminées (la glace avait cette année-là une épaisseur de deux mètres quarante au milieu du fjord), nous partîmes en visite. Bjørgdal était chez lui. La cheminée fumait, et il avait suspendu ses peaux sur de longues cordes à l'extérieur de la cabane. Il s'était montré assidu, car plusieurs rangées de dépouilles de renards bleus ou blancs s'agitaient dans la brise du soir, et le mur était orné de peaux de bœufs musqués et d'ours.

Bjørgdal était ravi de nous voir. Nous fûmes accueillis comme des rois, et il nous servit à la fois de la bière et du schnaps. Les deux boissons avaient un goût de pisse de renard, vu qu'il les avait confectionnées lui-même. Les cartes ne furent sorties que tard dans la nuit.

On parla de la côte, des visites qu'on avait faites ou reçues. Au cours de l'année passée, notre hôte avait reçu la visite des gens de l'île de Clavering. Elle s'était terminée en bagarre, nous expliqua-t-il, parce que ces diables-là n'avaient aucune manière. Mais à part ça, il devait bien admettre que ça avait été agréable. Ils avaient amené quatre bouteilles de véritable rhum et avaient acheté deux de ses chiens, tout juste bons à faire des chausses à *kamik*.

Bjørgdal était également allé jusqu'à la baie des Rennes pour faire une visite de courtoisie à un compatriote de Honningsvåg. Malheureusement, il s'avéra que le bonhomme était une fripouille. Il venait de Dalarna, en Suède, et son langage était incompréhensible à tout être civilisé. De plus, c'était un goujat, un mal élevé qui buvait à la bouteille et n'avait sans doute jamais mangé avec autre chose qu'une cuiller à soupe. Malgré tout, selon notre hôte, cela fut une visite intéressante et instructive, dont il n'aurait pas souhaité se passer.

« Oui, oui, dit-il, pensif. On vit beaucoup d'aventures, si l'on vieillit assez. En particulier ici, sur la côte. Il se passe les choses les plus incroyables, des choses auxquelles aucun diable ne croirait, si on les racontait. »

Nous l'observions avec curiosité. Bjørgdal avait une histoire derrière la tête, une histoire qui ressemblait au début d'un récit passionnant. C'était un homme réaliste, attaché aux traditions et aux coutumes, qui n'enlevait ni n'ajoutait rien quand il racontait. Il se leva et se dirigea vers la cuisinière, souleva les anneaux avec le tisonnier, se racla la gorge et cracha le résultat dans les braises. S'étant comme qui dirait nettoyé les cordes vocales, il revint s'asseoir à la table, arrangea ses cartes et se lança dans son récit.

« Il y a peu, j'ai abattu un énorme bougre d'ours. Je ne l'avais même pas vu, il était caché au milieu de gros tas de glace, totalement invisible.

— Comment est-ce que tu as pu le tuer, si tu ne l'avais pas remarqué ? demandai-je.

— Il m'a sifflé, le diable, répondit Bjørgdal, en détournant le regard. Je ne devrais sans doute pas raconter ça. On est si facilement tourné en ridicule, même si ce que l'on raconte est parfaitement véridique. Vous savez comment c'est, ici. Il se passe des choses qui ne pourraient pas arriver ailleurs. Surtout, ne le dites à personne. »

Nous nous empressâmes de donner notre parole, et je l'ai d'ailleurs tenue jusqu'à ce jour, où je sais que Bjørgdal n'est plus de ce monde.

Il posa ses cartes et soupira.

« Ce satané bestiau était assis là et me sifflait comme un malappris. Et quand j'ai grimpé sur une plaque et levé la tête vers lui, il n'a même pas daigné grogner ou rugir. Qu'est-ce que vous auriez fait ? En voilà, des manières ! Un sacré voyou, à traîner là et à siffler les gens qui passent ! Je lui ai crié dessus, lui ai demandé pour qui il se prenait, et je lui ai dit que je n'acceptais pas qu'un ours siffle les braves gens. Et puis je suis retourné au traîneau. »

Bjørgdal mit ses deux mains sur les cartes posées sur la table. Il évitait toujours nos regards. Il soupira profondément et reprit.

« Mais je n'avais même pas démêlé les sangles qu'il m'a sifflé encore une fois. Il avait grimpé sur une petite colline, s'était assis et sifflait avec une telle insolence que les chiens ont pris peur et ont filé avec le traîneau. »

Il saisit le bord de la table et serra si fort que ses ongles virèrent au blanc. Bjørgdal était un homme au tempérament bien trempé, qui tenait beaucoup aux convenances. Il leva les yeux au-dessus d'Ugge, et dit :

« J'ai tellement pris la mouche que j'ai attrapé mon fusil et mis fin aux siffleries. Il y a des limites à ce qu'un homme adulte peut supporter.

— C'était quand ? demandai-je.

— Hier soir, répondit-il. J'ai déboyauté l'animal, mais je n'avais aucune envie de le dépecer. Je n'ai rien contre les ours. Je les aime bien. Je les ai toujours respectés et bien traités. Sur l'île de Jan Mayen, l'un d'eux m'a esquinté le dos et un autre m'a dévoré la moitié de la cuisse avant que je lui mette un coup de couteau. Ceux-là, c'étaient des individus réglo, qui s'occupaient de leurs oignons sans ennuyer personne. Mais les chenapans, je peux pas. Si vous voulez sa peau, elle est à vous, mais faudra la prendre vous-mêmes. Je n'ai pas envie de toucher un insolent pareil. »

Nous jouâmes aux cartes la plus grande partie de la nuit, et c'est seulement quand Bjørgdal se fut calmé qu'Ugge et moi allâmes dans la remise, où se trouvait l'ours siffleur. Nous lui enlevâmes sa housse, et pendant qu'Ugge la clouait sur un cadre, j'ouvris la mâchoire de la bête. Et là, coincé entre une grande canine et la première molaire, se trouvait mon sifflet. Il était un peu écrasé au milieu, et je ne parvins à le dégager qu'en arrachant les deux dents.

Nous n'avons jamais parlé du sifflet à Bjørgdal, mais étant donné qu'il a sans doute raconté l'incident, « en toute confiance », à chaque être humain du nord-est du Groenland, il doit encore y avoir des personnes vivantes qui se demandent si son récit était un bobard ou la vérité vraie. Voilà pour le confirmer.

Au moment où j'écris ceci, « ACME of England » se trouve en Asie du Sud-Est, où il fait office de sifflet cérémonial pour l'ordre de « L'Éléphant Tricéphale », à Bangkok.

La peau de l'ours a orné ma maison durant de longues années, à Malacca. Jusqu'à ce que l'humidité des tropiques et de petites fourmis vagabondes n'en triomphent.

De l'art de conduire des chiens de traîneau

De tous les moyens de transport que j'ai eu l'occasion d'essayer, le traîneau restera à jamais mon préféré. C'est absurde, puisqu'un traîneau à chiens est inconfortable, lent, périlleux, et impossible à manœuvrer. De plus, il est tiré par une bande de bestioles fainéantes, sans foi ni loi, sournoises, acariâtres et enclines à mordre. Rien n'est aussi abominable que la conduite d'un traîneau à chiens, rien n'est plus humiliant, inesthétique et ennuyeux, que de mener un traîneau à travers les étendues gelées. Mais rien n'est plus merveilleux. Je vais, de façon objective et sans aucune forme d'exagération, tenter d'expliquer pourquoi.

Un chien de traîneau est un moteur à quatre pattes, enrobé d'une housse, muni d'une queue touffue enroulée sur elle-même, et doté d'une personnalité. Il est aussi équipé d'une gueule qui, en plus de ses dents et d'une langue, peut contenir un kilo et demi de viande de bœuf, ainsi que la main qui la lui tend si celle-ci ne se retire pas assez vite. Le chien de traîneau a été inventé par les Inuits, qu'on appelle souvent à tort les Eskimos, un peuple unique qui s'est distingué par des milliers d'années de survie en Arctique. Les Inuits ont également inventé le traîneau qui va avec, une sorte de porte-bagages en bois, en os de baleine ou en peau gelée, à l'avant duquel on attelle les chiens.

Toutes les races de chiens ne s'y prêtent pas. Le teckel trébucherait dans les harnais, le grand danois gênerait le champ de vision du pilote, le *chinese crested dog*, aussi appelé chien nu chinois mourrait de froid, et le bouledogue anglais gèlerait instantanément dans sa propre bave. C'est pourquoi on utilise de préférence le chien de traîneau arctique, rompu depuis si longtemps à cet exercice et appartenant à la race des samoyèdes ou, faute de mieux, des loups polaires capturés et domptés. Ces animaux n'ont que peu de besoins naturels, autres que la nourriture et l'activité physique.

Les chiens de traîneau sont omnivores. Nous en avons vu manger des sacs de charbon, des cartons, des housses de couette, des sabots, ainsi que des denrées encore plus appétissantes comme par exemple des fouets, des harnais, des sacs de couchage en peau de bœuf musqué, des *kamik*, des pantalons en peau d'ours et des moufles en peau de phoque. Les mets ci-dessus sont cependant à considérer comme des extras, leur régime quotidien étant constitué de viande de phoque, d'ours et de morse, de lard, de requin et de poisson séché.

En général, quand il est au chômage technique, un chien de traîneau est nourri tous les deux jours. En voyage, il est nourri quand on monte le camp, au bout de dix à douze heures de route. La ration d'un kilo et demi est servie gelée à cœur et engloutie sur-le-champ. L'alternative est de le nourrir de poisson séché accompagné de morceaux de lard de phoque, un régime toutefois moins nourrissant que le précédent.

Il boit principalement de l'eau. L'hiver, les chiens lapent la neige, et l'été, on les attache près d'un torrent ou d'un petit lac d'eau de fonte dans lequel ils peuvent s'abreuver à loisir. Je me dois d'ajouter qu'en certains lieux, en Arctique, il est de coutume de ne pas nourrir les chiens pendant l'été. L'ensemble du cheptel du hameau est débarqué sur une île qu'on appelle, pour des raisons évidentes, l'île aux Chiens. Là, les canidés doivent se débrouiller seuls pendant trois mois. Ils survivent d'une façon surprenante en chassant les oiseaux et en pillant leurs nids, mais ils sont maigres et un tantinet agressifs quand on revient les chercher.

L'eau mise à part, il peut arriver qu'un chien tombe sur une boisson plus stimulante. Comme cette fois où nous avions distillé un litre de gnôle pour le Nouvel An, parce que nous attendions de la visite. Nous avions mis l'alcool à refroidir dans une bassine d'eau, dans la cabane à charbon, sans penser qu'une chienne venait de mettre bas dans cette même cabane. La chienne, qui avait apparemment besoin d'un remontant après l'accouchement, avait sifflé le litre d'alcool en une petite heure, et quand nous l'avons trouvée, elle était dans un triste état. Couchée sur le dos, les quatre fers en l'air, gémissant vers le plafond. Les chiots essayaient en vain de s'accrocher à ses tétons, mais comme le lait avait été fortement enrichi, ils tombaient les uns après les autres avec un petit bruit mou, anesthésiés. L'alcool est cependant rare dans le régime du chien arctique.

Le travail d'un chien de traîneau consiste, bien entendu, à tirer un traîneau. Ça a l'air simple, dit comme ça, mais ça ne l'est pas du tout. Un traîneau chargé pour un long voyage peut peser jusqu'à quatre cents kilos, ce qui représente, pour un attelage de huit chiens, cinquante kilos par tête de pipe. Cinquante kilos à tirer sur terrain changeant, huit à douze heures par jour, pendant parfois quarante à cinquante jours de suite. L'état du sol peut passer d'une glace lisse, où le chien a du mal à prendre ses appuis, à une neige profonde, où il s'enfonce jusqu'au ventre. Le trajet peut mener par des montagnes où chaque mètre à gravir est une conquête, et où la descente se fait à une vitesse affolante, avec le chargement de quatre cents kilos aux fesses. La glace peut être fragile et se briser, les chiens peuvent alors tomber à l'eau les uns après les autres, ou bien elle peut consister en un assemblage de blocs à la dérive entre lesquels le traîneau se coince et les harnais s'accrochent. Un véritable cauchemar. La glace toute neuve permet d'avancer vite, mais blesse les coussinets. Le risque de tomber d'un amas de glace et d'être transformé en viande hachée est omniprésent. Tirer un traîneau n'est pas facile du tout. C'est même l'enfer. Bizarrement, les chiens de traîneau adorent.

Mais reprenons au début. Tout commence lorsqu'on débarque au Groenland, où dans tout autre endroit en Arctique où le traîneau est un moyen de transport commun. Après quelques jours, des Inuits zélés nous persuadent d'acquérir un attelage de chiens. Et comme ils conduisent eux-mêmes un traîneau aussi facilement que nous autres faisons du vélo, et que même de petits morveux arrivent à faire bouger quelques chiens attelés à d'immenses traîneaux, on s'empresse de trouver l'idée séduisante, reconnaissant de l'aide qu'on nous offre.

Alors, ces gens pleins de bonnes intentions commencent à nous présenter des chiens. Des tas de chiens, souvent bien étranges. Des chiens maigrichons, des chiens boiteux, des chiens improbables ou méchants. Parfois des chiens soumis, ou aveugles, ou auxquels il manque les oreilles ou les dents. Ils sont tous à vendre pour à peine trente couronnes pièce. Très bon marché, nous informe-t-on, et il est vrai que trente couronnes paraît honnête, pour un animal vivant qui arrive à tenir debout par ses propres moyens. C'est une transaction saine. On évite les palabres, l'acheteur ne parlant généralement pas la langue inuite, et l'Inuit ayant tout oublié du danois qu'il parlait parfaitement une demi-heure plus tôt. En un rien de temps, on devient l'heureux propriétaire d'une quinzaine de chiens, soit plus de deux fois trop. Mais, compte tenu de l'état général des chiens en question, c'est peut-être, en fin de compte, largement insuffisant.

Vient ensuite l'achat du traîneau. Là encore, l'inventivité est grande. Des traîneaux de toutes formes et de toutes tailles nous sont présentés. Les modèles courts de l'est du Groenland, les longs de la côte ouest, des traîneaux à traverses ou à skis. Le point commun de tous ces moyens de locomotion étant que les patins sont faussés, les garnitures fines comme du papier, des traverses manquent et les montants cassés ont été rafistolés de façon rudimentaire. Mais l'acheteur n'a pas connaissance de ces menus défauts. Il ne voit qu'un rassemblement de traîneaux majestueux, et il s'imagine déjà sur l'un d'entre eux, cinglant dans l'immensité arctique, les cheveux au vent. Alors, marché conclu. Et il se retrouve en général avec un lourd traîneau de transport et un autre, plus léger, pour la chasse. Suit enfin l'achat des harnais, des traits, des chaînes, des cordages, du sac de traîneau ainsi que du fouet. Puis il n'y a plus rien à acheter, probablement parce que en réalité il n'y a plus rien à vendre. Ça a été une bonne journée pour les Inuits, et pour l'acheteur, une journée qu'il n'est pas près d'oublier.

L'apprentissage peut alors commencer. Un Inuit avec le cœur sur la main prend la lourde responsabilité de transformer le nouveau propriétaire de traîneau en cocher aguerri. D'abord, il lui enseigne comment assujettir les harnais à la corde avant, ce qui peut se révéler périlleux. Les harnais de chiens sont constitués de lanières que l'on passe à travers deux boucles ménagées dans la corde avant du traîneau. Il faut donc passer la main dans ces boucles pour attraper l'ensemble du harnais et tirer rapidement le tout. Si l'on n'est pas assez rapide ou vigilant, ça peut très mal finir. On a déjà vu des cochers inexpérimentés se faire traîner sur la glace par le poignet, en hurlant, à moitié couchés sur l'un des patins.

Ensuite, l'élève apprend à passer le harnais aux chiens. Ceci n'est pas dénué de risques non plus, parce que notre homme ne connaît pas encore le caractère de ces chiens, et vice versa. À ce stade, l'élève se retrouve en général gratifié de multiples morsures aux mains, aux bras et aux cuisses. L'instructeur garde dans un premier temps son flegme inébranlable, avant de leur faire comprendre, à l'aide d'arguments irréfutables, qu'ils vont être attelés, qu'ils le veuillent ou non.

Vient finalement l'étape la plus difficile : la maîtrise du fouet. Et cette leçon n'est certainement pas l'affaire d'un simple après-midi.

Le fouet employé pour conduire un traîneau est en fait une lanière tressée en peau de phoque barbu. Quatre mètres de longueur assassine, avec lesquels un Inuit est capable de retirer un œil à Tordenskjold, le fameux vice-amiral dont l'effigie orne depuis des lustres les boîtes d'allumettes de ménage danoises. Un cocher talentueux opère avec son fouet exactement comme un chirurgien avec son scalpel. Il peut raccourcir une queue, réduire une oreille ou ôter un œil, et procéder à une frappe chirurgicale à n'importe quel endroit le moment voulu. Il est cependant rare qu'il le veuille, et seuls les mauvais cochers usent de ce pouvoir. Apprendre à manier le fouet est un processus long et douloureux. Je le sais, parce que quarante ans après mes leçons, j'en porte encore les stigmates.

L'Inuit fait une démonstration. Il prend le long fouet en main et le fait claquer. Tous les chiens se couchent immédiatement à plat ventre dans la neige. Puis il montre du doigt une boîte de conserve vide, et d'un geste léger et habile du poignet, l'envoie en l'air dans un claquement sec. Il maintient alors la boîte de conserve en lévitation aussi longtemps qu'il souhaite répéter ce geste léger et habile du poignet. Ça a l'air facile, et le cocher en devenir est impatient d'essayer. Il tire le fouet en arrière comme il a vu l'Inuit le faire. La lanière s'envole à une vitesse effroyable, laissant au passage une coupure sanglante sur la joue de l'élève. Celui-ci pousse un hurlement de douleur, et les chiens le regardent, une joie mauvaise au fond des yeux, le museau caché dans leur queue touffue. Une fois la douleur calmée, le futur cocher tente de nouveau ce mouvement si délicat du poignet. Cette fois, la pointe prend un chemin différent, laissant une balafre sur l'autre joue.

L'Inuit reprend le fouet, avec une patience infinie. Refait le geste, lentement, de manière à ce qu'aucune étape n'échappe à son auditeur. Trois, quatre fois, il touche la boîte, avec des claquements secs. Un des chiens lève la tête, et l'Inuit envoie pour l'exemple la pointe du fouet dans sa direction, soulevant un nuage de neige et de glace juste devant le museau du curieux, qui s'aplatit instantanément comme une blatte. Notre tout récent propriétaire de chiens tente encore sa chance. Il s'applique à reproduire l'exploit du virtuose lentement et, selon lui, exactement comme il l'a vu faire. Le fouet le gratifie au passage d'une vilaine plaie en travers du menton et du nez. Mais cette fois, la lanière étant allongée derrière lui, il tend le manche en un ample arc, comme s'il lançait la ligne d'une canne à pêche, et la lanière passe en sifflant à quelques pouces au-dessus de sa tête. Il regarde alors avec fierté l'Inuit qui a rentré sa frimousse dans son capuchon pour se fendre la poire en douce.

Il n'y avait pas vraiment de force dans le geste, aussi l'élève essaye encore une fois. L'arc est cette fois plus petit, et la pointe frôle une de ses oreilles, causant un nouveau hurlement de douleur. Mais enfin, un bon et solide claquement se fait entendre, plus loin.

« *Ajungilak !* s'exclame l'Inuit, toi très bon avec fouet. Juste essayer encore. »

Alors, le propriétaire des chiens juste essayer encore. Il fouette la neige, le traîneau, une bonne femme groenlandaise passant à proximité, un étal de viande qui traîne, et lui-même. Les chiens dorment paisiblement, persuadés qu'eux, en tout cas, sont hors du coup. Ce sont de vieux chiens qui en ont vu d'autres. Leur queue touffue sur le museau pour réchauffer l'air avant de l'inhaler, ils savourent le spectacle de leur nouveau maître et de ses cris de douleur.

Quand l'heureux propriétaire des chiens finit par avoir le visage trop tuméfié et sanguinolent pour y voir quoi que ce soit, on met fin aux leçons pour la journée. Il enroule son fouet et le pose contre le montant du traîneau, sans imaginer un instant que les chiens l'auront boulotté lorsqu'il voudra le récupérer le lendemain. Puis il rentre chez lui pour laver et panser ses blessures.

Les leçons du lendemain diffèrent peu. À ceci près qu'elles sont plus douloureuses, vu que les blessures de la veille se rouvrent et que de nouvelles s'ajoutent à elles. Nombreux sont ceux qui renoncent à ce stade. Ceux-là deviennent de fervents défenseurs de l'idée que seuls les mauvais meneurs de chiens utilisent le fouet, ce qui est par ailleurs tout à fait vrai. Mais le bon cocher, qui ne touche que rarement à son fouet, sait cependant le manier à la perfection, si cela se révèle nécessaire. Comme par exemple pour diriger les chiens à travers des amas de glace, ou lorsque celle-ci est trop fine, en les faisant sauter par-dessus des fentes larges, ou encore pour les retenir en descendant le versant escarpé d'une montagne. Dans de nombreuses situations, le fouet est un instrument indispensable. Non pour punir, mais pour diriger.

En cas de bagarre, il est également nécessaire de savoir utiliser un fouet. Bien entendu, on peut utiliser des sabots, des planches, des poêles et d'autres armes contondantes pour séparer des chiens qui se battent, mais le plus simple reste un claquement de fouet juste au-dessus du museau des belligérants. Les chiens entretiennent un lien intime avec ce son, et la plupart du temps, ceux qui se battent uniquement par loyauté se retirent immédiatement. Un claquement supplémentaire séparera les deux adversaires qui ont lancé la bagarre.

Les chiens se battent beaucoup, surtout à propos des femelles. Les chiens de traîneau possèdent, comme beaucoup d'autres créatures à sang chaud, un organe de reproduction. Cela compte évidemment pour les mâles comme pour les femelles. En ce qui concerne les mâles, le droit d'utiliser cet organe revient aux individus les plus gros et les plus belliqueux. Les femelles, elles, acceptent n'importe qui et n'importe quoi, selon une loi de la nature qui n'est pas inconnue chez certains humains.

Dans chaque meute de chiens, on trouve un meneur. Une sorte de chef de patrouille, en général le plus gros, le plus bête et le plus violent des membres du groupe. Comme tout chef humain, le meneur a son équipe de subordonnés, des chiens qui le soutiennent dans ses combats et ses privilèges. Tant qu'il reste le plus fort. Ses fidèles sont souvent les premiers à lui tomber sur le râble quand le temps finit par faire son ouvrage.

La période des chaleurs des femelles est également un phénomène connu chez les humains, à la différence que chez ces derniers, elle dure toute l'année. Chez les chiennes, elle tombe juste avant, pendant et après l'ovulation. Pendant cette période, la femelle se comporte comme si l'attelage, le fouet, le traîneau et tout le toutim, incluant le cocher, lui appartenaient.

Le meneur a évidemment des droits sur elle, mais il y a toujours un ou deux jeunes chiens pour lesquels la nature prend le pas sur le protocole. Dans ce genre de situation, le meneur évalue rapidement dans quelle mesure les jeunes représentent une menace pour sa position et son pouvoir. Si la menace est réelle, il saisit très pédagogiquement une patte entre ses mâchoires et en fait de la bouillie. Quand un apprentissage aussi violent ne lui semble pas nécessaire, il se contente d'arracher une oreille, d'entailler une cuisse ou encore d'éborgner le jeune impertinent d'un coup de canine.

L'accouplement en lui-même est trivial et bien connu. On n'a jamais observé une femelle prendre d'autres dispositions que de se camper sur ses quatre pattes et lever la queue. Ce qui est surprenant, en revanche, c'est lorsqu'en plein milieu de l'acte, les deux participants se tournent le dos, reliés par le membre du mâle. On pourrait croire qu'ils jouent à la corde. Pendant cette phase, participants et spectateurs poussent de puissants cris et gémissements.

Quand l'accouplement survient au cours d'un voyage, c'est une bonne occasion de se reposer, de faire du thé et de manger un bout. Si au contraire le voyageur n'a pas le temps d'attendre que le phénomène prenne fin de façon naturelle, il peut, comme nous l'avons observé de temps à autre, l'écourter considérablement en saisissant le meneur à la gorge, lui coupant l'arrivée d'air. Le chien perd alors conscience un court instant, et « l'attache » se défait. C'est rapide, pratique, et le voyage peut reprendre dès que le meneur a repris ses esprits.

Quand le meneur a assouvi ses besoins naturels, il peut éventuellement donner à un ou plusieurs de ses lieutenants le droit de couvrir la femelle. Étant donné qu'au cours de sa période de chaleur celle-ci est tout à fait insatiable, elle accepte avec joie. Cet élan de démocratie ne concerne pourtant pas toute la bande. La majeure partie du groupe devra se contenter de regarder, de gronder et d'être jaloux des grands qui s'amusent.

Il peut arriver qu'un meneur qui manquerait de femelles en période de chaleur dans sa propre meute ait envie d'un peu de changement. Il s'en va donc rendre visite à une autre meute. En général, il se retrouve bien vite en difficulté, puisqu'il doit évidemment se confronter au meneur de l'autre meute et à ses lieutenants. Mais si notre chien en mal d'aventure est motivé pour une bagarre et est assez impressionnant dans son comportement, il peut réussir à ouvrir la gorge de son adversaire, à le blesser à l'aine ou bien à serrer sa patte entre ses mâchoires jusqu'à ce que ça craque. Dans ce cas, les fidèles acolytes tourneront le dos à leur meneur déchu et iront secouer la queue devant leur nouveau maître. Ensuite, il y aura accès libre à la femelle en rut.

L'amour domine la vie d'un chien de traîneau à égalité avec la nourriture. Il est important de bien le retenir, pour un cocher amateur. Car des chiens bien nourris, et une femelle en chaleur ivre de course devant le traîneau, voilà le secret d'un voyage rapide et agréable.

Il faut admettre que l'on peut vivre de très bonnes journées lors d'un voyage en traîneau. Quand le soleil brille haut dans le ciel jour et nuit, quand on glisse sur une neige bien damée, quand la glace étincelle en reflets violets, verts et mauves, illuminant d'or chatoyant les montagnes qui cernent le fjord.

Et il faut aussi dire qu'il peut être presque agréable de rester allongé en tirant sur sa pipe, et se sentir uni à la fabuleuse nature qui vous entoure. Alors, on éprouve un sentiment d'amitié, voire d'amour, pour les chiens qui trottent devant le traîneau, leur queue roulée en boucle et une vapeur blanche sortant de leur museau.

Et il peut être carrément merveilleux de faire une halte, de mettre de la viande à bouillir, en bavardant avec les chiens, d'autant que l'on sait qu'il ne viendra à l'idée d'aucun d'entre eux de vous contredire.

Mais la plupart du temps, conduire un traîneau à chiens est épouvantable. Être secoué par les congères, des gelures aux joues. Démêler les harnais de ses mains gelées et avec les dents, après avoir nourri les chiens avec de la graisse de phoque, qui leur donne immanquablement la diarrhée. Traverser, infiniment lentement, un monde blanc infiniment grand. Être entouré par une nature congelée, grandiose, pouvoir hurler et chanter sans personne pour vous entendre. Être seul, libre, heureux. C'est douloureux de conduire un traîneau à chiens, mais rien n'est plus merveilleux.

Évocation

Dans les années cinquante, dans le nord-est du Groenland, un bateau de ravitaillement venait une fois l'an. C'était bien entendu un événement éclipsant tous les autres, un événement que l'on attendait plusieurs mois à l'avance. Parce que ce bateau ne transportait pas seulement des lettres et des colis d'Europe, mais aussi toutes les fournitures vitales pour la boutique, dont on avait tant de mal à se passer. Parfois, le navire signifiait également la relève. De nouvelles personnes débarquaient et des visages connus disparaissaient de votre vie, souvent pour toujours.

Une année, ce fut le bateau de chasse au phoque norvégien *Polarlys*, la Lumière Polaire. Il mouillait à la lisière de la banquise et souhaitait entrer au port. Mais ça, ce n'était pas possible. Un faible vent d'ouest pressait la glace contre la côte, et le capitaine avait beau faire des allers et retours le long des plaques, il ne trouvait aucune faille assez large et profonde pour lui permettre de la rejoindre. Il décida donc de chercher plus au nord et disparut de notre champ de vision.

Chaque jour, nous venions guetter le bateau de ravitaillement. J'étais particulièrement impatient, car j'avais commandé par télégramme deux perruches, quarante-huit têtes-de-nègre et un hamac brésilien. Je restais assis pendant des heures, les doigts engourdis et les yeux humides, scrutant l'horizon à l'aide d'une longue-vue. Ugge demeurait patiemment près de moi et me répétait régulièrement qu'il n'y avait pas le moindre bateau.

« Comment est-ce que tu peux le savoir ? sifflais-je alors. C'est moi qui ai la longue-vue.

— Je le sens », répondait-il invariablement.

Je me tournais vers lui.

« Tu le sens, ha ! ha ! Comment est-ce que tu peux le sentir ?

— À l'intérieur. »

Je ne disais alors plus rien. Que voulez-vous répondre à un homme qui sent à l'intérieur ce que vous voyez avec une longue-vue qui agrandit huit fois ? Ugge avait cette tendance à sentir des choses et d'autres, à se sentir léger ou lourd à l'intérieur. Ni lui ni moi n'étions capables d'expliquer le phénomène.

La situation commençait à devenir critique. Nous étions début septembre, les nouvelles glaces avaient collé les plaques entre elles dans le grand fjord, et on pouvait déjà s'en servir, avec prudence, comme d'une route. La banquise s'était établie jusqu'en Islande, prétendait Ugge. Ça aussi, c'était quelque chose qu'il sentait. Et ne voyant que de la glace avec ma longue-vue qui atteignait la moitié de la distance nous séparant de l'Islande, je ne pouvais pas le contredire.

Il fallait faire entrer ce bateau. La boutique de Scoresbysund manquait pratiquement de tout. Il ne restait plus beaucoup de munitions ni de pétrole, et le charbon était rationné depuis avril. La boutique était à court de nourriture en conserve, de poisson séché, de farine, d'œuf en poudre et de levure. C'est pourquoi il était vital d'avoir accès au ravitaillement. De plus, je me réjouissais à l'idée de m'allonger dans mon grand hamac, d'écouter les perruches et de déguster mes têtes-de-nègre.

La situation était si sérieuse que le prêtre Hosias Labansen décréta un office religieux, pour que nous puissions faire une petite mise au point avec notre Seigneur. Comme d'habitude, l'église était comble. Les habitants du nord-est du Groenland adoraient les offices, où le prêtre racontait toujours des tas d'histoires intéressantes et disait la messe tout seul. Ils aimaient plus encore les cantiques, où chacun avait le droit d'accompagner en chantant les sons saisissants de l'harmonium.

Il n'était pas rare que certains amènent quelques provisions, comme du *mattaq* ou du poisson séché, dans l'espoir que l'office soit très long. De temps à autre, les hommes sortaient fumer une pipe et parler chasse, confiants dans le fait que si le prêtre disait quelque chose d'important en leur absence, les femmes les en informeraient à l'instant de leur retour.

Hosias Labansen demanda très aimablement au Grand Barreur de relâcher un peu la glace, juste un petit peu, pour que le bateau, qui ne prenait pas tant de place que ça, puisse se glisser près des terres et nous livrer toutes ces choses qui nous manquaient tant. Il rappela au Seigneur que la vie dans l'est du Groenland était déjà assez difficile comme ça, car l'hiver frappait à la porte avec son lot de froid, de tempêtes et autres diableries. Des choses que l'homme ne pouvait supporter que si son existence était adoucie avec du café, du pétrole, du sucre, des munitions et autres denrées. Ce fut un sermon long et sincère, suivi de nombreux beaux cantiques, de façon à ce que les voix puissent porter la prière très haut, jusqu'au ciel et au Seigneur.

La sœur d'Ugge, Magdalena, était assise à côté de nous et chantait incroyablement faux. Mais c'était une fille tout à fait ravissante, ce n'était donc pas si grave. Je décidai, sur ce banc d'église, que si le bateau entrait au port, elle aurait droit à quelques têtes-de-nègre, et même le droit d'essayer mon hamac. Le soleil traversait l'une des petites fenêtres de la chapelle et ses rayons tombaient sur les cheveux de Magdalena. Ils en devenaient bleu-noir et se paraient d'une couronne si dorée sur le haut, qu'on en devenait solennel et qu'on en avait le cœur qui palpitait. Personne ne pouvait avoir une telle grâce, à moins d'être d'essence un tout petit peu divine.

Ugge me colla un coude dans la hanche.

« Tu aimerais l'avoir ? » demanda-t-il.

Il avait toujours essayé de me marier avec l'une de ses multiples sœurs.

Je contemplai le profil de Magdalena. Il y avait peu de visions plus charmantes. Une implantation de cheveux basse sur un front rond. Ses mèches lisses étaient tirées en arrière et formaient comme un angle noir contre sa peau brune. Son nez, bien que petit, avait une jolie forme, d'après moi. Ses lèvres étaient pulpeuses, rouge sang, et son menton avait le plus bel arrondi au-dessus de son cou long et fin. Ses yeux étaient fermés de béatitude, je ne pouvais donc pas les voir.

« Elle veut bien, chuchota Ugge.

— Qu'est-ce qui te fait croire ça ? murmurai-je en retour.

— Elle pense *malugara asaganga.* »

Je rougis, parce que cela voulait dire « je sens qu'il m'aime ».

« Comment est-ce que tu sais ce qu'elle pense ?

— C'est ma sœur », répondit Ugge, un peu surpris.

Après l'office, tout le monde grimpa sur la montagne pour chercher des yeux le bateau, qui devait être en train d'accoster après une si forte prière. Certains avaient amené du café, et un grand nombre resta assis jusqu'à tard dans la nuit. Ugge et sa sœur partirent avant moi, et je vis Magdalena se retourner plusieurs fois pour me sourire. Palase Hosias Labansen fut le dernier à redescendre. Il avait attendu longtemps, avec patience, mais sentait que le Seigneur n'était pas avec lui dans cette affaire. Il retourna dans l'église, où il s'endormit sur l'un des bancs. Pour être sur place au cas où Dieu aurait envie de s'adresser à lui.

Le lendemain, je reçus la visite d'Ugge, qui souhaitait m'emmener au cap Hope.

« Il se passe quelque chose là-bas, m'assura-t-il.

— Quoi donc ?

— Je ne sais pas, quelque chose.

— Quelque chose que tu sens ? »

Il rit et hocha la tête, puis nous attelâmes et sortîmes de Scoresbysund.

À vrai dire, je n'avais rien contre un petit voyage vers le cap Sud, car Magdalena y habitait, et je pourrais l'inviter personnellement à une fête de têtes-de-nègre, si le bateau finissait par accoster.

La glace s'était déposée dans les fjords intérieurs. Elle était encore fine et peu sûre, et elle oscillait dangereusement sous les traîneaux. Les chiens s'écartèrent en un large éventail, et nous éloignâmes les traîneaux l'un de l'autre. De temps en temps, l'un des patins passait à travers la glace salée, et les traces s'emplissaient immédiatement d'eau. Nous parvînmes pourtant au cap Hope sans drame, et nous pouvions voir depuis la glace qu'une activité inhabituelle animait la place. Les chiens furent attachés devant la maison des parents d'Ugge et nous descendîmes vers le rivage, où toute la communauté s'était regroupée.

Imaqa, l'oncle d'Ugge, était assis sur le sol. Il portait un pantalon en peau de phoque, des *kamik*, et sa poitrine nue était ornée d'amulettes entrecroisées. Il vrombissait comme un bourdon, et je lançai à Ugge un regard interrogateur.

« Il ramène une chanson, expliqua Ugge en chuchotant. Peut-être une qu'il a rapportée avec lui d'Angmagssalik. »

Je hochai la tête, car je savais que la famille d'Ugge venait d'Angmagssalik. Elle avait fait partie de toutes celles qui avaient déménagé vers la nouvelle colonie de Scoresbysund en 1925.

Une des vieilles femmes, qui s'appelait Asineq, commença à chanter. Sa voix était fragile et se brisait sur les notes les plus hautes. Comme tous les chants inuits, le sien était mortellement monotone. Soudain, elle se tut et soupira profondément. Puis elle adressa un rire édenté à la foule et reprit sa chanson. La voix cassée s'élançait au-dessus de la glace, où elle mourait rapidement, et Asineq fit de nouveau silence. Elle rit un peu et dit quelque chose aux autres vieilles femmes. Il y eut une longue discussion et de nombreux rires avant qu'elle ne se remette à chanter. Alors, Imaqa frappa un coup retentissant sur son tambour. Il tapait sur le cadre de bois, et le claquement sonnait comme la glace qui se brise dans les torrents. Puis sa voix rejoignit celle d'Asineq. Le son du tambour transportait la chanson. Imaqa se leva et se tint les jambes écartées, le buste légèrement penché en avant. Son visage était levé vers le ciel et ses yeux fermés. Asineq arrêta de chanter. Elle aussi avait les yeux fermés, et elle marmonnait des mots que personne ne pouvait entendre.

Imaqa chantait d'une voix haute et claire, car c'était une chanson qu'il avait lui-même créée, et que chacun avait le droit d'entendre. Le chant pour la glace. D'abord, il remercia la glace pour sa venue précoce, car elle apportait des routes pour les traîneaux, des routes qui donnaient accès à tous les beaux pays du monde. Il couvrit la mer d'éloges, car elle se parait de son beau manteau d'hiver, et il loua les animaux marins, qui avec un peu de chance pourraient être ramenés de la mer. À ce moment, il se mit à danser avec le tambour, pendant qu'Asineq reprenait la chanson. Elle la reprenait presque mot pour mot, et plusieurs des vieilles femmes, ne pouvant se contenir plus longtemps, chantèrent avec elle.

Puis les coups de tambour cessèrent, et les doyennes firent silence.

« Ihya, Ihya, Ihya ! » rugit Imaqa d'une voix nasale.

Le roulement de tambour reprit, doucement, et il commença à siffler comme un ours en colère.

« A ya ya-ya », chanta-t-il.

Sa voix était triste et sincère. Les glaces d'hiver étaient venues, pour la joie des êtres humains. Elles reposaient, intactes, dans les fjords, et *sikors-suit*, la banquise, veillait à leur bien-être.

Imaqa secoua la tête, et sa longue chevelure grise voleta autour de ses oreilles. Mais la glace était comme une jeune vierge. Oui, comme une vierge sans ouverture.

Et une si jolie dame ne devrait-elle pas être ouverte ? Il employait le terme *arnarpok* qui, pour autant que je sache, signifiait être ouvert.

La vieille Asineq se redressa. Elle commença à tordre son corps maigre au rythme du tambour. Elle secoua violemment la tête, et son chignon se défit, laissant ses cheveux tomber sur ses joues. Ses yeux étaient toujours fermés, et sur sa bouche s'était dessiné un léger sourire. Elle ne chantait pas, mais grognait et haletait comme si elle se faisait violence. De temps en temps, elle poussait un cri si aigu que les petits enfants se cachaient derrière leur mère, effrayés.

« Une ouverture », chantait Imaqa, une ouverture, qui comblerait tout le monde, qui rendrait la glace plus charmante encore, et qui peut-être serait assez grande pour qu'un bateau de taille modeste puisse se glisser jusqu'au rivage et déposer ces denrées dont nous manquions tant.

Pour qu'il n'y ait aucun doute sur ce qu'Imaqa demandait, Asineq fit tomber son pantalon en peau de phoque sur ses chevilles et courut jusqu'au bord de la plage, où elle se retourna et se pencha en avant, exposant à la mer gelée son derrière nu et ridé.

Après, tout le monde retourna aux habitations, où on but du café accompagné de gâteaux à la levure chimique. J'étais assis à côté de Magdalena, et je lui dis que si le bateau accostait, elle pourrait manger toutes les têtes-de-nègre qu'elle voulait.

« Il va accoster », dit-elle joyeusement.

Elle n'avait pas la moindre idée de ce qu'était une tête-de-nègre, mais était d'accord pour tout essayer.

« Qu'est-ce qui te fait croire ça ? demandai-je.

— *Maluganga*, répondit-elle avec un sourire charmant. Je le sens. »

Deux jours plus tard, le *Polarlys* était dans le port, en train de décharger. Le curé se tenait sur la plage et observait les nombreuses marchandises qui s'amoncelaient. Il souriait aux gens et à Dieu, heureux d'avoir été entendu.

Imaqa et sa vieille amie Asineq se trouvaient également dans la colonie. Ils étaient assis avec Ugge et moi, un peu plus haut dans la montagne, de l'autre côté de la rivière. Nous regardions vers la ville. Imaqa nous tendit à chacun un bout de tabac à chiquer, qu'il avait eu à la boutique de la colonie. Asineq enfonça le tabac noir dans sa bouche et mâcha lentement avec ses gencives endurcies.

« Maintenant, nous avons du tabac pour tout l'hiver », dit Imaqa, satisfait.

Asineq montra la plage du doigt.

« Palase est heureux, aujourd'hui », dit-elle.

Et quand elle tourna son visage vers Imaqa, je vis qu'elle lui adressa un clin d'œil, et qu'il lui répondit de la même façon.

« Voilà Magdalena, dit Ugge. Tu sens quelque chose ? »

Elle était en train de monter vers nous, depuis la rivière, et agitait la main dans un geste plein de promesses. Et je dois admettre que je sentais effectivement quelque chose de chaud et d'agréable, à l'intérieur.

Pedersen, héros polaire

Durant de nombreuses années, j'ai oscillé comme un pendule entre le Groenland, le Småland et l'Asie du Sud-Est. En dehors des écarts de température extrêmes, c'était un mode de vie en changement perpétuel, et cela me convenait parfaitement. De temps à autre, le pendule s'arrêtait dans les hautes terres du Småland, où ma famille a résidé pendant la scolarité de nos enfants.

Un jour d'hiver à Granhult, notre point d'attache suédois, un petit homme s'en vint sur la longue allée de bouleaux qui reliait la route de campagne à la ferme. Le personnage était si petit et insignifiant que notre grand limier, Blody, ne daigna même pas grogner. Le chien se contenta de foncer vers lui, de renifler ses mains et de remuer la queue. Il ne s'était jamais comporté de la sorte. Il bondit et déposa ses pattes sur les épaules du bonhomme, puis se mit à lui lécher le visage. L'homme le laissa faire. Il resta là, hésitant un peu, devant les vieilles portes de bois, puis enfonça ses mains dans les poches de son caban et fit un petit signe de tête dans ma direction. J'étais en train de fixer le chasse-neige au tracteur, pour dégager une voie vers la route. Un peu agacé par l'interruption, je déposai l'attirail et me dirigeai vers lui. C'est alors que je reconnus Pedersen.

« Eh bien, bon », dit-il un peu timidement, vu qu'il était en Europe, il pouvait bien passer voir comment j'allais.

Il ne voulait pas déranger. J'étais maintenant marié, et tout le tralala, dit-il, « juste un café, un petit bavardage », et il repartirait.

« Hors de question, répondis-je. Tu vas rester quelques jours. Je suis tout seul et j'aimerais bien un peu de compagnie. »

Pedersen hocha la tête.

« On verra, marmonna-t-il. Il faudrait pas non plus qu'on en vienne à se les briser. »

Compte tenu du fait que je n'avais pas vu Pedersen depuis trente ans, on ne pouvait pas vraiment dire qu'on risquait de se les briser.

« Comment est-ce que tu es arrivé jusqu'ici ? m'étonnai-je.

— Eh bien, bon, répondit Pedersen. J'ai voyagé en train jusqu'à une ville appelée Alvesta. Un voyage rapide et confortable, on était au chaud pendant tout le trajet. Et ensuite il a suffi de suivre la route, même si elle était enneigée par endroits.

— Quarante kilomètres ! » m'exclamai-je.

Pedersen leva vers moi ses yeux bleus chassieux, étonné.

« Vraiment ? » demanda-t-il.

Pedersen resta presque un mois, bien qu'il me signalât chaque matin que là, il devait vraiment partir, car il y avait des limites à ce qu'il pouvait m'imposer. Il était avide de discussions, et quand il ne parlait pas avec moi, il s'adressait au limier, qui ne le quittait pratiquement plus. Ils faisaient de longues balades dans les bois, et au bout de quelques jours, Blody allait s'allonger devant la porte de Pedersen lorsque celui-ci se reposait.

La dernière fois que j'avais vu Pedersen, c'était à Thulé, où il avait passé quelques jours, sur la route vers la terre de Peary. Plus tôt, nous avions passé quelques années ensemble sur la côte est, où après une courte carrière au ministère, il s'était tourné vers les stations de chasse situées plus au nord.

Un soir où nous étions en train de déguster chacun notre pièce d'élan, je le questionnai.

« Combien de temps es-tu resté en terre de Peary, Pedersen ? »

Il suçota son eau-de-vie, puis il dit :

« Juste quelques années, pas très longtemps. Et puis je suis parti.

— Vers où ? »

Il caressa la grosse tête de Blody, qui reposait sur son genou.

« Oui, tu sais, j'étais fiancé, à Scoresbysund. Avec Suvfie, la fille du vieux Pike, tu t'en souviens sûrement. »

Je n'avais pas oublié Suvfie. Une fille ronde et joyeuse, qui avait travaillé comme gouvernante chez lui à Scoresbysund.

« Je croyais que les fiançailles avaient été rompues par ton départ », dis-je.

Il m'adressa un regard plein de reproches.

« On ne rompt pas des fiançailles comme ça, sans façon, dit-il. J'avais promis à Suvfie de revenir et de l'épouser. Quand on est fiancé, on est fiancé.

— C'est donc pour ça que tu es parti de la terre de Peary. Parce que tu avais une fiancée à Scoresbysund ? »

Il acquiesça tout en essuyant la bave de Blody de son genou.

« Comment est-ce que tu es redescendu ? » demandai-je alors, car le voyage de la terre de Peary jusqu'à l'est du Groenland n'est pas une mince affaire.

Il faut d'abord prendre l'avion jusqu'à Thulé, puis soit l'avion soit le bateau jusqu'à Kangerlussuaq et ensuite vers le Danemark, et de là, prendre un bateau de ravitaillement pour la côte est.

« En traîneau », répondit Pedersen.

Je le regardai, étonné.

« En traîneau. Bon sang ! Combien de temps ça t'a pris ? »

Il engloutit son schnaps et regarda un instant ses chaussettes, l'air timide.

« Deux ans », dit-il.

Pedersen se sentait bien, dans les forêts du Småland. La nature n'était pas aussi sauvage que celle de l'est du Groenland, mais les sous-bois d'hiver avaient une beauté paisible, une force tranquille qui faisait du bien après un mois trépidant à Copenhague. Il était venu du Groenland pour troquer ses dents, comme il disait. Et bien qu'il n'ait pas encore la totale maîtrise de son dentier, il en était très satisfait.

« Des ratiches comme ça, on aurait dû en acquérir il y a des années, disait-il, elles nous auraient évité pas mal de rages de dents. »

Il les sortit de sa bouche et les leva dans la lumière.

« Elles sont belles à la fois dedans et dehors, admets-le. Un travail incomparable. »

Il les réenfourna, claqua les gencives pour les placer correctement, et tira une bouteille de Renat de son sac à dos. Nous nous trouvions sur le petit lac situé près de la ferme, attrapant des perches à travers des trous dans la glace. Soudain, il dit :

« C'est un long chemin, pour une fourmi.

— Quoi ?

— Je veux dire, heureusement que je n'étais pas une fourmi, quand j'ai voyagé jusqu'à Scoresbysund. La route aurait été comme plus longue, bien que ce soit la même. »

Je fis descendre l'hameçon dans l'eau, et tirai de haut en bas deux ou trois fois. Il était parfois difficile de suivre les pensées de Pedersen.

« On est partis un peu tard, reprit-il, parce que j'attendais un paquet, quelque chose que j'avais promis à Suvfie. C'était déjà fin mai, et il faisait un froid de canard. Nous sommes passés à Nordostrundingen, parce que j'ai toujours voulu voir à quoi ça ressemblait. Nous y avons passé l'estivage.

— Nous ? demandai-je. Tu n'étais pas seul ?

— Non, non, le cuistot est venu, bien sûr.

— Il était fiancé aussi ?

— Non, mais il aurait bien voulu. C'est pour ça qu'il m'a suivi. Il se languissait de compagnie féminine, il n'y avait pas eu droit depuis six ans. Un type sympa, mais qui ne tenait pas vraiment la distance. Doué pour faire la cuisine, nous avons vécu comme des princes. Jusqu'à ce qu'il meure.

— Qu'il meure, Pedersen ? De quoi ?

— Il ne supportait pas le froid. Et il est mort. Il a passé l'arme à gauche dès le premier automne.

— Il est mort gelé ?

— On ne peut pas vraiment dire ça. Je n'en suis pas totalement sûr. Il est tombé à travers la glace, un jour où il était sorti poser des filets à phoque sur la glace nouvelle. Il a réussi à ressortir, mais en rentrant, il s'est senti tellement fatigué qu'il s'est allongé pour se reposer. Et du coup, le gel l'a fixé au sol. Je l'ai trouvé quelques jours plus tard, en revenant de la chasse au bœuf musqué, et j'ai dû le détacher avec un pic à glace pour le déplacer et le caler avec des pierres. Je ne sais pas s'il est mort de faim, de soif ou de froid. Mais mort, ça, il l'était, et c'en était fini des bons petits plats. Je suis nul pour la cuisine. »

Blody était couché entre nous. Il avait le museau tourné vers le visage de Pedersen, et j'eus l'impression qu'il buvait chacun de ses mots. Pedersen tira sur la ligne, pour voir.

« En voilà un, dit-il. À peine confirmé, on dirait. »

Il ramena la ligne, au bout de laquelle frétillait une petite perche chétive. Pedersen la retira du crochet et lui mordit la nuque de ses dents neuves. Puis il déposa sa prise à ses pieds et lança un regard sévère à Blody.

« La première année, j'ai hiverné à Hvalrosodden, reprit-il. Au cours du printemps, j'ai visité Danmarkshavn et Daneborg, et voilà que l'hiver était déjà de retour. J'ai passé les temps sombres au cap Humboldt, ton ancien district, et au printemps suivant je suis descendu à Scoresbysund.

— Sacré bordel, dis-je, impressionné.

— Oui, de temps à autre c'était un sacré bordel, acquiesça-t-il. Mais dans les grandes lignes, c'était un bon voyage. Même si le cuistot me manquait, vu que je ne suis pas doué pour la cuisine et que je m'étais habitué à ses bons repas. »

Nous avions chacun attrapé une perche. Et les lignes étaient à peine redescendues que ça mordait de nouveau.

« Voilà qu'ils font la queue, en dessous », dis-je.

Pedersen hocha la tête.

« Ces bestioles, le cuistot les aurait si bien cuisinées qu'elles auraient fondu dans la bouche. Enfin, s'il ne s'était pas transformé en Eskimo glacé. »

Je vis qu'il pinçait les lèvres en un mince trait, et j'en déduisis que la mort du cuisinier avait été un coup plus dur que ce qu'il laissait entendre. Je compris soudain que tout ce voyage avait dû être un véritable cauchemar. Je connaissais les vents de l'est du Groenland, et j'avais vu les terres sauvages au nord de Dove Bugt. Au cours de ces années, Pedersen avait dû se sentir totalement seul au monde. Il avait dû trembler d'angoisse, affamé et gelé jusqu'aux os.

Il ne parla plus de son long voyage jusqu'à ce que nous soyons revenus à la ferme, et que je commence à faire cuire les nombreuses petites perches. Il avait mis la table et sorti de la bière, et était maintenant assis sur la banquette, sirotant un verre d'eau-de-vie de raisin. À un moment, il prit la parole, doucement, presque comme pour lui-même.

« Oui, elle était contente, la petite Suvfie. Et d'ailleurs, je n'avais qu'à m'installer chez elle, et à faire comme chez moi, comme avant, qu'elle disait. Elle n'avait pratiquement pas changé. Peut-être un peu plus large aux entournures, mais ça lui allait bien. Et quand elle souriait, je voyais les rides au coin de ses yeux devenir un peu plus profondes, ça montrait que la bonne humeur faisait toujours partie d'elle. Dans le fond, elle était restée l'adorable Suvfie, à qui j'avais tant pensé pendant tout le voyage. On pourrait presque dire qu'elle était avec moi, tout ce temps. »

Pedersen leva les yeux vers la lampe, et Blody suivit son regard, au cas où il aurait aperçu quelque chose là-haut.

« Oui, c'était comme si elle voyageait avec moi. Lors des pires moments, il suffisait que je pense un peu à elle pour que les choses redeviennent supportables. Une fois en particulier, ça a failli déraper. J'ai cru que le vertigo était sur moi. C'était pendant l'hiver, au cours d'une chasse au bœuf musqué, à Ymerø. J'avais abattu un bœuf, nourri les chiens et rentré le reste de la viande dans la tente pour que les renards ne l'embarquent pas. Au cours de la nuit, j'ai été réveillé par un craquement autour de la tente. J'ai écouté un moment, puis je me suis glissé hors du sac de couchage et j'ai écarté la toile. Et là, dans le noir, à moins de deux mètres de moi, il y avait un gros ours qui me fixait. Ses yeux reflétaient la lueur de mon réchaud. Je suis tombé en arrière dans la tente, et l'ours a passé sa tête dedans. Il a reniflé la viande, puis sifflé et grogné à tel point que mes cheveux se sont dressés sur ma nuque. J'ai attrapé le revolver posé sur la caisse à provisions et j'ai tiré à l'aveugle. La balle l'a touché à la tête, il est tombé hors de la tente et a disparu dans le noir. »

Pedersen joignit ses mains sur son ventre. Son regard était toujours dirigé vers la lampe.

« Quand j'ai un peu récupéré mes esprits, j'ai rampé jusqu'à l'ouverture et tiré la toile pour voir le monstre. »

Il soupira profondément puis se tourna vers moi, me fixant de ses yeux bleu clair.

« Le bougre était de nouveau là, dehors, avec ses yeux brillants, intéressé par la viande. J'ai levé le revolver et lui ai tiré deux balles dans la tête. Il a vacillé un peu, et j'ai vu le sang gicler entre ses yeux. Je savais que cette fois il était raide mort. »

Pedersen ferma les yeux, comme s'il ne voulait plus me regarder en face.

« J'ai à peine eu le temps de refermer la tente qu'une grosse patte déchirait la toile. Pour la troisième fois, l'ours passait la tête à l'intérieur. Il était si proche que je sentais son haleine chaude. J'ai hurlé de rage. Fait un bond en arrière et atterri sur le tas de viande de bœuf musqué. Des dizaines de pensées se bousculaient dans ma tête. Ça devait être un de ces ours dont parlait le vieux Pike. Les *Qivitoq*. Moitié humains, moitié animaux, qui mettent en pièces les hommes qu'ils rencontrent. J'étais paralysé par la peur et agissais plus par réflexe que par volonté. J'ai tiré encore une fois dans la tête du monstre. Il a encore basculé en arrière, et l'obscurité s'est encore refermée sur lui. »

Pedersen ouvrit les yeux. Il tapota la tête de Blody et but une gorgée d'eau-de-vie.

« Je suis resté assis un long moment, attendant qu'il réapparaisse pour la quatrième fois. Et c'est là que j'ai pensé à Suvfie. J'ai tellement pensé à elle que le bon sens est revenu. Alors, j'ai rampé dehors avec une lampe de poche dans une main et le revolver dans l'autre. Il était là, par terre. Gros comme une maison et raide mort. J'ai éclairé la neige un peu plus loin et vu un autre ours, plus petit. Et plus loin encore, il y en avait un troisième, de taille raisonnable. J'avais tué une mère et ses deux petits, presque adultes. »

Pedersen sourit de toutes ses dents du commerce.

« Suvfie est un sacré médicament pour les nerfs, dit-il. C'était bon d'être à nouveau chez elle. Elle m'a chouchouté, m'a préparé de la soupe de viande de phoque avec du riz, de la viande de bœuf musqué bouillie, et tout ce qu'elle savait que j'aimais. Et le soir, il y a eu un grand bal à la chapelle, le curé a joué des valses sur l'harmonium, et nous autres on dansait en tapant du pied.

— Tu sentais vraiment que le voyage avait valu le coup, pas vrai ? dis-je.

— D'une certaine façon. On peut presque dire ça », répondit Pedersen.

Il enfonça sa longue langue dans son verre, quémandeur, et je poussai la bouteille vers lui.

« Mais tu étais arrivé chez ta fiancée, repris-je.

— Pas tout à fait vrai. »

Il leva le verre et renifla si fort qu'on aurait pu croire qu'il comptait absorber la prochaine gorgée par le nez.

« Qu'est-ce que tu veux dire ? »

Je posai les perches cuites sur la table, et nous commençâmes à peler des pommes de terre.

« Eh bien, tu vois, elle était mariée et avait trois enfants », répondit Pedersen.

Il tenait la patate brûlante à pleine main, comme si elle sortait du frigidaire. Je ne dis rien. Nous mangeâmes un moment en silence. Blody était installé, comme d'habitude, avec la tête sur les genoux de Pedersen. Celui-ci glissait de temps à autre quelques bonnes bouchées dans la grande gueule pleine de bave du chien et lui tapotait la tête.

Je rompis le silence.

« Tu ne pouvais pas te fiancer avec une autre, là-bas ? Vu que tu avais fait un si long voyage. »

Il secoua la tête.

« Je n'en avais pas vraiment envie. J'étais maintenant habitué aux manières de Suvfie. Ça prend du temps, apprendre à connaître quelqu'un.

— Mais tu devais en avoir, du temps.

— Oui, on peut dire ça. Je suis resté quelques jours, d'ailleurs. Et j'ai pensé à livrer ce paquet que j'avais attendu, en terre de Peary.

— C'était quoi ?

— Un service à café. *Blå Kant*. De la Royale. Suvfie souhaitait depuis toujours un beau service à café pour son mariage. »

Je me concentrai sur les perches. Je n'avais jamais rien entendu de pareil. Transporter un service à café *Blå Kant* depuis la pointe nord du Groenland jusqu'à Scoresbysund, pour l'offrir à sa fiancée, qui s'était entre-temps mariée, ça ressemblait à un sacré bobard. Mais je connaissais Pedersen, et je savais qu'il minimisait toujours ses récits, par pudeur.

« Depuis combien de temps tu n'avais pas vu Suvfie ? demandai-je.

— Six ans. Mais elle était aussi gentille et bonne avec moi, même si elle avait maintenant un mari et plusieurs gosses.

— Alors, tu es reparti de Scoresbysund ?

— Oui, je suis retourné en terre de Peary. »

Pedersen sortit sa dentition supérieure et en enleva quelques arêtes de perche. Quand il l'eut remise en place, il dit avec un petit sourire :

« Cette fois, ça m'a pris trois ans. Je vivais comme chasseur sur la côte, puisque je n'avais plus vraiment de raison de me presser. »

Un matin, Pedersen avait disparu. Les traces de pas dans la neige menaient vers la route de campagne, et j'eus du mal à empêcher Blody de les suivre. Pedersen avait mis fin à sa visite à Granhult, et je savais que de nombreuses années s'écouleraient avant qu'il ne revienne.

Il y a eu, au cours des années, de nombreux héros. Surtout des héros polaires. Pedersen est l'un d'entre eux, même s'il ne le sait pas.

Palarssuaq

Dès ma jeunesse, j'ai nourri une grande admiration pour les sages-femmes. Avant d'être envoyé en expédition dans le nord-est du Groenland, j'ai suivi une formation d'aide à l'accouchement dans le service obstétrique de l'Hôpital central de Copenhague. Je n'ai pourtant jamais eu l'occasion de mettre en pratique ce beau savoir, vu que le pays dans lequel je fus envoyé était totalement dépourvu de femmes. Mes aptitudes dans le domaine ont fini par s'estomper, mais l'admiration pour la profession est demeurée et s'est muée, des années plus tard, en un amour indéfectible pour une sage-femme de Nanortalik.

Rendre visite aux sages-femmes de Julianehåb était à la fois agréable et enrichissant. J'habitais évidemment chez mon amie, mais seulement à temps partiel, étant donné que le dragon qui veillait à la bonne morale des filles faisait des rondes nocturnes surprises dans les chambres. C'est pourquoi je passais une bonne partie de la nuit à entrer et sortir par la petite fenêtre, ainsi qu'à rester assis dans la neige comme une perdrix effrayée, entouré par toute une bande de jeunes gens qui, comme moi, étaient venus à la ville pour se faire redresser le compas.

Retenu par la force de l'amour, j'arrivai en retard au bateau côtier qui devait m'emmener à Narssarssuaq, d'où je devais prendre un avion vers un emploi en Asie du Sud-Est. L'affaire était grave, étant donné qu'un an et demi plus tôt, je m'étais présenté avec quatre mois de retard à un poste à Jérusalem, en raison d'une passionnante démonstration de danse du ventre à Izmir.

J'examinai tous les moyens d'atteindre l'aéroport, situé à quelques heures de la ville en bateau, et n'en trouvai aucun qui convienne.

En dernier recours, je rendis visite au charpentier Hansen, le doyen danois de la ville, qui avait réponse à tout, ou presque. Hansen était connu dans tout le sud du Groenland pour sa collection unique de livres. Il les achetait au mètre auprès du colporteur, et toujours en se basant soigneusement sur les achats du directeur d'usine Petersen. Ainsi, quand Petersen commandait deux mètres de littérature quelconque, Hansen relançait de trois mètres. Suite à quoi Petersen s'empressait de commander un demi-mètre supplémentaire, histoire de supplanter la concurrence. Mais un jour, Hansen fit parvenir au directeur d'usine un télégramme secret, une sournoiserie obscure qui poussa ce dernier à abandonner la partie. De cette façon, au fil des années, le charpentier s'était constitué une collection de livres unique. Probablement la plus grande du sud du Groenland.

Il avait construit dans sa grande maison une bibliothèque où chacun pouvait venir emprunter des livres. Emprunter des livres à Hansen était agréable, surtout les livres de moins de vingt-cinq centimètres de haut. Car Hansen était un homme d'ordre, et toutes ses étagères avaient la même dimension. Si l'on voulait des œuvres plus hautes, il fallait se passer de tout ce qui avait pu se trouver au-dessus du quart de mètre fatidique. Avec un peu de chance, cependant, le livre avait mesuré cinquante centimètres ou un peu moins, et on pouvait l'emprunter en deux tomes.

Le lendemain de l'arrivée du bateau était un jour d'intense labeur pour Hansen. Car ce jour-là, toute la littérature du monde nouvellement acquise goûtait à la scie circulaire.

« Mouais, dit Hansen, quand je lui eus transmis mes inquiétudes, il n'y aura pas de bateau avant un mois. Vaut mieux que tu t'installes un moment dans le coin, à moins que tu ne veuilles acheter mon bateau.

— Tu as un bateau à vendre ?

— Je n'ai pas mis d'annonce, mais vu que t'es dans l'embarras, je peux le mettre à ta disposition, pour le coup. Pour que tu puisses aller par toi-même à Narssarssuaq. Serre juste à droite tout le long, et tu atterriras directement dans l'aéroport.

— Mais je n'ai pas d'argent, répondis-je. À peine deux cents couronnes.

— Ça paiera le kérosène. Tu pourras m'envoyer l'argent quand tu auras reçu ton premier salaire, là-bas chez les nègres. Sept cents couronnes, c'est ce que je demande pour ma petite chérie. »

L'offre me convenait parfaitement, même si je n'avais pas encore vu le bateau du charpentier Hansen.

« Elle est assurée à sa pleine valeur, rajouta Hansen. Je m'en suis occupé moi-même, vu que je suis agent de la société d'assurance Kongelige Brand. L'assurance ne passera à ton nom qu'au moment où le bateau sera payé. »

Ça aussi, ça paraissait correct. Je proposai alors que nous allions inspecter le bateau, amarré au ponton dans le port.

« Elle a été construite aux îles Féroé, m'informa Hansen en se hissant sur le pont. En quelle année, je ne sais plus, mais à l'époque où on savait vraiment faire des bateaux. »

Il avait sans doute raison. Le bateau avait l'air solide, bien qu'usé. Il était construit comme un navire viking, avec proue et poupe hautes et courbes. Ça avait sans doute été un très beau navire en quittant les îles Féroé de très, très nombreuses années auparavant. Mais sous la coupe d'Hansen, la noblesse de ses lignes s'était passablement perdue. Le charpentier avait supprimé la petite cabine de pilotage et construit à la place une sorte de cabane de jardin, avec de grandes fenêtres de chaque côté, une jolie demi-porte à l'arrière et un petit drapeau danois à l'avant. Cette saisissante structure ayant eu pour effet de déplacer le centre de gravité du navire au-dessus de la ligne de flottaison, Hansen me déconseilla de trop m'approcher du bastingage, à moins d'avoir une personne assez lourde pour faire contrepoids de l'autre côté.

Nous entrâmes dans la cabine. Des couchettes confortables, une petite table au-dessus du moteur, de petits vases avec des fleurs en plastique et un coin cuisine avec un évier et une pompe pour l'eau de mer. Hansen me fit faire le tour avec fierté.

« Bon sang, c'est sympa, non ? T'en as pour ton argent, mon gars. La couchette du capitaine, c'est celle avec le rideau, l'autre pour un invité qui passerait la nuit. Les deux couchettes à l'avant sont pour l'équipage. Elles sont un peu courbées, façon banane, et conviennent mieux aux dos voûtés. »

Il poussa la table et souleva la trappe menant au moteur.

Il frotta un peu l'huile qui recouvrait la culasse à l'aide d'un chiffon et l'inscription « Solo » apparut.

« Elle a besoin d'une main attentionnée. Quelques fuites par-ci par-là, mais sinon elle marche du feu de Dieu », annonça Hansen.

Il inséra la manivelle de démarrage, la laissa se balancer un peu d'avant en arrière, avant de la tirer en arrière d'un coup prodigieux. Le moteur toussa un peu, mais resta ensuite silencieux.

« Elle a toujours besoin d'être chatouillée un peu quand elle est froide, dit Hansen. Une vraie dame, je peux te le dire. »

Il chatouilla le moteur pendant un petit quart d'heure et fut bientôt couvert de sueur. Et puis, soudain, il démarra. La demoiselle affirma à grand renfort d'explosions bruyantes qu'elle était en vie, et quand Hansen eut touché à quelques vis et quelques vannes, sa voix se fit plus régulière. De temps à autre, elle toussotait encore un peu, mais ça, prétendit Hansen, ça voulait simplement dire qu'elle n'aimait pas les impuretés du carburant.

« Une dame qui a des goûts raffinés, vois-tu, tu peux pas lui filer n'importe quoi. »

Je m'assis sur la couchette du capitaine.

« Sept cents couronnes », dis-je en me grattant la tête.

Je dus avoir l'air dubitatif, car Hansen annonça avec magnanimité :

« Bon, parce que c'est vraiment important pour toi d'atteindre l'aéroport, et parce que tu es fiancé avec Stine, dont la mère était ma petite copine quand j'avais ton âge… Va pour six cents, avec le mobilier, l'ancre et le drapeau danois. »

Marché conclu, et lorsque nous remontâmes pour signer les papiers, je lançai un regard fier vers le port où mon bateau oscillait avec dignité sur la houle, le drapeau danois flottant en haut de son mât peint en blanc.

Il y eut évidemment beaucoup de pleurs et de récriminations quand j'informai Stine de l'achat. Non seulement parce que je devais partir, mais aussi parce que j'allais naviguer avec *Palarssuaq*, comme elle appelait le bateau.

« Il a coulé trois fois dans le port l'an dernier, signala Stine. Il était là, et coulait doucement. Il est si vieux que mon grand-père était enfant quand il est arrivé en ville. Il paraît que le Féringien qui l'a amené s'est tiré une balle dans la tête, et que le bateau a dérivé avec le cadavre si longtemps qu'il était sec comme de l'amadou quand on l'a retrouvé. Il paraît aussi qu'il est toujours à bord en tant que *Qivitoq*, ou quelque chose de ce genre. »

Stine n'était pas tout à fait certaine, pour l'histoire du *Qivitoq*. C'était une pente glissante, vu qu'elle ignorait totalement si un homme blanc avait les qualifications pour virer *Qivitoq*. Je n'avais jamais entendu parler d'un cas similaire, ce que je lui dis.

« Alors c'est un fantôme ! se défendit-elle. Tu ne peux quand même pas naviguer avec un fantôme !

— Je n'ai rien contre, répondis-je. Tant que le fantôme est assez lourd. »

Ça, Stine ne le comprit pas, mais elle, elle n'avait pas été obligée d'utiliser Hansen comme contrepoids pour atteindre le bastingage du bateau. Cette instabilité m'inquiétait un peu, et j'envisageai sérieusement d'engager un marin, histoire que le trajet se déroule sans gîte fatale.

Finalement, le problème se résolut de lui-même. Dès le premier raid du dragon, la nuit suivante, je rencontrai dans la neige, sous la longue rangée de fenêtres, un compagnon d'infortune, lui aussi en visite dans le dortoir des élèves. Il tremblait de froid, ses dents claquaient, et il m'expliqua qu'il avait uniquement eu le temps d'emporter ses chaussettes de ski en fuyant par la fenêtre, et qu'il allait sans doute mourir de froid, étant donné que la terrible surveillante avait chevillé la fenêtre. Il lui était impossible de retourner à l'intérieur, et s'il ne trouvait pas d'endroit où dormir, on le trouverait congelé, raide mort, le lendemain matin.

J'eus alors une idée lumineuse.

« Tu peux dormir dans mon bateau, dis-je. Tant que tu ne prends pas la couchette du capitaine, celle qui est à tribord avec le rideau, tu peux jouer au pacha toute la nuit et te foutre de la surveillante.

— Mais, et Juliane ?

— On peut la faire sortir en douce par la fenêtre de Stine, et elle peut aller au bateau avec toi. Là-bas, personne ne vous dérangera. Voilà la clef. »

Peu après, Stine ouvrit la fenêtre et annonça que la voie était libre. Je lui expliquai la situation, et elle alla chercher Juliane, qui fut rapidement exfiltrée. Le couple disparut sans un bruit dans le noir, et je retournai à la douce chaleur du lit de Stine.

Le lendemain, mon invité se présenta.

« Élève Egeblad, dit-il en me tendant la main. Je participe à des fouilles pour le Musée national, près de Dyrnæs.

— Comment est-ce que tu vas t'y rendre ?

— Pas la moindre idée. Il n'y a aucun bateau avant un mois. Le professeur va être furax.

— Tu n'as qu'à venir avec moi, en bateau, proposai-je. Tu as de l'argent ? »

Il avait cinquante couronnes, et nous nous rendîmes à la boutique, pour faire des provisions en vue du voyage. J'écrivis une longue liste de marchandises qu'Egeblad devrait prendre à ses frais, puis je rendis visite à Zakæus, un honnête homme qui avait piloté des bateaux à moutons dans le district durant les trente dernières années. Je lui demandai de m'expliquer le chemin vers Narssarssuaq, et il me dessina un plan au dos d'une boîte d'allumettes de ménage. Une carte maritime simple mais claire, que personne ne pouvait comprendre de travers.

Le soir, nous fîmes la fête, avec ce qu'il restait de l'argent d'Egeblad et mon solde de quarante couronnes suite au plein de kérosène. Les élèves de l'école de sages-femmes avaient quartier libre, parce que c'était dimanche, et Juliane et Stine participèrent toutes les deux aux festivités, qui se déroulèrent à bord.

Lundi matin, nous prîmes tendrement congé de ces dames, démarrâmes le moteur avec l'aide du charpentier Hansen, et filâmes dans les clapotis hors de Julianehåb, drapeau hissé. C'était un lundi matin calme et gris. La mer étincelait, lisse, et les nuages planaient si bas que les hautes montagnes côtières semblaient réduites à des collines.

La nuit avait été longue, et nous avions besoin de repos. En tant que capitaine, j'avais fait sortir le navire du port, et pouvais maintenant laisser en toute confiance la suite des manœuvres à mon second. Je lui confiai la boîte d'allumettes avec la carte maritime de Zakæus, lui rappelai de lubrifier le moteur toutes les heures, et m'allongeai, épuisé, derrière le rideau tiré, dans la couchette du capitaine.

Ma dernière image d'Egeblad le montrait droit et figé, la barre dans une main et la carte dans l'autre. Ses yeux brillaient de détermination derrière ses lunettes sans monture. Un homme de confiance à la barre. Pensais-je.

Je m'endormis rapidement au son rassurant du moteur. Chaque coup de piston nous rapprochait de Narssarssuaq. Pensais-je.

Je me réveillai dans l'après-midi, alors que quelque chose frottait contre le flanc de *Palarssuaq*. Je me redressai à moitié et observai l'élève Egeblad, toujours dans la même position qu'avant la sieste. Droit dans ses bottes, la carte dans une main et la barre fermement tenue dans l'autre.

« C'était quoi ? lui criai-je.

— Juste un peu de glace à la dérive, m'éclaira-t-il. Rien du tout.

— Tu tiens le cap ?

— Je suis la carte à la lettre », répondit-il.

Rassuré, je me laissai aller de nouveau au sommeil qui me manquait.

Même si le pays était joliment saupoudré de neige, il était bien trop tôt dans l'année pour que la glace se soit déposée sur la mer et dans les fjords. Il y avait encore pas mal de lumière la nuit, mais pas assez pour que je puisse voir la terre à mon réveil.

« Bordel, où est la terre, Egeblad ? »

Il haussa les épaules.

« Disparue peu à peu. La dernière chose que j'ai vue, c'était un nuage gris par là-bas. »

Il leva le pouce au-dessus de son épaule pour indiquer derrière lui. Je m'assis à côté de lui. Le moteur Solo ronronnait toujours de façon régulière et rassurante. Il ratait bien un battement de temps à autre, mais gardait le même rythme paisible.

« Tu as suivi la carte ? » demandai-je.

Egeblad acquiesça. Il avait toujours la boîte d'allumettes dans la main. J'y jetai un coup d'œil et soupirai.

« Tu la tiens à l'envers », lui dis-je.

Je la retournai et observai la carte telle qu'elle devait être.

« Je l'ai gardée exactement comme tu me l'as donnée. Pas lâchée un seul instant », protesta l'étudiant Egeblad, qui était un homme consciencieux.

J'observai la mer alentour. Du moins, le peu que j'en voyais. La vue était limitée à la fois par le crépuscule et par d'épais bancs de brouillard, qui flottaient comme des couettes pesantes au-dessus de l'eau. Nous passâmes devant un gros iceberg, et je remarquai qu'il dérivait vers le nord.

« Il y a quelque chose qui ne va pas, dis-je. Cet iceberg devrait dériver vers le sud.

— Comment tu sais qu'il ne va pas vers le sud ? demanda Egeblad.

— Parce que la boussole indique l'ouest. »

Egeblad indiqua du doigt la boussole, que j'avais obtenue en même temps que tout le reste, d'Hansen.

« Maintenant, elle indique l'est, dit-il avec un soupçon de joie maligne dans la voix. Cette boussole est hors service depuis belle lurette. »

Je saisis l'engin et le levai au-dessus du plat-bord. L'aiguille fit quelques tours complets avant de s'arrêter sur le nord. Je retentai la manœuvre, et cette fois, elle indiqua ouest-sud-ouest.

« Je garde le même cap, capitaine ? » demanda Egeblad.

Je me tournai vers lui, mais n'aperçus aucun sourire. Il était tout à fait sérieux, la carte maintenant tournée dans le bon sens et les yeux fixés sur la mer.

« Il vaut mieux que tu fasses demi-tour, dis-je. En suivant la carte dans le sens inverse.

— Mais si jamais on se trouve dans des eaux qui ne sont pas indiquées sur la carte, fit remarquer Egeblad, avec pertinence.

— Oui, dans ce cas, on est en haute mer », répondis-je.

Il hocha la tête.

« Ah, bien », dit-il.

J'allai lubrifier le moteur. Quand j'ouvris la trappe, un épais relent d'huile chaude monta vers moi. Tout était souillé de liquide noir, et je considérai qu'il était inutile de lubrifier. Le moteur était tellement enduit qu'il serait impossible de trouver les graisseurs. Je remis la trappe en place et retournai auprès de l'élève Egeblad.

« Je signale que les vagues deviennent plus fortes, capitaine. »

Je les sentais. Ce n'étaient pas des vagues, mais des lames de houle, ce que j'indiquai à Egeblad. Il hocha la tête.

« Ah, bien, dit-il. Il va y avoir du vent ?

— Comment je le saurais ? Il y a eu du vent par là-bas, c'est pour ça qu'il y a des lames de houle.

— Ah oui, d'accord. »

Il posa la carte sur ses genoux et souffla sur sa main pour la réchauffer.

« Il vaut mieux qu'on stoppe le moteur, histoire de ne pas utiliser trop de carburant, proposai-je. Tu sais comment on arrête un bougre pareil ? »

Egeblad secoua la tête.

« Il y a peut-être un bouton », supposa-t-il.

Nous soulevâmes la trappe et cherchâmes un bouton. Il n'y en avait pas.

« Si on essuie l'huile, on trouvera peut-être un endroit avec marqué "stop", suggéra-t-il.

— Bonne idée. »

Je lui tendis un chiffon.

« Si tu essuies, je cherche l'inscription. »

Egeblad commença à frotter énergiquement. D'abord, une plaque donnant tout un tas d'informations sur le moteur Solo apparut. Chevaux, cylindrée, puissance nominale et je ne sais quoi. Arrivés vers l'avant, nous trouvâmes une image représentant une manivelle de démarrage flanquée d'une flèche vers le bas, sous laquelle était écrit « start ». L'essuyage reprit. Il révéla quelques vannes qui, lorsqu'on les desserrait, faisaient pousser de sacrés sifflements à la machine. Sans qu'elle ne s'arrête pour autant. Je les revissai. Nous avançâmes méthodiquement vers le Delco, et trouvâmes tout un tas de chiffres et de lettres.

« Un de ces câbles est relié à l'allumage, dis-je. Si je les débranche un par un, peut-être que le moteur va caler, vu qu'il ne sera plus relié à l'allumage ? »

Ce fut le troisième câble. Le moteur se tut dans un soupir, et tout devint extraordinairement silencieux.

Avec l'argent de l'élève Egeblad, nous avions acheté différentes sortes de harengs, une bouteille d'eau-de-vie et six bières. Nous mangeâmes, bûmes et nous sentîmes tout à fait à l'aise. Les lames de houle se faisaient légèrement plus violentes, mais c'était sans doute dû au fait qu'elles atteignaient maintenant le bateau de travers. Pour des questions d'équilibre, nous étions assis chacun d'un côté de l'embarcation. Un vent léger sifflait dans la demi-porte, et le drapeau danois s'égayait au-dessus de nous.

Nous n'avions pas encore mis fin à notre repas qu'un bruit sourd se fit entendre, quelque part, au beau milieu d'un banc de brouillard.

« Il y en a qui ont reniflé l'eau-de-vie, marmonnai-je en glissant, au cas où, la bouteille dans ma botte.

— Peut-être qu'ils peuvent nous indiquer le bon cap », affirma l'élève Egeblad.

Il bondit et se mit à crier « au secours ! ».

Un gros crevettier, dont le nom était indiqué sur une pancarte fixée à la cabine, le *Sorgenfri*, surgit hors du brouillard et fonça droit sur nous. C'était un bâtiment vieux et usé, dont le pot d'échappement crachait un épais nuage de suie. Un grand bonhomme avec une chevelure filasse fournie se tenait dans la cabine de pilotage, fenêtre ouverte.

« Amerikamut ? cria-t-il, interrogateur.

— Non, on va que jusqu'à Narssarssuaq, répondis-je.

— Pourquoi vous faites cap sur l'Amérique, alors ? voulut-il savoir.

— Parce que l'élève Egeblad tenait la boîte d'allumettes à l'envers », expliquai-je, en totale conformité avec la vérité.

Le capitaine du crevettier, qui en avait sans doute vu d'autres, fit machine arrière. Il hocha la tête d'un air entendu.

« Tiens donc ! La boîte d'allumettes. Voyez-vous ça. Vous n'avez plus de carburant ?

— On économise un peu pendant qu'on mange », expliquai-je.

Le capitaine se pencha et regarda dans notre refuge.

« Ah, du hareng et de la bière, dit-il. Vous avez aussi de l'eau-de-vie ? »

Je sortis la bouteille de ma botte. Elle était encore plus qu'à moitié pleine, Egeblad étant très économe.

« Écoutez, lança le capitaine, pourquoi vous grimpez pas à bord avec votre repas ? Et j'envoie mon second surveiller votre bateau. »

Nous nous retrouvâmes dans la cabine de pilotage du crevettier, le repas étalé sur la petite table d'appoint. Une corde à l'arrière tirait *Palarssuaq* à grande vitesse vers la mer du Groenland.

Le capitaine, originaire d'Esbjerg, expliqua qu'ils venaient de Frederikshåb et se rendaient à Narssaq avec une cargaison de crevettes pour l'usine. Ils pouvaient nous traîner jusqu'à Narssaq et, de là, nous n'aurions aucune difficulté à trouver notre chemin par nous-mêmes jusqu'à Narssarssuaq.

« Suffit d'aller tout droit tout le temps, dit-il. Quand tu sens la vague de froid qui vient du fjord gelé, tu serres à bâbord, et non loin, tu apercevras Qagssiarssusq, qui se trouve juste en face de Narssarssuaq. »

Le capitaine pêcha un long hareng dans la boîte de conserve. Il l'engouffra avec un plaisir évident, et prit une franche goulée de schnaps. J'essayai de récupérer la bouteille, mais il la tenait fermement, comme s'il l'avait lui-même choisie et payée.

Quand il eut ingurgité la part du lion des cinquante couronnes d'Egeblad, il bâilla ostensiblement.

« Là, je vais dormir un peu. Ça fait toujours du bien après un bon repas. Continuez d'avancer tout droit, et on atterrira dans le fjord de la Forêt. Là aussi, c'est toujours tout droit jusqu'à ce qu'on atteigne Narssaq. »

Puis le capitaine s'allongea dans sa petite cabine à l'avant. Egeblad barrait, et je me tenais à l'arrière, regardant vers *Palarssuaq*, tiré derrière nous à toute vitesse. Il était attaché tout près du crevettier, et je pouvais voir à travers les grandes fenêtres de la cabane de jardin que le second était allongé sur la couchette du capitaine. Avec ses bottes.

Le schnaps, l'air frais et les lames de houle. Tout ceci avait un effet soporifique. Je me rendis sur le petit pont avant et m'étendis sur une bâche pliée. Le ciel gris au-dessus de moi me semblait impersonnel, et n'avait rien à raconter. Je n'étais plus capitaine à bord, et me considérais donc exempté de tout devoir. Je fermai les yeux et m'endormis.

L'élève Egeblad était timonier d'un jour. Il tenait fermement la barre, son regard attentif fixé vers l'horizon. Il avançait selon le mot d'ordre, tout droit. De cette façon, il atteindrait l'embouchure du fjord de la Forêt, avait dit le capitaine, et le capitaine était un supérieur hiérarchique dont la parole était d'or. Le pont sous ses pieds roulait légèrement, car la mer élevait des franges d'écume blanche, ce qui voulait dire, ainsi qu'il le savait maintenant, que le vent avait soufflé quelque part, plus loin.

Il naviguait, encore et encore, et était de bonne humeur. Car il n'était plus tributaire d'une carte maritime qu'on pouvait lire à l'envers, mais avait à la place une grande boussole ronde, où 90° indiquait la ligne droite vers le professeur et ses fouilles. Il fixait la géographie grise et s'attendait à glisser d'un instant à l'autre dans le fjord de la Forêt.

Il advint qu'après quelques heures de navigation, il pensa à *Palarssuaq*. Il jeta un rapide coup d'œil en arrière à travers la petite fenêtre, et vit la corde de trait danser dans le sillage du navire, mais pas de *Palarssuaq*.

« Capitaine ! hurla Egeblad à travers la porte coulissante. Capitaine ! »

Mais le capitaine se trouvait dans sa cahute plus loin, occupé à cuver un demi-litre d'eau-de-vie. Il n'entendit rien.

Alors, il cria après moi, mais je ne réagis pas non plus. J'étais loin, dans un doux rêve où régnait Stine, et de toute façon je dormais juste à côté du tuyau d'échappement, dont le son couvrait tout le reste.

Alors, Egeblad prit une décision héroïque. *Palarssuaq* et le second devaient être retrouvés. Il tourna la barre et s'approcha de la côte. Évidemment, le bateau disparu avait dû dériver vers les terres, et s'il n'avait pas sombré, il serait capable de le retrouver. Il ouvrit la fenêtre, se pencha par-dessus la barre et observa intensément la côte. N'y avait-il pas quelque chose, là-bas ? Quelque chose qui dansait à la surface de l'eau ? N'était-ce pas une bande blanche, qui allait et venait sur l'eau noire ? Egeblad plissa les yeux, et fut bientôt convaincu d'apercevoir le contour d'un bateau.

Et il avait presque raison. Il y avait bien quelque chose qui ressemblait à un bateau tout près de la côte, le contour d'un bâtiment rincé par une large bande d'écume blanche. Dans la semi-obscurité et à toute vitesse, l'élève Egeblad dirigea le bateau *Sorgenfri* droit sur des brisants bas.

Je roulai au bas de ma bâche et me cognai la tête contre un bloc hexagonal. Quand j'ouvris les yeux, je vis le capitaine s'activer sur le pont.

« Qu'est-ce que tu fous, espèce de pis de vache ?

— Je cherche *Palarssuaq* ! cria Egeblad par la fenêtre.

— Bordel, y a peu de chance qu'il ait grimpé dans la montagne ! »

Le capitaine bouscula l'élève derrière la barre et coupa le moteur.

Le silence se fit autour de nous. Ne restait qu'un léger bruit d'eau sous la quille et le marmonnement féroce du chef à bord.

« Est-ce qu'on va couler, capitaine ? » demanda l'élève Egeblad.

Le pêcheur de crevette le regarda de ses yeux bleus et ronds comme des soucoupes.

« Ici, on ne coule pas, vendeur de clébards. On vaut juste pas mieux que l'arche de Noé à Ararat. Bon sang, tu venais chercher quoi si haut ?

— Je cherchais *Palarssuaq*. Elle n'était plus accrochée derrière.

— Quel putain de cirque. »

Le capitaine descendit dans la salle des machines pour vérifier qu'on ne prenait pas l'eau. On prenait l'eau, mais rien que la pompe ne puisse contrebalancer.

« Dans trois heures, la marée sera haute, et on glissera hors des brisants.

— Et *Palarssuaq* ? demandai-je.

— Elle sera à Narssaq dans une heure », répondit le capitaine.

Il nous lança un regard acide.

« À Narssaq ? »

Le capitaine acquiesça.

« L'autre cul de vache qui passe juste devant le fjord de la Forêt. On est presque à Julianehåb. On pourrait voir les lumières de la ville, sans ce foutu brouillard.

— Mais *Palarssuaq* ? demandai-je encore.

— Il y a un bal à "La Poularde" ce soir. Johan a laissé filer la corde quand il s'est rendu compte qu'on faisait route vers Julianehåb. Il connaît une fille de l'usine de crevettes. »

Trois heures plus tard, nous étions à flot. Et quand, tôt le lendemain matin, nous arrivâmes à Narssaq, nous vîmes que *Palarssuaq* était amarrée au ponton et se balançait doucement. Quand je montai à bord, je trouvai le second Johan endormi dans la couchette du capitaine avec une dame. Et des bottes en caoutchouc.

Je parvins à vendre le bateau à Egeblad, avant notre arrivée le lendemain à Dyrnæs. Et Egeblad parvint à le naufrager totalement à Matoløbet, durant une expédition anthropologique vers l'école de sages-femmes le mois suivant. Le bâtiment appartenait toujours officiellement à Hansen, qui l'avait assuré à hauteur de huit mille couronnes. Il perçut un remboursement total, et m'envoya une lettre de remerciement ainsi qu'un chèque de cinq cents couronnes, que je reçus un an plus tard au Laos. Hansen était un homme vertueux.

Palarssuaq signifie « La très mauvaise » en groenlandais.

Line up

J'avais une *kivfak*. Kista avait dix-huit ans et venait de Holsteinsborg. Elle avait une beauté simple, un peu tout-terrain, était douce comme un vent d'été et douée pour les tâches ménagères. Je l'avais engagée en me rendant à Thulé, d'où je devais déménager vers l'est du Groenland. Nous étions installés dans une maison appartenant à l'Institut sismologique et traversâmes ensemble l'hiver, sous le signe de la bonne entente.

C'était quelques années après la construction de la base de Thulé. Les Eskimos avaient été déplacés de force vers le nord avec les brise-glace américains *Atka* et *Westwind*, et leurs anciens habitats au pied de la montagne de Thulé, nommée Umanaq par les autochtones, avaient pris l'apparence de villages fantômes. Non loin de là, on avait installé un camp militaire qu'on appelait A-battery. C'était un endroit effrayant avec ses rampes souterraines de missiles, ses longs baraquements en aluminium et plus de cent hommes de garnison.

Il arrivait que le son d'une sirène nous fasse sortir de la maison. Et nous voyions alors les énormes missiles se glisser hors du sol et se tourner, menaçants, vers l'immense ciel bleu. Un message rappelant que, même si nous nous trouvions au Groenland, nous n'avions pas totalement quitté le monde. Il y avait d'autres batteries du même genre, formant un cercle autour de la base. On les appelait B, C et D.

C'était un endroit étrange à habiter. Ma maison se trouvait seulement à quinze milles de la base elle-même qui, à ce moment-là, était occupée par dix mille soldats, soit plus d'un quart de la population groenlandaise totale. Une belle route de terre traversait la montagne. En hiver, on pouvait rejoindre la base par le fjord gelé, ce qui prenait à peine dix minutes.

Débarquer dans cette petite Amérique en venant de l'est du Groenland, où nous avions seulement un bateau de ravitaillement par an, était perturbant. Ici, il y avait des boutiques, des cinémas, des églises pour toutes les confessions, des clubs et des restaurants. Ici, des fruits frais arrivaient par avion quotidiennement, il y avait la télé et une station de radio : Radio Thulé, « *Top of the World* ». Ici, on pouvait aller voir des spectacles avec des danseuses d'Hawaï, de Puerto Rico ou du Wyoming, jouer au casino ou se faire admettre dans un grand hôpital si cela s'avérait nécessaire.

J'avais emmené Kista en ville quelques fois. Mais elle ne semblait pas impressionnée. Elle ne demandait jamais d'elle-même à venir, et je finis par arrêter de lui proposer. Elle restait à la maison et faisait des petits pains aux raisins ou de la cuisine groenlandaise, et semblait tout à fait satisfaite ainsi. Il me semblait étonnant qu'une jeune fille de dix-huit ans, jolie et pétillante, soit si peu intéressée par la vie trépidante de la base. Mais après tout, ça ne me regardait pas, tant qu'elle était heureuse et s'occupait de son travail.

Quand la lumière revint, je commençai à aller chasser dans le fjord Wolstenholme. Il y avait cette année-là beaucoup de renards qui étaient attirés par la décharge de la base, et même si c'était rare, il arrivait qu'un ours s'aventure sur la glace au cours de son long voyage vers le sud.

Un matin, vers les cinq heures, je descendais de la montagne avec un lièvre à la main quand je vis Kista. Elle filait comme une flèche sur la route provenant de la A-battery, et elle avait l'air sacrément pressé. Avant d'atteindre la maison, je vis de la fumée sortir de la cheminée et compris qu'elle était en train de faire du café.

Je suspendis le lièvre sur le crochet près de la porte et entrai. Kista se retourna et me sourit. Elle avait les joues rouges d'avoir couru, et il y avait un scintillement inhabituel dans ses grands yeux bruns.

Je m'assis et elle me servit du café et du pain. Elle s'affairait sans cesse, un petit sourire accroché aux lèvres. Alors, je dis :

« Ce n'est pas que ça me regarde, Kista. Hum… tu n'es pas fatiguée ?

— *Sork ?* Elle se retourna vers moi, surprise. Pourquoi ?

— Non, non… Euh… j'avais simplement l'impression que tu n'avais peut-être pas dormi de la nuit. »

Elle rit. Kista avait un rire agréable, qui vous donnait tout le temps envie de rire avec elle.

« J'étais à l'ancien habitat toute la nuit. »

C'était maintenant à moi de la fixer avec surprise.

« L'habitat ? Qu'est-ce que tu pouvais bien trafiquer là-bas ?

— *Pumpemik* », répondit-elle.

J'observais son visage, qui exprimait une grande douceur et une innocence enfantine.

« Hum, je vois. C'était ça que tu faisais. *Pumpemik.* »

Elle avait employé le mot danois, bien qu'elle sache parfaitement que je comprenais le mot inuit *kujangnek.* Mais peut-être qu'on ne le faisait pas en groenlandais avec un Américain.

Je bus mon café et mangeai un pain aux raisins.

« Écoute Kista, ça ne me regarde vraiment pas, et tu fais ce qui te plaît. Mais essaye de ne pas oublier avec qui tu couches, si jamais tu devais te retrouver enceinte. Dans ce genre de cas, il peut être bon de savoir qui est le père. »

Kista rit et hocha la tête.

« *So* », dit-elle, ce qui voulait dire oui.

Et je compris qu'elle était une fille intelligente, consciente de ce qui était bon pour elle.

L'été près de la base de Thulé n'était pas comme l'été dans le reste du Groenland. Il n'y avait rien à attendre avec impatience, puisqu'on trouvait de tout toute l'année. Les bouleversements étaient quotidiens, les gens venaient et partaient, des gens qu'on ne connaissait pas et qu'on n'aurait jamais le temps de connaître. C'était une époque démoralisante, et je décidai de faire un voyage en traîneau à Qaanaaq pour rendre visite à Odark, qui avait été sur l'inlandsis avec Lauge Koch. Je priai Kista de préparer mes vêtements de voyage. La route de glace vers la Nouvelle Thulé, à cent soixante-quinze kilomètres de la base, était encore praticable.

Kista inspecta mes vêtements en peau. Elle était assise devant la maison et *kamiutait* mes *kamik*, et j'étais à côté d'elle, occupé à réparer des harnais à chien. Soudain, elle dit avec un sourire éclatant :

« Mon *assassara* m'a remplie avec quelque chose, *nassagtorpok*, qui fait gonfler mon ventre. »

Puis elle rit de bon cœur et me regarda de ses grands yeux heureux.

« Tu sais qui c'est ? demandai-je.

— *Imaqa*. Peut-être. »

Elle fit glisser ses mains sur son petit ventre et lui parla.

« Petit homme d'Amérique. »

Je repoussai mon voyage et m'en allai voir le commandant de la base. C'était un homme grand et chauve avec deux étoiles au col. Je lui exposai le problème et lui demandai d'aider Kista, vu qu'un de ses hommes était pour ainsi dire impliqué dans l'affaire.

Il me fixa sévèrement, et je fixai sévèrement le drapeau américain accroché au mur derrière lui.

« Et qu'est-ce que vous voulez que j'y fasse ? demanda-t-il. Votre femme de ménage est enceinte, et alors ?

— Ben, il s'agit de retrouver le père, répondis-je. Vu que l'enfant est à moitié américain.

— Qu'est-ce que vous avez comme preuve que c'est l'un de mes garçons ?

— Des preuves, il n'y en a pas vraiment, dis-je, mais je l'ai vue revenir plusieurs fois de la A-battery. Et elle dit elle-même qu'il vient de là. »

J'entrevis à quel point mon argumentation était mince.

Mais le commandant de la base était un homme intègre. Il leva son menton carré, comme pour le pointer sur moi, et annonça :

« Okay, si c'est l'un de mes gars, on va le trouver. On va faire une line up. »

Deux jours plus tard, il avait arrangé la parade. Tous les soldats de la A-battery étaient alignés, mais parmi eux, il avait placé vingt-cinq soldats venus de chaque autre camp. Si Kista choisissait l'un de ces soldats étrangers, nous saurions qu'elle mentait. Elle ne pouvait en aucun cas avoir eu le moindre contact avec l'un d'entre eux, en raison des distances entre les diverses batteries.

Kista marchait devant. Elle avait mis ses plus beaux vêtements, c'est-à-dire le costume national groenlandais qu'elle avait amené d'Holsteinsborg pour les grandes occasions. Son sourire charmant ornait ses lèvres et ses yeux brillaient d'attente. Derrière elle venait le commandant en uniforme d'apparat, son adjudant, l'officier de liaison et moi. Kista longeait lentement la ligne formée par les troupes, et les soldats se mettaient au garde-à-vous quand elle était à leur hauteur. Elle était belle, et beaucoup louchaient un peu après son passage. Elle regardait les hommes droit dans les yeux. Quand elle en eut examiné une dizaine, elle s'écria soudain, ravie : « *Taunauvok*, celui-là ! » Elle fit quelques pas supplémentaires, puis : « *Amatauna*, et celui-ci. » Elle s'arrêta ensuite devant un grand bonhomme aux cheveux roux et l'observa longtemps, mais finit par secouer la tête. L'homme se détendit légèrement.

Avant d'avoir atteint le bout de la ligne, onze hommes avaient dû faire un pas en avant. Ils avaient les oreilles rouges et fixaient la neige à leurs pieds.

Le commandant hocha la tête, satisfait.

« Une fille futée et attentive, marmonna-t-il. Pas une seule erreur. »

Il alla demander à chaque homme s'il avait couché avec Kista. Tous avouèrent. L'adjudant nota leurs noms et matricules, et le commandant donna à Kista un dollar d'argent, qu'elle a dès lors porté en pendentif avec une lanière de cuir.

Je partis pour Thulé avec un peu de retard et découvris que les rumeurs sur la line up de Kista avaient déjà fait du chemin. Le gérant de la boutique d'approvisionnement me questionna en long et en large sur le caractère de la jeune fille, et je lui assurai qu'il n'en existait pas de meilleur. De plus, elle était maintenant riche. Le commandant lui avait promis pour son enfant une pension égale à celle d'une Américaine de Washington DC. Cela finit de convaincre le gérant. C'était un jeune homme qui souhaitait ardemment se marier. Il s'empressa de charger son traîneau et fila à Dundas pour se fiancer avant qu'un autre ait la même bonne idée.

De nombreuses années plus tard, Kista me raconta qu'elle ne pensait pas que l'un des soldats désignés était le père de son enfant.

« Je crois que c'était Jack, me confia-t-elle. Il était plutôt petit et jouait si bien de l'harmonica qu'on était triste quand il s'arrêtait. Il avait des fausses dents de devant qu'il enlevait pour jouer, et deux galons dorés sur la manche. »

Le gérant de la boutique avait eu la chance d'être accepté, et j'appris que l'enfant reçut le beau prénom chrétien Jakob.

Etusuiaq

Je n'oublierai jamais Etusuiaq. Son visage ridé, vieux comme le monde, brûlé par le soleil et le vent, et ses petits yeux qui clignaient continuellement. Ces yeux qui semblaient toujours heureux, mais qu'on pouvait surprendre lors d'un instant d'inattention pleins de souffrance et de tristesse.

Etusuiaq fut le premier Inuit à qui je parlai après une longue absence du Groenland. Les deux années que j'avais passées au Moyen-Orient m'avaient fait ressentir un grand manque vis-à-vis du Grand Nord. Je me rendis compte qu'on ne pouvait quitter le Groenland aussi facilement. Si l'on voulait le quitter, il fallait le faire en laissant une porte entrouverte sur un retour possible. Le Groenland est une douce maladie incurable.

Je soupçonnais qu'en me rendant dans une autre zone de l'Arctique, comme le Canada ou l'Alaska, je découvrirais des pays, des personnes et des langues proches du Groenland. Je serais hors du Groenland et pourtant baigné dans sa culture, son climat, et entouré de ceux qui me manquaient tant. Je demandai une permission prolongée et voyageai pratiquement sans escale jusqu'à Frobisher Bay.

Et c'est là, qu'à peine arrivé je rencontrai Etusuiaq. Il se tenait près de la porte de sortie de « The Bay », la grande boutique dans la rue principale, et ses petits yeux bruns et vifs inspectaient tous les visages qui passaient. Mon visage fut ainsi inspecté. Je lui adressai un sourire et un signe de tête, et lorsque je commençai à monter vers Frobisher Inn, où je logeais, il me suivit. Il faisait froid. Il y avait un petit vent du nord, et je rabattis la capuche sur ma tête et enfonçai les mains dans mes poches. Etusuiaq vint marcher à ma hauteur. Il ne portait qu'un manteau léger en coton et un jean usé, et sa tête était nue.

« Tu n'as pas froid ? » lui demandai-je.

Il exhiba toutes ses petites dents jaunies par le tabac en un large sourire.

« Ah, tu peux parler comme un Être Humain ! s'écria-t-il joyeusement. *Sumungnarpit ?* Où tu vas ?

— Frobisher Inn », répondis-je.

Il se cala sur mon rythme de marche et tint ses mains devant ses oreilles pour les protéger du froid.

« Ma fille travaille là-bas, m'annonça-t-il. Une gentille fille, il faut que tu la rencontres. »

Nous nous séparâmes devant l'entrée de l'hôtel, et je montai dans ma chambre pour me laver et défaire mes valises. Je ne repensai pas à Etusuiaq avant le soir, en l'apercevant dans le grand restaurant de l'hôtel. Un orchestre de Montréal jouait. Les musiciens se tenaient sur une petite estrade, devant l'immense peinture d'une artiste locale, Mary Cousine. C'était un très beau tableau. Un flanc de montagne paré de bruyère, un fjord bleu parsemé de glace et un ciel arctique où flamboyaient des nuances rouges, violettes, mauves et bleu cobalt. Un homme était assis dans la bruyère, admirant le fjord, et derrière lui se tenaient une femme avec un bébé dans son *amaut*.

Etusuiaq tournoyait entre les tables en se déhanchant, les mains haut au-dessus de la tête. Je vis qu'il avait sa dose, et qu'il était bien joyeux. Il saluait tout le monde. Serrait les mains en les tenant à hauteur de poitrine, comme les Eskimos ont coutume de le faire. Il trébucha sur une ou deux tables, mais fut chaque fois retenu par un bras amical.

Il y avait beaucoup de monde dans le restaurant. À peu près autant de Canadiens que d'Inuits. Et tous avaient bu et étaient de bonne humeur.

Je commandai un repas et de la bière, et me laissai aller dans mon fauteuil. Devant moi, il y avait deux filles, assises à une table. L'une était assez petite et pas bien vieille. Elle avait un corps court et dense, et un visage large et plat. L'autre était plus grande et plus finement ciselée. Ses cheveux formaient une épaisse tresse noire sur son épaule. Son visage était plus indien qu'eskimo. Elle pleurait, et l'autre fille lui disait des mots de réconfort. Elles avaient beaucoup bu et ne cessaient de commander du whisky.

À cet instant, je vis Etusuiaq grimper sur la petite scène. Il alla se mettre devant la peinture et tendit les bras vers la marmite accrochée au-dessus du feu, au bas du tableau. Il fit comme s'il mettait les mains à l'intérieur et y saisissait une grosse pièce de viande. Il tira ensuite son couteau, tint la viande imaginaire au niveau de son visage et en coupa un morceau. Il cria quelques mots qui se perdirent dans le brouhaha et agita vivement son couteau en direction des tables. Puis il saisit une chaise et grimpa dessus, se hissant à la hauteur de la femme et de l'enfant sur le tableau. De sa main, il caressa la petite tête de l'enfant qui dépassait d'une épaisse bordure de fourrure, et effleura tendrement les longs cheveux noirs de la femme, qui glissaient sur son dos habillé d'une peau.

Les musiciens avaient arrêté de jouer. Ils regardaient Etusuiaq avec dégoût. Mais ce dernier ne faisait pas attention à eux. Il était loin, de toute évidence. Loin du restaurant, loin de Frobisher, loin dans la montagne, chez l'homme et la femme et l'enfant du tableau. Il était en voyage, comme d'innombrables fois avant celle-ci, et c'était tout à fait comme s'il disparaissait dans l'image. Je compris qu'il se languissait. Tout comme je m'étais langui du Groenland, et il s'en allait dans la peinture de Mary Cousine avec son rêve. Je crois que d'autres ressentaient la même chose que moi. Parce que l'assemblée était maintenant presque silencieuse. Tous observaient Etusuiaq qui chancelait sur la chaise. Il fredonnait, et je reconnus une mélodie monotone de l'est du Groenland. Il commença à bouger le haut de son corps, comme s'il dansait.

Une paire de grands Canadiens monta sur la scène et se saisit d'Etusuiaq. Les deux types le soulevèrent et, ses pieds ne touchant plus le sol, le portèrent jusqu'au bar. Ils étaient amicaux, et il rit en criant « merci beaucoup ! » quand ils le posèrent devant le bar et lui servirent un drink.

Les filles devant moi avaient arrêté de parler. La plus petite avait posé sa tête sur son bras et dormait profondément. L'autre avait glissé sous la table, sans connaissance, les jambes relevées contre la poitrine.

On venait tout juste de me servir quand je sentis une main sur mon épaule. C'était Etusuiaq.

« Tu as rencontré ma fille ? » demanda-t-il.

Je secouai la tête et le priai de s'asseoir.

« Elle est couchée là, dit-il en montrant du doigt la jeune femme sous la table. Très fatiguée. Travaille beaucoup trop dur ici à Frobisher. »

Il se glissa près d'elle et plaça un sac à main sous la tête de la dormeuse. Puis il vint s'asseoir à ma table.

« Très gentille fille, mais plus jamais heureuse, maintenant.

— Pourquoi ?

— *Silalunguaquna*, la pauvre », se contenta-t-il d'expliquer.

Il se pencha pour observer sa fille.

« La pauvre petite », dit-il encore.

Et pour la première fois, je vis la douleur envahir ses yeux.

Quelques jours plus tard, Etusuiaq se présenta à l'hôtel et me demanda si je voulais l'accompagner chez un parent à lui habitant à quinze milles de la ville. Il avait emprunté un scooter des neiges et avait bien assez de place pour moi dans le traîneau qu'il remorquait. Nous partîmes un peu après midi. Le soleil brillait, mais le froid restait mordant, et je n'arrivais pas à saisir comment le petit vieux gardait sa chaleur. Il ne portait rien d'autre qu'un manteau en coton et un jean peu épais. Il avait cependant recouvert ses mains de moufles en peau de phoque. En plus de moi, sa fille et une vieille femme voyageaient dans le traîneau.

La fille d'Etusuiaq était très gentille et parlait parfaitement anglais. Elle avait vécu à Frobisher ces deux dernières années, m'expliqua-t-elle, mais ne s'y plaisait pas. Elle aurait bien voulu rentrer à Igloolik, mais, pour une obscure raison qu'elle se garda de mentionner, il semblait impossible d'y retourner.

C'était la première fois que je voyageais dans un traîneau tiré par autre chose que des chiens. Les trajets en traîneau avaient toujours représenté pour moi un cheminement lent et calme, où les seuls sons étaient la respiration des chiens et le chuchotement des patins contre la glace.

Être tiré par un scooter bruyant et puant n'avait rien de particulièrement agréable. Nous avancions à toute vitesse sur Frobisher Bay, mené par un Etusuiaq ravi. De temps à autre, il tournait la tête vers nous, avec un large sourire, ou criait quelque chose par-dessus son épaule. Je ne comprenais pas ce qu'il disait, mais cela faisait rire sa fille.

L'habitat était constitué de trois maisons sur une roche plate. Il y avait un séchoir à viande à étages, qui apparemment n'avait pas servi depuis plusieurs années, et un petit baleinier avec un énorme trou dans le fond gisait entre les maisons. Tout était dans un état de décrépitude pittoresque. Tous les habitants sortirent des maisons quand Etusuiaq cria depuis le petit estran.

Nous fûmes invités à l'intérieur, et la vieille femme qui avait voyagé avec nous servit la soupe de poisson qui cuisait doucement sur la cuisinière. Elle était tout sourire et apparemment heureuse d'avoir un étranger à la maison. J'avais tenté de parler avec elle au cours du trajet, mais soit le scooter faisait trop de bruit, soit elle ne comprenait pas le groenlandais de l'est que je m'étais approprié des années plus tôt.

« Ma sœur, m'apprit Etusuiaq, et lui, c'est son pourvoyeur. »

Il fit un signe de tête vers un très vieil homme qui était assis sur une chaise tout près de la cuisinière et regardait le sol.

« Il est tellement vieux qu'il n'a plus aucun souvenir, ajouta Etusuiaq. Mais c'est peut-être bien comme ça. »

Sa fille s'était assise auprès de deux fillettes. Elle tira des cadeaux d'un sac de toile, et les petites remercièrent doucement, presque gênées.

« Ce sont mes petites-filles, expliqua Etusuiaq. De très gentilles petites. Comme leur mère.

— Elles vivent ici ? » demandai-je.

Etusuiaq hocha la tête.

« Elles habitent ici, chez ma sœur, depuis deux ans. »

Cette maison ressemblait à beaucoup d'autres maisons que j'avais pu voir au Groenland. Il y avait pourtant une différence, car là où les foyers groenlandais étaient toujours pleins de rires et de gens heureux, il n'y avait ici qu'un silence qui soulignait l'absence de joie. Seul Etusuiaq montrait de la bonne humeur. Mais il ne parvenait que rarement à faire rire les autres.

Nous ne restâmes que quelques heures. La fille d'Etusuiaq devait retourner à Frobisher pour travailler. Elle prit doucement congé de ses filles, et nous partîmes à toute vitesse sur la glace.

Etusuiaq s'arrêta devant l'hôtel. Sa fille me serra la main et disparut. J'invitai Etusuiaq à entrer. Je devais prendre l'avion le lendemain pour Yellowknife et souhaitais passer la soirée avec le vieil homme. Mais il ne pouvait pas. Il devait rendre le scooter et avait beaucoup de choses à faire, me dit-il.

Le lendemain, je trouvai Etusuiaq devant « The Bay ». Mon avion ne partait que dans l'après-midi et je lui proposai de m'accompagner à Eskimo Inn pour boire un café.

« Pourquoi tu es tout le temps devant la boutique ? lui demandai-je.

— Il y a tellement de monde, répondit-il. J'ai toujours vécu à Igloolik, et là-bas, il n'y a pas grand-chose à voir. Je ne suis jamais rassasié de nouveaux visages.

— Pourquoi tu ne rentres pas chez toi ?

— Je rentrerai, un jour. Mais je dois aider ma fille. Elle est tout ce qu'il me reste.

— Et pourquoi elle ne rentre pas, elle ? Son mari est mort ?

— Oh, non. Il vit, c'est un grand chasseur. Le meilleur d'Igloolik.

— Mais alors, elle pourrait rentrer et être avec lui, au lieu de rester ici à Frobisher. Ses enfants aussi seraient sans doute mieux à Igloolik, non ?

— Oui, elles étaient si heureuses, comme de petits moineaux des neiges, dit-il. Mais ça ne va pas. Elles sont tout ce qui reste à ma fille.

— Elle est séparée ?

— D'une certaine façon, répondit le vieux. Comme elle avait eu deux filles, le docteur qui venait une fois par an a dit qu'elle ne devait plus avoir d'enfants. Elle et son mari voulaient tellement un garçon, mais aucun d'entre eux n'osait contredire un docteur. Alors elle a été stérilisée.

— Mais elle aurait pu dire non », protestai-je.

Etusuiaq secoua lentement la tête.

« Ce n'est pas si facile. Le docteur a dit qu'elle devait le faire parce que le Health Service avait décidé qu'il y avait assez d'enfants à Igloolik. Et maintenant, elle ne pourra jamais avoir un garçon pour subvenir à ses besoins et à ceux de son mari quand ils seront vieux. »

Je l'observai. Il regardait par la fenêtre, où de lourds camions passaient, soulevant des nuages de neige.

« Alors ils se sont séparés, parce que mon beau-fils voulait une autre femme, une femme qui pouvait lui donner le fils dont il avait besoin. »

Etusuiaq tourna la tête vers moi. Ses petits yeux bruns étaient humides.

« C'était un si bon gendre, et ils étaient si heureux ensemble avec leurs deux filles. »

Le vieil homme d'Igloolik m'accompagna à l'aéroport. Il se tenait sur la petite plate-forme devant le bâtiment et me saluait de la main alors que je rejoignais l'avion. Un petit homme qui avait froid, avec une longue et dure vie derrière lui. Je n'oublierai jamais Etusuiaq.

Dignité

Je suis parti du Groenland, mais ne l'ai jamais vraiment quitté. Durant de longues années, mon amour pour le Grand Nord a occupé à lui seul un espace privilégié de mon cœur. Puis d'autres pays et d'autres personnes s'y sont presque imperceptiblement glissés. La place commence à manquer. Car même si j'ai un grand cœur, avec beaucoup de place, il y a tant d'endroits agréables, tant d'êtres humains fantastiques sur la Terre, que dans l'avenir, je ferais bien de penser à restreindre ma vie de voyages, pour avoir de la place pour tous.

L'un de ces endroits merveilleux est l'Irian Jaya, ou comme on l'appelait durant la colonisation, la Nouvelle-Guinée néerlandaise. L'incroyable moitié d'une île incroyable.

Le hasard voulut que j'atterrisse dans la vallée de Baliem avant que des changements significatifs ne surviennent. Là vivaient les Papous, du terme malaisien *papuwah*, ceux qui ont des cheveux de laine. Ils vivaient, dans les grandes lignes, comme ils avaient vécu pendant les quelques derniers millénaires. Ils cultivaient des légumes, élevaient des cochons et faisaient la guerre.

La grande vallée de Baliem se cache au plus profond des hauts plateaux de Nouvelle-Guinée. Ses habitants se nomment les Danis, ont la peau brune, sont de type mélanésien avec des traits négroïdes. Waellee était l'un d'entre eux.

Un jour, je me levai avant l'aube. Il n'est jamais difficile de se lever tôt à Baliem, car le *honnay* du village, la maison des hommes, abrite une cinquantaine d'individus qui ne se sont pas lavés depuis des années. Les Danis ont horreur de l'eau, et s'enduisent à la place de graisse de cochon et de cendre ou d'argile pour se protéger du froid. Quand la couche est devenue trop épaisse, et son parfum trop âcre, ils la grattent avec un morceau de bambou et en remettent une nouvelle. Je n'ai jamais pu m'habituer à l'odeur rance qui agresse les narines à l'instant où l'on ouvre les yeux.

Dehors, il faisait frais et une senteur de terre humide flottait dans l'air. L'altitude de la vallée crée des nuits fraîches et d'agréables températures diurnes dépassant rarement les vingt-huit degrés. Quelques cochons ensommeillés grognaient près de la maison des femmes, et un coq titubait nerveusement sur la cheminée d'un entrepôt, sans se décider à entonner son chant matinal.

Je grimpai par l'échelle de la palissade et sortis du village. À une cinquantaine de mètres de la haie épineuse qui formait cette palissade s'érigeait la tour de guet. Tout en haut de la frêle structure de bambou se tenait Waellee. Il regardait vers le nord de la vallée, un peu penché en avant, comme s'il avait aperçu quelque chose.

Waellee avait été le premier homme de la tribu que j'avais rencontré lors de mon arrivée au village. J'étais resté assis sur une pierre devant la petite ouverture dans la haie épineuse, haute comme un homme, qui entourait les maisons, comme le voulait la tradition. Et soudain, il était venu vers moi en bondissant comme une grenouille. Un vieil homme, dont la peau sombre s'affaissait lourdement au niveau de la poitrine et du ventre. Ses cheveux épais étaient couverts d'un filet rouge vif fait au crochet, en fibres de plantes, et ses avant-bras et poignets étaient enserrés par des bracelets tressés. Son long *horim*, un étui pénien, pointait franchement comme un cabestan entre ses jambes tendineuses. Il s'était accroupi devant moi, avait tendu la main et m'avait chatouillé sous le menton avec un ongle crochu, long et jaune. Je l'avais chatouillé en réponse, et nous étions devenus amis. Son visage, auparavant si sérieux, presque menaçant, s'était éclairé d'un grand et beau sourire. Peu après, les autres hommes de la tribu étaient sortis aussi, et j'avais été invité à l'intérieur de la palissade.

Waellee tourna brusquement la tête et me regarda du haut de son perchoir. Il sourit et leva la main pour me saluer. Puis il descendit rapidement de la haute et mince structure et vint s'asseoir près de moi. Nous fumâmes une de ses cigarettes faites maison en contemplant le matin qui se glissait alors au pied des montagnes. Waellee parlait. Il avait quelque chose à raconter, et il ne s'arrêtait pas un instant, même s'il savait que je ne comprenais pas un mot. Il se levait de temps en temps pour taper du pied par terre, agité, ou tendait les bras comme s'il tirait à l'arc ou maniait une hache en pierre. C'était une longue histoire, que je pus seulement comprendre quand l'un de ses fils vint nous chercher pour le petit déjeuner.

Nous étions assis dans la maison au plafond bas et fixions les braises du feu. Le volet avait été enlevé du trou par lequel on entrait, mais la lumière du jour parvenait à peine à se glisser par-dessus le seuil surélevé de la porte. L'éclat rougeâtre et clairsemé du feu incitait étrangement au silence. C'était l'heure après le lever du soleil, et de grands garçons nous servaient du *hipiri* mélangé à du *toa* et de petits bouts de viande.

De temps à autre, une flamme claire surgissait d'une braise et éclairait le visage des hommes.

J'étais assis à côté de Waellee, qui était le *wisakuun* de la tribu, le guérisseur. Derrière lui étaient installés ses trois fils. Des silhouettes massives et sombres, aux visages fermés. L'un des petits-enfants de Waellee était assis entre les jambes de son père. Un petit garçon à la lèvre supérieure grise de mucus. La plupart des enfants avaient une moustache de morve, vu qu'il était impoli de cracher, de se racler la gorge ou de se moucher.

Après le repas, une partie des hommes disparut. Il fallait défricher ou emmener des légumes au marché à Wamena. Une promenade de quarante kilomètres. Waellee et ses fils restèrent assis.

Waellee recommença son récit. C'était comme s'il répétait l'histoire qu'il avait racontée plus tôt. Je demandais à l'un de ses fils, qui comprenait un peu l'anglais, de quoi il parlait.

« Il parle d'autrefois, répondit le fils, un jour où lui et mes oncles ont tué un homme blanc qui avait volé leurs voix. C'était un homme sans dignité. »

Il se pencha en avant et enleva l'os de sanglier qu'il portait dans le nez. Puis il le frotta soigneusement contre sa jambe pour le nettoyer et me le tendit.

J'observai les deux dents de sanglier attachées en demi-lune.

« Les hommes blancs n'ont pas de dignité, dit-il en pointant du doigt l'énorme trou qu'il avait dans la cloison nasale. Tu ne pourrais jamais porter ça, parce que vous ne connaissez pas le rituel du perçage.»

J'acquiesçai, reconnaissant envers cette coutume de ne s'être jamais répandue jusqu'à mon Kerteminde natal. J'avais cru comprendre que le procédé était très désagréable. Je lui rendis l'os, mais il secoua la tête.

« Garde », dit-il.

Le vieux Waellee, qui avait écouté le dialogue dans cette langue qui lui était inconnue, s'éclaira d'un grand sourire. C'est peut-être justement parce qu'ils ont habituellement un visage fermé et sinistre que le sourire des Papous a l'éclat du soleil traversant de lourds nuages de mousson. Il tendit la main derrière lui dans le noir, et après avoir tâtonné un instant il trouva un étui pénien tout neuf, long et jaune. Il me le tendit, toujours souriant.

Son fils souriait également.

« Tu n'as pas de dignité, dit celui-ci en faisant glisser sa main sur mes vêtements kaki. Dehors, ce n'est pas très grave que tu ne sois pas vêtu comme un être humain, mais ici, dans la maison des hommes, nous n'aimons pas les indignes. »

Je fixai l'étui. Dignité. C'était l'une des caractéristiques que j'avais décelées chez les Papous. Qu'ils se rassemblent dans la maison des hommes, qu'ils travaillent aux champs ou qu'ils se promènent nus dans le grand marché de Wamena, ils semblaient libres, sans contrainte, et dignes. Je jetai un regard sur ma tenue kaki. Je la portais depuis deux semaines, elle puait la sueur rance et la graisse de porc.

Il n'y avait pas assez de lumière pour que qui que ce soit puisse voir mes oreilles cramoisies quand je me défis de mon pantalon et de ma chemise pour me vêtir à la mode papoue. J'eus quelques difficultés à placer correctement la ficelle, mais Waellee m'aida de bon cœur. On pouvait ajuster l'attache pour que l'étui pende tristement, se dresse avec provocation ou repose en sécurité le long du ventre.

Ce n'était pas désagréable. Nouveau et insolite. Et il se trouve que je ressentais une certaine dignité. J'étais maintenant entouré de mes égaux, et vêtu de circonstance. Je me rassis, et tous me sourirent.

Waellee posa doucement sa main sur mon genou et me dit quelque chose. Son fils traduisit :

« Il dit que tu devrais acheter un cochon, pour que nous puissions festoyer. »

J'acquiesçai, heureux de pouvoir enfin les remercier de leur hospitalité.

Plus tard dans la journée, Waellee, le chef ainsi qu'un autre membre important de la tribu, se préparaient aux festivités. Ils revêtirent leurs parures de cérémonie. Des bracelets colorés, des colliers de nacre, des plumes d'oiseau de paradis dans la coiffe et une large bande de fibre blanche pendant comme une cravate jusqu'au nombril. Leur apparence était impressionnante, et je me sentis tout à fait banal avec mon étui pénien.

Vers la fin de l'après-midi, une jeune fille amena un petit cochon noir. Le chef de la tribu saisit son grand arc et encocha une flèche. Deux hommes soulevèrent la bête par les jambes et les oreilles, et d'un tir en plein dans le cœur, l'animal fut mis à mort. Pendant que Waellee et deux vieillards le découpaient, les femmes allumèrent un feu et placèrent de grosses pierres dans le foyer.

Les femmes danis sont des dames fortes et laides. Elles ont le visage lourd et triste, un ventre imposant et, quand elles ne sont plus toutes jeunes, des seins flasques qui pendent comme des sacs de cuir sur leur abdomen gonflé. Elles sont nues, mis à part une jupe de fibres végétales qui glisse de leurs hanches au moindre mouvement. Le long de leur dos repose un grand filet de transport, *nutek*, qui contient des aliments et autres nécessités. Comme par exemple des légumes, des nourrissons, des marcassins, des bâtons à fouir et tout un tas d'autres choses.

Les femmes avaient remarqué ma nouvelle tenue, et elles hochaient la tête, l'air approbateur. Aucune d'elles ne rit. Aucune ne me montra du doigt, ce qui par ailleurs aurait été difficile pour nombre d'entre elles. Il leur manquait pratiquement à toutes une ou deux phalanges à chaque doigt. La coutume veut qu'une phalange soit coupée chaque fois qu'un parent disparaît. Ces amputations commencent quand les filles ont aux alentours de douze ans. D'abord, on coupe la circulation sanguine au moyen d'un garrot à la phalange précédente. Ensuite, on tranche la phalange avec un burin de pierre et on recouvre la plaie d'un mélange d'argile et de cendre. Puis on recouvre de feuilles de bananier et de coquillages jusqu'à cicatrisation.

La vie des femmes danis est dure. Elles s'usent comme des esclaves aux champs, doivent nourrir des enfants trop nombreux et sont mal traitées. Socialement, elles sont en dessous des cochons adorés des hommes.

Dès que les pierres furent brûlantes, elles furent saisies avec des tiges de bambou et placées dans un grand trou de cuisson avec des gerbes de foin. La viande fut enveloppée de feuilles de bananier et installée dans le trou. Le tout fut recouvert de paille et de terre, et on laissa cuire pendant plusieurs heures.

Les hommes mangèrent en premier, suivis des enfants. Les femmes eurent droit aux restes, et il ne restait pas grand-chose. Elles étaient pourtant heureuses, et se mirent à danser pour nous, reconnaissantes d'avoir au moins eu le droit de goûter à la bonne viande. Elles dansèrent jusqu'à ce que la nuit commence à tomber. Une danse étrange, accompagnée des mêmes mots répétés inlassablement, où elles couraient lentement d'avant en arrière sur la place, tapaient du pied dans la boue et la graisse échappée du cochon. Les hommes restaient assis et les admiraient.

Waellee poussa un profond soupir. Son fils dit :

« Autrefois, nous allions voler nos femmes, car on se mariait rarement avec un autre membre du clan. On allait chercher les meilleures femmes chez les Woooi, mais c'est terminé depuis longtemps. Nous les avons attaqués, nous avons volé leurs femmes et leurs cochons. Nous avons tué tous les autres.

— Tu t'en souviens ? » demandai-je, dubitatif.

Il acquiesça.

« J'étais un petit garçon quand ma mère et mes deux frères ont été volés par les Woooi.

— Elle n'est jamais revenue ?

— Mon père est allé la chercher. Il est parti tout seul au village des Kurules pour reprendre ma mère et mes frères. Ceux que tu as rencontrés.

— Qu'est-il arrivé aux voleurs ? »

J'avais entendu dire que les Papous étaient très vindicatifs, et qu'ils avaient autrefois été terriblement violents dans leurs vengeances.

« Mon père les a tués et mangés », répondit le fils.

J'observai Waellee, et quand son fils lui eut traduit la conversation, il sourit et hocha la tête. Une expression rêveuse apparut dans ses yeux. Il pensait peut-être à la bonne viande entre ses doigts ou à une bonne pièce bien cuite, issue d'une cuisse.

Les matins dans la vallée de Baliem sont inoubliables. Clairs comme le cristal, frisquets et accompagnés d'un soleil qui passe des premiers éclats rouges à l'horizon, à une boule brillante cramoisie en moins d'une minute, avant de s'élever rapidement vers le zénith blanc, éclatant.

Les joyeux gazouillis des grives emplissent l'air, des cailles volent juste au-dessus des hautes herbes qui entourent les maisons, suivies de tisserins à tête noire et de roitelets. Les montagnes sont enveloppées de brouillard, qui est soudain traversé par l'éclatante lumière glissant le long des flancs bruts comme une voile colorée. Un nouveau jour à Baliem. Nous étions assis autour du petit déjeuner. Ils savaient tous que c'était mon dernier jour dans la vallée. Waellee m'avait offert deux petits filets contenant des herbes médicinales. Ils étaient magnifiquement travaillés, faits de mâchoires de rats, de cheveux humains et de plumes d'oiseaux. J'avais auparavant essayé de leur donner des cadeaux, mais aucun d'entre eux n'en avait voulu.

Par l'intermédiaire de son fils, Waellee dit :

« Nous avons toujours été un peuple sans peur. Mais nous avons peur de Waro. Waro est un serpent, ce n'est pas seulement l'homme blanc qui est venu le premier, mais aussi l'homme marron qui est venu après lui. Ils disent que nous autres Kurules, nous n'avons droit qu'à la terre que nous cultivons. Mais comment est-ce que nous pouvons en vivre ? Comment se passer des terres où les plantes et les fruits sauvages sont ramassés ? Les terres où nous chassons ? Waro est un serpent, et nous sommes peut-être impuissants. Nous avons attaqué Wamena avec des lances et des flèches, et enfoncé des piquets dans le sol, pour que personne ne puisse se poser. Mais ils ont envoyé des guerriers depuis le ciel et nous ont attaqués avec des armes de Waro. Ils ont tué trente d'entre nous, et nous avons appris que nous avions seulement tué trois d'entre eux. Les morts n'ont pas été rendus, comme le veut la tradition. »

Il fouillait dans sa blague à tabac, pensif, à la recherche de ses cigarettes.

« D'abord sont venus les missionnaires. Ils ne nous faisaient pas de mal, et nous n'en avons tué que quelques-uns. Ils nous ont parlé d'un Dieu dans le ciel et des âmes des morts qui vont là-haut le rejoindre. Nous savons mieux qu'eux, parce que nos anciens nous ont raconté que les gens du ciel ont autrefois lancé une grande corde jusqu'à la terre pour faire connaissance avec nous. Mais comme ils étaient voleurs, et prenaient nos femmes et nos cochons, nous avons dû couper la corde pour qu'ils restent là-haut. C'était bien avant qu'il ne vive. »

Il fit un signe de la tête vers la momie de son arrière-grand-père, qui participait toujours aux discussions du soir.

« Qu'est-ce que vous allez faire ? » demandai-je.

Et le vieux *wisakuun* répondit :

« Quand on chasse trop durement le milan dans la vallée, il va se cacher dans les montagnes, où personne ne peut le trouver. »

Quand l'avion décolla, je pus voir l'interminable route traversant la vallée d'un bout à l'autre. De longues rangées d'hommes et de femmes se rendaient au marché local de Wamena. Comme un avertissement du jour où ces mêmes hommes et femmes monteraient en longues colonnes vers les hauts plateaux pour chercher un refuge contre notre temps.

Les bottes en caoutchouc

En fait, ce récit de ma vie de voyageur aurait dû figurer parmi les premiers racontars. Mais, comme il est né un soir dans la maison des hommes kurules, dans le village de Kurabaga, j'ai senti qu'il appartenait aux aventures de l'Irian Jaya.

C'est incroyable à quel point une pensée, une vision, des mots ou une action peuvent faire surgir du plus profond de la mémoire un événement depuis longtemps oublié. Cette histoire n'aurait probablement jamais vu le jour si justement ce soir-là, qui était mon premier chez les Kurules, l'arrière-grand-père de Maito n'avait pas participé au repas.

Le vieillard avait été délicatement placé à côté de moi, devant le feu de la maison des hommes. Il était assis avec les jambes remontées contre la poitrine, ses mains maigres et noires serrant fermement ses genoux. Le filet rouge et serré qui ornait sa tête était à ce point tiré en avant sur son front, que ses yeux étaient presque cachés, et sa bouche bâillait comme un oisillon espérant une becquée.

De temps en temps, le vieux tombait vers moi et reposait un court instant sur mon bras. Je sentais alors son odeur corsée de graisse de porc et de cendre chaude, jusqu'à ce que Maito le remette en place.

L'arrière-grand-père était momifié. Une momie bien conservée, qui dans sa jeunesse avait fait partie des plus grands guerriers. Au moment de ce récit, encore, son nom répandait la terreur parmi les clans voisins, parce qu'il était toujours auprès de son peuple et siégeait toujours au conseil. Même s'il était vieux, peut-être cent ans, il était intact et plutôt bien conservé. Son corps était enduit de graisse de porc et, les jours de fête, saupoudré de cendre, et son *horim*, son étui pénien, était régulièrement renouvelé. Il reposait, long et épais, le long de son ventre noir et ridé, et sa partie inférieure était posée sur une paire de pieds énormes. C'était peut-être parce qu'il s'était recroquevillé au cours des fumigations que ses pieds semblaient aussi disproportionnés. Je jetai un regard alentour aux autres hommes et me rendis compte que leurs pieds à tous étaient d'une taille saisissante. Même ceux des enfants âgés d'une douzaine d'années semblaient en avance sur le corps entier. L'avant était large, la plante dure comme de la corne et les longs orteils semblaient vivants, en constant mouvement, comme des doigts.

Aucun de ces hommes n'avait jamais possédé de chaussures. Et aucun d'entre eux n'en posséderait jamais. Leurs pieds se suffisaient à eux-mêmes, la corne de la plante les protégeait aussi bien qu'une paire de bottes.

Je fixai les pieds de la momie. Il me semblait inconcevable qu'un individu se passe de chaussures toute sa vie. J'avais toujours été persuadé qu'il était nécessaire de porter quelque chose aux pieds, et qu'il était tout aussi nécessaire d'avoir une relation intime avec ces protections pour traverser l'existence d'une façon pas trop pénible. C'était là un principe que j'avais depuis mon enfance, et que j'avais toujours appliqué, à l'aide de *kamik* inuits ou de bottes de jungle à la semelle épaisse. Les belles chaussures plus légères n'avaient jamais eu d'attrait pour moi.

C'est alors que les bottes en caoutchouc surgirent. Le souvenir de mes toutes premières bottes en caoutchouc, réveillé par la vue de cette pléthore de pieds nus.

Mes parrain et marraine habitaient Odense. Ils formaient un vieux couple très traditionnel, et je les aimais beaucoup. Je les aimais plus encore la veille du soir de Noël. Car alors, la tradition leur faisait faire le long voyage en train d'Odense jusqu'à Kerteminde, d'où ils prenaient le bus passant par Mesinge jusqu'aux hangars à bateaux de Gabet.

La raison de ce long et pénible voyage, c'était le cadeau de Noël qu'ils m'apportaient chaque année en avance. Et ce cadeau avait toujours quelque chose de tout à fait exceptionnel. Une année, ce fut un ballon de football en cuir, une autre une corne de brume, et une troisième un pistolet à air comprimé. Toujours de quoi persécuter mon entourage. Mais l'année qui me revint en mémoire à Kurabaga, on m'offrit une paire de bottes en caoutchouc flambant neuves, dont la couleur rappelait des gencives atteintes de parodontose. Il s'agissait d'un cadeau exceptionnel, en ces années de guerre et de pénurie de caoutchouc, et j'étais pour tout dire bouleversé en le déballant.

Imaginez un peu, avoir ses propres bottes en caoutchouc ! Pouvoir patauger dans de grandes flaques d'eau ou de larges trous de boue sans se mouiller les pieds. Malheureusement, c'était le cœur de l'hiver et la température était loin en dessous de zéro. Aussi, le seul moyen de tester l'imperméabilité des bottes était de faire couler l'eau de la pompe de la ferme dessus.

Après le café annuel chez la tante de ma mère, Hanne, mes parrain et marraine repartirent vers leur métropole de Fionie, rassasiés des gâteaux à la pomme de Hanne, et avec mes mots de gratitude tintant à leurs oreilles.

Les deux fils de Hanne, qui avaient à cette époque dans les soixante ans, inspectèrent soigneusement mes bottes. Ils en étreignirent le haut avec leurs grosses paluches rouges, firent glisser leurs ongles sur la semelle striée et mirent leurs lunettes de presbyte pour en vérifier la marque.

La marque, il n'y avait rien à redire. Les bottes dataient d'avant la guerre et étaient en parfait état, conclut Peter.

Hans, qui avait un sérieux penchant pour la poésie, ajouta même qu'elles étaient « lisses comme la peau d'un ange et de la couleur du soleil levant dans le jardin d'Éden ». Nous ne pouvions pas le contredire, aucun d'entre nous n'ayant jamais pincé la peau d'un ange ou vu le soleil se lever sur le paradis. Nous pouvions seulement constater, comme l'indiqua Peter, qu'il s'agissait d'une paire de bottes remarquable, que pas un bougre dans la région ne pouvait se procurer, que ce soit chez le quincaillier ou chez le cordonnier.

C'était la veille de Noël. La maison de Hanne, située au bord de la mer et cachée sous deux énormes mûriers, disparaissait complètement dans l'obscurité quand je sortis pour essayer mon cadeau. Je portais trois paires de chaussettes en laine, vu que mes astucieux parrain et marraine avaient choisi les bottes avec quelques pointures supplémentaires. Et même si elles étaient un tout petit peu trop lâches, et qu'elles m'imprimaient des marques rouges sur les mollets, je vivais une expérience inédite. Pour la première fois de ma vie, je découvrais le luxe, un luxe souple, lisse et de bonne facture. Une sensation qui m'a suivi au fil des années, et qu'il s'est avéré possible de revivre en d'autres occasions.

Pour fêter l'acquisition des bottes, et aussi parce que c'était la veille de Noël, qu'on appelle au Danemark le petit Noël, la vieille Hanne fit du lait chaud au miel, et j'eus le droit de dormir sur la chaise longue du salon, avec les bottes. Elles étaient brûlantes sous la lourde couette, et mes pieds cuisaient au point que je dus les enlever à regret, à l'approche du matin. Je les déposai près de ma tête, pour pouvoir profiter de la couleur et de l'odeur délicieuse du caoutchouc.

Mon meilleur ami, et parallèlement pire ennemi, c'était Frederik. Il était l'héritier d'une grande ferme entourée de bonnes terres grasses, de vaches, de chevaux, de cochons, de poules, d'oies, de chats et d'un chien nommé Saucisse. Il n'y avait pratiquement pas de fin à ce que Frederik recevrait quand son vieux casserait sa pipe.

Il ne manquait pas de me rappeler cet état de fait du matin au soir, et je ne manquais pas de répliquer en pointant du doigt que certes, une bonne partie du pays lui reviendrait, mais qu'il devrait s'échiner toute sa vie comme un baudet pour que cette terre revienne un jour à ses morveux, ajoutant qu'en ce qui me concernait, je deviendrais riche d'une tout autre manière, grâce à mon talent. Je finirais pour ainsi dire par posséder une bonne partie du monde.

Je ne précisais pas de quel talent je parlais, vu qu'à ce moment-là je n'en étais moi-même pas tout à fait sûr. J'avais trop de talents divers et aucun ne s'était révélé véritablement déterminant. Par exemple, je pouvais jouer du violon aussi bien que le tailleur, qui se produisait pourtant pour les grandes occasions, écrire des vers qui rimaient raisonnablement, tricher aux cartes sans me faire attraper et jouer au palet mieux que n'importe quel garçon de ferme. De plus, je pouvais raconter toutes sortes d'histoires. Il suffisait de mentionner un sujet et je commençais mon récit. Qu'il le veuille ou non, Frederik était obligé d'admettre que cette histoire de talent n'était pas tout à fait dénuée de fondement.

Lors de ma première nuit avec mes bottes, je pensai beaucoup à Frederik. J'étais couché dans le noir et je souriais, sachant que j'étais vraiment devenu quelqu'un. Que pouvaient Frederik et la terre de ses ancêtres contre une paire de bottes en caoutchouc rouge ? Je m'endormis empli de pensées heureuses.

« … comme la peau d'un ange », fis-je le lendemain, en écho à Hans, quand je confrontais Frederik avec les bottes.

Il leur lança un regard aigre. Il souhaitait de toute évidence dire quelque chose de mesquin et dénigrant, mais était à court d'imagination.

« Drôle de couleur, tenta-t-il.

— Comme la terre d'Afrique, répondis-je. Pas la couleur de merde de la terre de ton père.

— Ça tient pas chaud, des godasses pareilles, essaya-t-il encore.

— J'ai dû les enlever cette nuit, indiquai-je, parce que mes pieds rissolaient. »

Nous étions en train de tirer chacun sur la moitié d'un cigare que j'avais fauché dans l'étui de mon parrain. Nous nous étions entraînés longuement dans l'art noble de la fumette, et étions devenus d'habiles fumeurs.

« Tu me dois soixante-quinze øre », dit Frederik.

C'était un coup désespéré, sous la ceinture. La dette avait vu le jour au cours de l'automne, quand j'avais dû maintes fois emprunter de l'argent à Frederik pour pouvoir acheter des parts de studenterbrød chez le boulanger de Mesinge. L'origine de ma passion pour le studenterbrød se nommait Oda, la fille du boulanger, dont j'étais profondément amoureux. Cet amour avait fini par faire grimper ma dette à quatre couronnes et vingt øre, et il me restait encore soixante-quinze øre à rembourser.

« La dette doit être réglée avant le Nouvel An, selon notre accord. »

Frederik empoigna le haut de mes bottes pour sentir la peau d'ange.

Je me laissai aller en arrière dans le tas de filets et réfléchis. Il allait falloir mettre à profit mon talent pour le marchandage.

« Moyennant une couronne, tu peux louer mes bottes pour la veille de Noël et le jour de Noël », annonçai-je.

Frederik essaya de se donner un air matois. Il lâcha les bottes, fit tomber les cendres du cigare et le replaça à la commissure de ses lèvres avec un grand geste théâtral.

« Cinquante øre », dit-il.

Je ris fort.

« Tu n'y connais rien en marchandage, Frederik, parce que tu es incapable de repérer une bonne affaire.

C'est pourquoi l'offre vient de monter à une couronne et demie.

— Mais tu as dit une couronne juste avant !

— Exactement, c'était juste avant. Maintenant, c'est une couronne et demie, parce que tu as eu le culot de proposer cinquante øre. Et ça peut grimper encore, si tu ne topes pas.

— Mais... on ne peut pas faire ça ! protesta-t-il, indigné.

— Deux couronnes, et seulement pour le soir de Noël », assenai-je durement.

Je savais qu'il brûlait de planter ses chaussettes maussades dans mes belles bottes.

Le marchandage dura tout l'après-midi, et à la fin, Frederik dut oublier ma dette et tous les intérêts qu'il y avait ajoutés. En contrepartie, il eut seulement le droit d'emprunter les bottes durant le passage à l'église de Mesinge, le soir de Noël. S'il voulait prolonger la location, il lui faudrait payer dix øre de l'heure.

Nous nous rendîmes à Mesinge en voiture. Le cordonnier, qui avait une voiture de location, vint nous chercher une heure avant la cérémonie. Une heure pour trois kilomètres, c'était peut-être un peu exagéré, mais le cordonnier était un homme prudent qui méprisait la vitesse. Il prenait de plus toutes les éventualités en considération. D'abord, la vieille Hanne devait être amenée jusqu'à la route de campagne dans une brouette, par ses fils. Le cordonnier refusait catégoriquement de faire rouler sa voiture sur un chemin de terre. Tout était prévu, pris en compte. On pouvait écraser une poule, ce qui signifiait une demi-heure de palabres avec le propriétaire de la volaille pour son remboursement. On pouvait crever un pneu, ce qui équivalait à une autre demi-heure de retard pour changer la roue. D'ailleurs, le cordonnier ne louait la voiture que pour des heures pleines, quelle que soit la distance à parcourir. Il m'avait appris beaucoup de choses sur le marchandage, et je l'admirais beaucoup.

Il n'y avait rien de plus sûr qu'être en voiture avec le cordonnier. Il était de cette époque où il était tout à fait normal qu'un homme marche devant la voiture en agitant préventivement un drapeau. Cet homme et son drapeau manquaient au cordonnier, mais il conduisait comme s'il avait toujours un garant devant le radiateur. C'est pourquoi nous fûmes doublés devant la droguerie par le père de Frederik, qui venait en carriole. Frederik rit, triomphant. Il était enveloppé dans une épaisse couverture de laine, avait les yeux larmoyants et le nez rouge de s'être trop mouché. Le froid était mordant ce soir-là, et je soupirai de bien-être dans le moyen de locomotion luxueux du cordonnier. Je fis un signe de tête aimable à Frederik depuis le siège avant, où j'étais assis sur les genoux de Peter.

L'échange des bottes devait avoir lieu dans l'église, avant que les enfants ne soient envoyés dans le clocher. Le vieux curé avait pour coutume, à Noël, d'expédier tout ce qui avait moins de douze ans dans le clocher pendant le sermon. Ça lui faisait la paix, et la joie des enfants, disait-il. Pour pouvoir opérer l'échange, Frederik m'avait gardé une place sur le banc derrière ses parents.

Il lança un regard gourmand à mes bottes en caoutchouc.

« Oui, elles sont bientôt à moi », dit-il, enthousiaste. Et il commença à défaire les lacets de ses chaussures en cuir graissé. C'était une paire de bottes brun-noir, rigides et puantes, avec une épaisse semelle de bois.

Je remuai les pieds dans le caoutchouc. Quelle sensation exquise ! Quelle enivrante satisfaction d'en être le propriétaire ! J'envisageai un court instant d'annuler la location. Mais soixante-quinze øre représentaient beaucoup d'argent, et ma dette devait être réglée avant le Nouvel An.

« Seulement jusqu'à ce qu'on sorte de l'église », rappelai-je.

Frederik acquiesça. Il se léchait les babines et poussa du pied ses godillots en cuir graissé vers moi. Avec un soupir, je retirai mes bottes en caoutchouc. Je vis Frederik enfoncer ses gros pieds dedans et l'entendis soupirer profondément, proche de l'extase.

Enfiler ses chaussures à lui me fit penser à l'Inquisition et à ses brodequins, que nous avions étudiés à l'école.

Quand le curé nous chassa dans le clocher, Frederik bondit dans le raide escalier, léger comme un bouquetin. Je grimpai pour ma part maladroitement et à grand bruit vers les hauteurs, dans ses fétides godillots. Il arriva bien sûr le premier et s'appropria la meilleure place, en dessous de la grande cloche. Quand elle carillonnait, c'était agréable, parce qu'on la sentait vibrer jusqu'au fond des os et que cela faisait comme si nos oreilles allaient éclater. Je m'assis lourdement, haletant, sur la poutre en dessous de lui.

Frederik me lança un regard condescendant. Il y avait une lueur diabolique dans ses yeux.

« C'était bien dix øre pour chaque heure supplémentaire, selon notre accord ? »

Je secouai la tête.

« Je ne crois pas que je vais les louer après l'église, dis-je.

— Un marché est un marché, rétorqua Frederik en me regardant sévèrement. Je crois que j'aimerais bien les louer quelques heures de plus pour Noël. Il va falloir qu'on rentre, pas vrai ? Alors je prends cinq heures supplémentaires, comme ça je les aurai pour tout le retour, et pour la danse autour du sapin de Noël. »

Les plus grands enfants rentraient habituellement à pied de l'église, pour laisser aux mères le temps de préparer le repas, et aux pères la liberté de fumer un cigare et boire un verre ou deux. Cette balade était obligatoire et calmait l'excitation des enfants. Ceux-ci avaient souvent, dans l'attente des cadeaux, une boule dans le ventre les empêchant d'avaler quoi que ce soit au festin du réveillon. Après une promenade de quatre kilomètres par un froid glacial, tout mal de ventre s'évapore et l'appétit reprend ses droits.

Frederik rit :

« Se laisser porter jusqu'à la maison par une paire de bottes pareille, ça va être agréable. Je dois avouer qu'elles sont chouettes à porter. »

Après le sermon du curé, les enfants durent redescendre du clocher. Il fallait participer au dernier cantique avant d'être relâchés de la maison de Dieu. Le curé se tenait près de la porte et enfonçait un caramel dans la bouche de chaque enfant crasseux qui lui souhaitait un joyeux Noël. Il nous exhortait à être sages et bons, en tout cas jusqu'à ce que nous soyons suffisamment loin de l'église. Les adultes s'installaient dans les voitures et les véhicules tirés par des chevaux, et nous autres enfants commencions à gravir la pente qui s'éloignait du presbytère.

C'était l'un des hivers si froids des années quarante. Il y avait un peu de vent venant du fjord par le nord, un vent qui transperçait les chandails et les pantalons les plus épais, jusqu'à la peau nue. Frederik me demanda bientôt d'une voix cassée :

« Comment ça va ? Tu arrives à suivre ? »

J'acquiesçai. En fait, ça allait plutôt bien. S'il y avait une chose qu'on ne pouvait enlever aux bottes à grosses semelles de Frederik, c'est qu'elles étaient chaudes et ne glissaient pas.

Frederik n'arrêtait pas de vaciller sur le chemin gelé. De temps en temps, il s'arrêtait et appuyait l'un de ses pieds sur l'autre.

« Pourquoi tu fais ça ? lui demandai-je.

— C'est pour vérifier que mes doigts de pied sont toujours là. »

Il me lança un regard abattu.

« Je crois qu'on peut refaire l'échange.

— Tu les as louées pour cinq heures de plus », répondis-je.

Je glissai la main dans la poche et tâtai avec ravissement les cinquante øre qu'il m'avait réglés comptant.

« Je les ai bien assez essayées, dit-il, désespéré. Je préfère ne pas les garder plus longtemps.

— Ta, ta, ta ! lançai-je. Un marché est un marché, et je ne suis pas du genre à me parjurer. »

Frederik fit halte. Le visage déformé de douleur, il chuchota :

« Tu peux garder les cinquante øre, si tu reprends tes bottes tout de suite, et que tu me rends les miennes. »

Je secouai la tête d'un air navré.

« Non, c'est impossible, Frederik. Tu me traiterais de tricheur demain.

— Je ne te traiterai de rien du tout. Promis. Parole. Rends-moi juste mes bottes. Je te donnerai dix øre de plus.

— Même une couronne ne pourrait me faire briser une promesse, dis-je solennellement.

— Une couronne ? » haleta-t-il.

Je pouvais voir un violent conflit se dérouler en lui. Enfin, il serra les lèvres, se retourna et recommença à gravir la colline à petits pas lents et maîtrisés, comme s'il marchait sur des braises, ce qui d'ailleurs n'était absolument pas le cas.

Quand nous arrivâmes à la ferme de son père, les orteils de Frederik étaient complètement gelés. Il tituba vers la porte sans dire ni au revoir ni joyeux Noël. Je le regardai filer et ris, avant de partir vers la plage où tante Hanne habitait.

Le soir même, vers onze heures, nous nous retrouvâmes dans l'entrepôt à filets. Nous avions pris cette habitude au cours des dernières années, pendant que les vieux se frottaient le ventre ou jouaient aux cartes, après l'ouverture des cadeaux.

Frederik était déjà là à mon arrivée. Il me tendit mes bottes en caoutchouc sans un mot. Je remarquai qu'il portait une paire de bottes en caoutchouc toutes neuves, de la même couleur que les miennes.

« Mais… » bredouillai-je.

Il hocha la tête.

« Cadeau de Noël, de papa et maman », marmonna-t-il.

Il récupéra ses bottes en cuir graissé et les serra contre sa poitrine. Et soudain, il ouvrit grand la bouche de surprise.

« Mais… bredouilla-t-il.

— Cadeau de Noël, de Hanne », répondis-je.

Et je remuai les orteils de bien-être, dans mes nouvelles bottes de cuir graissé.

Nous allumâmes chacun un havane et nous allongeâmes contre le tas de filets durcis. Je pensai à la générosité de mes parrain et marraine et à la formidable tradition qui faisait venir les cadeaux en avance. J'étais maintenant un homme riche, libéré de toute dette, j'avais de quoi acheter cinq tranches de quatre-quarts chez Oda, et j'étais propriétaire d'une paire de bottes en caoutchouc et d'une autre de cuir graissé. Je lançai un regard de compassion vers Frederik et me dis que ce Noël avait été tout à fait formidable.

Voici le souvenir que la vue des grands pieds de la momie avait fait resurgir. Et quand Maito me demanda à quoi je pensais, je secouai la tête en souriant. Il est bien trop compliqué d'expliquer la joie de posséder à la fois des bottes en caoutchouc et en cuir graissé à quelqu'un dont la langue ne comprend aucun mot désignant des chaussures.

Lee Woo Wong's Resthouse

Un remorqueur glissait lentement devant nous en grondant, tirant quatre barges surchargées derrière lui. Leurs corps ronds se traînaient péniblement dans le canal, laissant de larges bandes huileuses et brillantes dans leur sillage. Les amoncellements de nattes en paille de riz masquèrent un instant le profil de la ville et les lumières des grands hôtels, de l'autre côté du fleuve.

Nous étions installés sur l'étroite terrasse qui s'étendait au-dessus de ce fleuve, comme un prolongement vacillant du Lee Woo Wong's Resthouse, à Bangkok. Nous nous taisions, absorbés par la pièce de théâtre qui se déroulait sur l'eau, où le décor pouvait changer du tout au tout d'une façon surprenante.

Un navire imposant quitta les quais Oriental. C'était un restaurant flottant animé par un orchestre, dont la musique se mélangeait de manière étrange aux sons propres au fleuve. Il y avait sur le pont des gens en vêtements de fête assis à des tables dressées. Un rugissement déchirant s'en échappa quand le navire tenta de faire fuir un petit canot de sa route. Un spotlight éclaira fugacement la petite embarcation, menée par une vieille et maigre bonne femme. Un brasero luisait au milieu de l'esquif, sous une grosse marmite de soupe brûlante qui tangua dangereusement dans le sillage du gros navire. Dès que celui-ci fut passé, la cuisine ambulante se stabilisa et la vieille femme pagaya vers quelques gros sampans, auprès desquels elle pourrait vendre sa soupe.

Le fleuve reposait à peine à quelques mètres en dessous de nous. L'eau clapotait entre les fins poteaux visqueux qui portaient la terrasse. Les feux de tête de mât des bateaux luisaient comme des étoiles solitaires dans le ciel noir, et les bandes de lanternes jaune-rouge et vertes glissaient avec une infinie lenteur vers la mer.

Mekong Harry soupira, et je le comprenais. Le visage du fleuve était malmené. La Chao Praya n'était plus une voie fluviale amenant des bois précieux du nord de la Thaïlande, elle n'était plus la route ancestrale des tribus des collines, ni le cœur battant des innombrables petits villages qui s'égrenaient le long de ses rives. Sa dignité était ruinée. Le fleuve avait perdu la face. C'était comme si nous étions tous en train de penser la même chose.

Nous étions quatre autour de la table en rotin. Le capitaine Bratschneider, le marchand qu'on appelait l'Albatros, Mekong Harry et moi-même. L'Albatros avait passé la majeure partie de la journée à cette table, et nous autres l'avions rejoint une heure avant le coucher du soleil. Dans la pénombre de la véranda de bois se tenait Lee Woo Wong, le propriétaire de la petite auberge. Dans la cour ouverte, ses épouses préparaient notre repas du soir sur un brasero. Le capitaine Bratschneider était un grand bonhomme chauve, avec un ventre imposant, que j'avais rencontré des années plus tôt à Sulawesi. À Macassar, un homme de l'archipel de Sulu m'avait parlé d'un navire qui allait passer par Lombok en allant à Sumatra. Lorsque je montai à bord pour marchander avec le commandant, je fus surpris de découvrir que celui-ci n'était pas un natif, comme c'est en général le cas pour les gros transporteurs locaux, mais un Hollandais massif et rougeaud, par ailleurs ravi à l'idée d'embarquer un Européen. Je l'avais suivi jusqu'à Lombok, et c'est sur ses conseils qu'à mon arrivée à Bangkok, je m'étais installé au Lee Woo Wong's Resthouse, bien avant de m'établir dans la ville.

Lee Woo Wong était un chinois long et maigre. Il portait un large pantalon de soie blanche, des sandales japonaises et une mince veste en filet qui ne pouvait cacher ses épaules malingres et sa poitrine creuse. Le soir, une odeur douceâtre et légèrement écœurante d'opium flottait autour de lui. Une heure après le crépuscule, il s'installait sur une vieille chaise longue et laissait la plus vieille de ses femmes préparer ses pipes. Il passait là la majeure partie de la nuit, écoutant le fleuve et rêvant à un monde où nous autres ne pouvions le suivre.

« Wong ! hurla l'Albatros, plus de Mekhong ! »

Lee Woo Wong se traîna jusqu'à nous avec une bouteille de whisky local. Il la déposa sur la table avec une carafe d'eau fraîche. L'Albatros se pencha en avant en haletant pour saisir la bouteille. Cet homme était si obèse qu'il devait s'aider de la chaise de l'un de ses amis pour bouger.

Une fois la boisson servie, Mekong Harry commença soudain à rire. Nous lui lançâmes des regards surpris. Mekong avait une façon bien à lui de rire. Ça commençait comme de petits gloussements dans le diaphragme, de joyeux gloussements de poule qui enflaient en un lent vibrato. Avec quelques puissants halètements, durant lesquels il emmagasinait d'importantes masses d'air, il explosait en une hilarité bruyante, qui était captivante à voir et à entendre. On dit que rire donne un beau visage. Ce n'était pas le cas de Mekong Harry. Sous l'effort, sa face adoptait une teinte rouge pivoine, les veines de son front se muaient en vers obèses et mouvants, ses yeux disparaissaient dans un réseau complexe de rides, et sa bouche s'ouvrait en grand, permettant de plonger le regard loin dans sa gorge derrière ses longues dents jaunies. Mais le rire de Mekong était communicatif, et on ne pouvait s'empêcher de le suivre.

« J'ai repensé à ce matin, dit-il enfin. L'Albatros était affalé comme une grosse méduse dans sa chaise pendant que l'enfer se déchaînait autour de lui. C'était à peine quelques heures avant que tu n'arrives », me dit-il.

J'étais arrivé à Bangkok dans la journée et n'avais à ce moment rencontré que l'Albatros, assis seul à la table. Il ne m'avait rien raconté des événements de la matinée.

Mekong s'expliqua :

« La femme de l'Albatros vient de Nan, comme tu le sais, et de temps à autre, elle retourne là-bas pour saluer ses proches. Il y a quelques semaines, elle a entrepris un voyage de ce genre, et en son absence, elle a confié son mari à nos bons soins. Tout se passait bien. On le mettait sur sa chaise le matin, et on l'en sortait le soir. Exactement comme quand sa femme est là. Mais hier soir, il a essayé de se lever. Il était tellement fougueux, tout d'un coup ! Mais vu qu'aucun d'entre nous n'est venu l'aider, il a dû rester gentiment assis. Il est devenu si gros qu'il faut être deux pour l'aider à se lever. On lui a demandé où il comptait aller, vu qu'on avait promis de veiller sur lui. "Trouver une femme", qu'il nous a répondu. Tu t'en souviens peut-être, il a du mal à se passer de femmes pendant une trop longue période. Et comme ça faisait plus de deux semaines que la sienne était partie, on peut comprendre qu'un homme ayant ses usages commence à désespérer. »

Je lançai un regard à l'Albatros. Il remplissait sa chaise de façon si optimale que d'imposants bourrelets de graisse déferlaient entre les mailles de rotin tressé. Son ventre gargantuesque disparaissait dans l'obscurité sous la table, tandis que ses bras colossaux reposaient comme deux jambons poilus sur le plateau. Son visage luisait de sueur, et ses fins cheveux gris souris semblaient peints sur son crâne. La raie qui les séparait, au sommet de sa tête, avait l'air d'être tracée à la craie blanche. Ses yeux brillaient d'amusement, il souriait et opinait du chef mais ne disait rien. Le gros marchand parlait rarement. Il faisait un bon auditeur, mais l'effort d'articuler le faisant suer sévèrement, ses contributions aux discussions étaient rares.

« Le capitaine et moi, on a retourné la situation dans tous les sens, reprit Mekong Harry. Lee Woo Wong a proposé d'envoyer sa femme en ville chercher une dame qui conviendrait. Mais l'Albatros n'était pas d'accord. Il voulait faire son choix lui-même. Il nous regardait d'un air si suppliant qu'on ne pouvait pas lui tourner le dos. Alors on l'a tiré de son siège et on l'a amené dans la rue. On a loué un tuk-tuk pour lui et un autre pour le capitaine et moi-même.

« Au Prince of Wales, sur Washington Square, l'Albatros s'est rapidement dégoté une femme. Une grande fille solide, d'un âge adéquat. Elle était assise sur les genoux de l'Albatros pendant le retour jusqu'au Lee Woo Wong's Resthouse. Après quelques verres ici sur la terrasse, tous deux se sont retirés à l'intérieur.

« Nous autres, on est restés là pour ne pas déranger l'Albatros et sa dame. Tu sais à quel point le bruit passe d'une chambre à l'autre, ici. »

Je le savais parfaitement. Au Lee Woo Wong's Resthouse, les murs séparant les chambres étaient faits en bambou tressé. On pouvait entendre absolument tout ce que les voisins fabriquaient, et on pouvait même y assister de visu, si l'on se donnait la peine d'écarter un peu les fibres de bambou.

« Comme tu le sais, l'Albatros est toujours à sa place dans sa chaise dès sept heures, reprit Mekong. C'était aussi le cas ce matin. Il a bu son café et le premier whisky de la journée, et à notre arrivée, une heure plus tard, il était en train d'admirer le lever du soleil. On venait à peine de se faire servir du café que l'une des femmes de Lee Woo Wong est arrivée en courant dans la cour, hurlant à pleine voix. "Ta femme arrive !" qu'elle a couiné à l'intention de l'Albatros. Il l'a fixée, incrédule. Il a sifflé "Bon sang de bois, mais faites quelque chose !" en nous adressant encore ce regard suppliant, auquel aucun bougre ne peut résister.

« Avant qu'aucun d'entre nous n'ait eu le temps de réagir, Lee Woo Wong est entré en action. Il a jeté quelques mots secs en chinois à ses femmes et s'est traîné jusqu'à la rue pour arrêter l'épouse. Les trois femmes se sont précipitées dans la chambre, ont sorti la fille du lit, l'ont habillée, ont changé les draps et tout rangé à une vitesse étourdissante. L'Albatros est resté assis à regarder. Vu qu'il ne pouvait pas sortir de sa chaise pour aider, il tournait la tête de tous les côtés pour suivre les événements. Il avait les yeux ronds comme des soucoupes, et la sueur coulait sur ses joues comme s'il pleuvait à verse.

« La fille de Washington Square, gentille et compréhensive comme le sont toujours ces filles-là, a couru sur la terrasse, collé un énorme baiser sur la bouche de l'Albatros, avant de traverser à toute vitesse la cour jusqu'à la rue, où elle a croisé l'épouse de notre marchand. D'après Lee Woo Wong, elles ont échangé un sourire et un petit signe de tête, comme si elles se connaissaient. »

Mekong Harry attrapa la bouteille et nous servit. Quand il proposa de diluer le whisky de l'Albatros avec un peu d'eau, celui-ci leva la main et fit non de la tête.

« Tu aurais dû le voir. »

Mekong secoua la tête.

« On croyait qu'il allait faire une crise cardiaque. Et quand sa femme l'a vu, elle a laissé tomber sa valise de rage. Il avait l'air misérable. Le visage rouge, et complètement détrempé de sueur. Ses yeux étaient exorbités comme ceux d'un pékinois, et il avait du mal à respirer. Elle a poussé un petit cri et s'est précipitée vers lui. Sacrée charmante femme que t'as, Albatros. Elle a essuyé son front avec un pan de sa robe et lui a déversé tout un tas de fadaises dessus, comme on fait pour les gosses, ou quand on est profondément amoureux. L'Albatros, qui était à deux doigts de la syncope, s'est repris à une vitesse surprenante. Il lui a tapoté la tête et son visage s'est éclairé de joie, parce qu'elle était revenue. »

Mekong rit.

« Mais bon sang, qu'il avait l'air bête, assis dans sa chaise, essayant de suivre tout ce qui se passait autour de lui !

— Mais… Qu'a raconté Lee Woo Wong à sa femme ? demandai-je. Comment il a pu la retenir aussi longtemps ? »

Mekong me lança un regard surpris.

« Raconté ? Il lui a dit la vérité, évidemment. Elle a attendu devant la porte que tout soit en ordre. De cette façon, elle et l'Albatros évitaient tous les deux de perdre la face. »

Un rat traversa tranquillement la cour. Il s'arrêta devant la chaise longue de Lee Woo Wong et l'observa un moment, pensif. Puis il se glissa sur la terrasse où nous étions, nous fixa avec curiosité avant de retourner lentement vers le brasero près duquel les trois femmes de Wong venaient de terminer notre *Tom yam*.

« Un vieux gars honnête qui fait le ménage entre les chaises », commenta le capitaine Bratschneider en faisant un signe de la tête vers le rat.

Il toussa deux ou trois fois, écrasa un moustique sur son bras et prit son temps pour enlever l'insecte raide mort de sa main. Le capitaine était un amateur de langues, il parlait chinois, thaïlandais, et indonésien, mais son anglais était resté rudimentaire, des phrases courtes qui sonnaient comme des ordres.

« C'est pas le pire qu'on ait vu, hein ? Le pire vivait à Macao, Goh Chiang Nee. Il y a pas mal d'années. Un rat crasseux qui supportait pas de perdre la face. »

Il regarda chacun d'entre nous pour vérifier qu'il avait notre attention.

« Goh Chiang Nee possédait des bateaux, des maisons de fan-tan, des putes et des tueurs. Un sale rat puant. »

Il se tourna vers moi, hocha la tête de façon éloquente, puis toussa encore un peu, comme pour faire sortir l'histoire.

« J'étais alors tout frais émoulu capitaine, et j'étais jeune et fou. Je suis allé à Lombok chercher du riz chez les Sassake, pour la maison Chung. Putain de bon riz. J'ai fait trois voyages et gagné beaucoup d'argent. Que j'ai joué dans la "Maison de la Lune" de Goh, à Macao. »

Le capitaine passa une main sur son crâne chauve et inspira une profonde goulée d'air entre ses grandes dents de devant.

« Ces salopards m'avaient roulé. J'en étais sûr. Des dés truqués, beaucoup trop de six. »

Son regard était toujours vissé dans le mien. J'aperçus un soupçon de sourire au coin de son œil.

« Quelle sacrée bagarre. Fou furieux, que j'étais. Tabassé le chef Goh Chiang Nee et trois de ses larbins. Les ai fait voler par-dessus la table de jeu, en les tenant par le catogan. Reçu un couteau dans la cuisse. Filé avec toute une bande de bridés aux fesses. »

Je vis son sourire s'étendre sur ses lèvres. Il se racla longuement la gorge et se rinça avec du whisky Mekhong.

« J'ai foncé jusqu'au port et sauté dans ma jonque. Sorti les coolies de leur couchette à coups de pied. Ils ont commencé à jacasser. Cogné deux hommes sur le pont avant qu'ils se calment. Ils grognaient et montraient les dents comme des chiens fous pendant qu'on mettait les voiles. Mais je voulais m'éloigner de Macao et faire sortir le bateau du port avant que Goh se réveille dans la "Maison de la Lune". J'ai ordonné au barreur de se faufiler entre les îles d'Heng Chin et je suis allé me coucher. »

Le sourire s'élargit.

« Me suis réveillé tôt le lendemain et suis monté sur le pont. Me suis rendu compte que c'était pas la bonne jonque. Sacré bordel. Pas moyen de faire la différence entre ces galiotes. »

Le capitaine rit. Pas comme Mekong Harry. Un petit rire sourd, caverneux, puisqu'il gardait la bouche fermée.

« Comment tu t'en es sorti ? demandai-je.

— *Mai ben rai*, dit-il en riant. Sans problème. Le bateau appartenait à la maison de Goh. Vendu à Belawan, à Sumatra. Joli chargement, de quoi récupérer tout l'argent perdu. Mille deux cents caisses de feux d'artifice vendues à prix d'or, vu que c'était juste avant le Nouvel An chinois.

— Et Goh Chiang Nee, le Chinois ? questionnai-je.

— Un homme fini. Il a perdu la face, est devenu la risée de Hong Kong et Macao. Un cousin miséricordieux l'a assassiné. Même les pires rats ne supportent pas de perdre la face. »

Mekong Harry hocha la tête.

« Mais tu as sauvé la tienne. Et c'est pour ça que tu es un homme respecté. Quand on perd la face, en Asie, on n'est plus rien. J'ai vécu quelque chose de semblable, quand je suis arrivé ici après la guerre. »

Mekong se pencha vers la table, où la femme de Lee Woo Wong venait tout juste de poser le plat de *Tom yam*. Il versa la soupe fumante dans quatre assiettes. Pendant que nous mangions, il raconta :

« Mon grand-père était un homme riche, qui avait beaucoup voyagé. Il était le capitaine d'un bateau à vapeur qui naviguait dans l'Est, et il m'a nourri d'histoires depuis ma tendre enfance, espérant me voir prendre la mer. Mais je ne voulais pas être marin. J'étais plus intéressé par le commerce, et comme vous le savez, c'est avec ça que j'ai toujours gagné ma vie. »

Le capitaine Bratschneider rit encore, de son rire intérieur, et Mekong lui adressa un regard sévère.

« Le commerce, c'est ça qui me convient, reprit-il, tout en aspirant la soupe épicée. Et quand mon grand-père m'a parlé des filles de l'Est, j'étais sûr qu'on pouvait joindre l'utile à l'agréable. Il prétendait qu'on pouvait se payer une demoiselle pour un bout de savon, alors, à l'âge de dix-huit ans révolus, je me suis engagé comme mousse sur un *tramp* et j'ai filé ici, à Bangkok, avec un sac à dos rempli de savons. »

Mekong Harry porta son assiette à la bouche et but bruyamment le bouillon. Il cracha ensuite quelques morceaux de piment vert par terre et reprit :

« Bon, il s'était passé pas mal de choses, depuis l'époque où mon grand-père marchandait des donzelles dans le coin. Le savon n'était plus considéré comme des espèces sonnantes, mais je ne pouvais pas tout simplement bazarder tout mon stock. C'était une sale situation, parce que si je ne faisais rien, je perdais la face, et ne pouvais pas rester à Bangkok. J'ai donc acheté un vélo, engagé une gamine chinoise toute pâle que j'ai installée sur le guidon, et j'ai filé vers le sud, là où les Thaïlandais ont la peau plus sombre. Un voyage cauchemardesque. Même si la petite tenait une ombrelle au-dessus de nous, il faisait si chaud qu'un large sillage de transpiration a suivi le vélo de Bangkok jusqu'à Chumphon, où j'étais enfin assez loin pour oser commercer.

« Quand je suis arrivé en vue d'un village qui convenait, je me suis arrêté et j'ai enduit la gamine d'huile de soja, avant d'aller l'exposer sur la place du marché, où tout le monde pouvait voir qu'elle était noire comme un Tamoul. J'ai alors présenté le savon miracle. Versé un peu d'eau dans un bol, trempé le savon et l'ai frotté sur la jambe de la petite. Elle a immédiatement retrouvé sa belle peau claire. Les gens regardaient, les yeux écarquillés. Ils n'avaient jamais rien vu de pareil, le savon n'étant parvenu que jusqu'à la capitale. Je leur ai expliqué que la peau devait s'habituer à la substance, et qu'il faudrait environ trois jours avant de voir des résultats. Il me fallait du temps pour m'éloigner suffisamment du village et éviter toute réclamation.

« Ça a été une sacrée affaire. Aux alentours de Tha Sae, personne n'était particulièrement content d'avoir la peau foncée.

« Mon stock a été épuisé plus vite que prévu, et j'ai fait demi-tour pour aller jusqu'à Lampang, où j'ai marié la petite Chinoise contre le tiers d'un éléphant travaillant dans l'industrie du bois. »

Mekong Harry coupa la tête du *plakapong* que les femmes avaient déposé sur la table et la déposa sur son assiette.

« Vu que j'étais dans le nord du pays, je pouvais aussi bien rendre visite aux nombreuses tribus qui y habitaient. J'ai rencontré le peuple yao, qui vit au nord de Chiang Mai. Là, j'ai commencé à vendre du temps.

— Du temps ? m'écriai-je.

— Oui, ils n'avaient aucune idée de l'importance du temps. Pour eux, c'était soit le jour, soit la nuit. Les heures, les minutes et les secondes, ils n'en savaient rien. Alors j'ai dessiné un grand cadran solaire sur la place du village, et toute la journée, je vendais du temps. Ils l'achetaient contre des bijoux en argent. Des gens très futés, ces Yaos. Ils ont immédiatement compris le concept du temps, et à la fin, ils ne pouvaient plus du tout s'en passer. Alors j'ai vendu le droit de vendre du temps à un jeune homme ambitieux contre deux poneys, dont je me suis débarrassé ensuite sur le chemin de Bangkok, auprès des E-kawaes.

« À mon arrivée à Bangkok, j'étais un homme riche, je n'avais pas perdu la face et pouvais m'installer en tant que marchand respecté et bien vu. »

Un silence agréable enveloppa la table. Nous mangions du *plakapong*, du poisson rouge grillé accompagné de riz cuit dans du lait de coco. Après le poisson, on nous servit des crevettes crues, pratiquement translucides, dans une marinade de piment et d'ail. Pour le dessert, il y avait des mangues, des papayes et du melon jaune au miel. Un repas délicieux, après lequel nous nous sentions repus, presque somnolents.

Je me laissai aller en arrière dans ma chaise et regardai vers le fleuve, où un ferry au toit voûté glissait sur l'eau noire comme un nuage de pluie.

Il faisait une chaleur étouffante, même si une brise légère venant du fleuve traversait sans bruit la terrasse. De grosses gouttes de sueur coulaient le long des joues et tombaient des mentons.

Je fermai les yeux et me sentis heureux d'être à nouveau à Bangkok, cette ville laide, bruyante, puante et incroyablement charmante. Et je ressentis à la fois de la joie et un sentiment de solidarité, à l'idée d'être installé à cette table en rotin en compagnie d'hommes comme le capitaine, l'Albatros et Mekong Harry, au Lee Woo Wong's Resthouse.

Dumm est mort

Dumm est mort. Il gisait, pâle comme de la cire, avec des plaies à la tête et la gorge tranchée, sur une planche montée sur deux tréteaux.

Dumm était le frère de Damm, et Damm était *mama-san* et propriétaire du DJ Bar, à Soi Cowboy.

Le quartier de Soi Cowboy est un drame à lui tout seul. Il est l'haleine chaude de la vie juste avant qu'elle ne vous avale. Une ruelle entre deux ruelles, un appendice brûlant dans le grand corps fébrile de Bangkok. La lueur, les sons, les odeurs, et les êtres humains s'y chassant les uns les autres.

Les gens de la presse venaient au DJ. Le bar était un haut lieu d'échange de nouvelles et de services. Une oasis calme dans l'enfer de la ruelle, un lieu dénué de tentations, vu que les hôtesses avaient pour la plupart passé l'âge de la retraite.

Un soir d'avril, dans une chaleur étouffante, je me rendis au DJ. C'était l'heure grise après le coucher du soleil, et les lampions de Soi Cowboy clignotaient, comme pour s'essayer. Les vendeurs de cigarettes de contrebande commençaient à empiler leurs cartons sur le trottoir, créant des structures pleines d'inventivité, comme s'ils s'adonnaient à un jeu de construction. Quelques filles mangeaient près d'une échoppe ouverte sur la rue, d'autres bâillaient devant les bars, les yeux encore marqués du sommeil de la journée. Deux gamines birmanes jouaient à la marelle, les mains sur les hanches.

Soi Cowboy était un gros animal en train de se réveiller.

Dans le DJ, les néons du plafond étaient allumés. La lumière crue révélait une pièce spacieuse et laide. Elle tombait, bleue et froide, sur les filles figées sur leur haut tabouret de bar, ni habillées ni dévêtues. Chacune à son bout du comptoir de forme elliptique, on trouvait Damm et sa mère. Le corps imposant de Damm était penché en arrière, face au comptoir, et elle se balançait lentement, faisait grincer le tabouret. Son visage était un masque impassible, presque vert, ses yeux de petites fentes grises gonflées de larmes. Ses grandes mains reposaient sur le bar, les doigts écartés. Les nombreux diamants et l'or rouge de Thaïlande qu'elle portait semblaient faux sous l'éclairage lugubre.

La vieille Nickie se tenait près de l'évier du comptoir, un doigt profondément enfoncé dans l'une de ses larges narines. Elle lançait des regards nerveux, tour à tour à la mère puis à la fille. La trésorière No était assise par terre devant la caisse, les bras autour du corps, comme si elle avait froid.

On chuchotait dans le bar.

« Dumm est mort. Dumm a été assassiné. »

Je m'installai à côté de Damm et essayai de me remémorer son frère. Il n'y avait pas grand-chose à dire. Pas grand-chose de positif, en tout cas. Un voyou qui avait vécu aux crochets de sa sœur. Quand il n'était pas en prison, il donnait un coup de main au bar, s'occupait de la musique et aidait à servir. Il ne touchait jamais les filles de Damm, même si c'était tout le temps lui qui les aidait à monter à l'étage une fois qu'elles étaient trop saoules pour rester au bar. Dumm était à peine sorti de prison quelques mois plus tôt, comme je l'avais appris, et avait profité de l'occasion pour engrosser une des filles du Crazy Cat. Celle-ci était assise à côté de la mère de Damm, un poing serré sur une bouteille de Coca, le regard fixé sur le ventilateur qui tournait lentement au-dessus du bar.

Personne ne parlait. Quelques touristes exaltés entrèrent, s'installèrent au comptoir et commandèrent des boissons. Personne ne les servit, et ils lancèrent des regards ahuris alentour. Certains d'entre eux remarquèrent l'ambiance qui régnait et commencèrent à se diriger vers la porte. Le bar était comme une maison des horreurs, et les gens autour comme des statues de cire.

Il ne se passait absolument rien au DJ, ce soir-là. Aucun de mes collègues ne se montra, et personne ne m'adressa la parole. J'étais toléré, parce que j'étais depuis des années un ami de la famille, et parce que j'avais connu Dumm. J'étais en train de me demander comment je pourrais me retirer sans offenser personne, quand la mère de Dumm se mit à hurler. Elle ne pleurait pas. Il n'y avait pas de larme, ni de désespoir sur son visage. Elle hurlait simplement, fort et de façon effrayante. Les filles penchèrent la tête par-dessus le comptoir. Aucune d'entre elles n'osa lever les yeux. Nickie sortit le doigt de son nez et cacha son petit visage ridé derrière ses mains. Je bougeai nerveusement sur mon tabouret, mais Damm posa sa main sur la mienne et la tint.

Le cri de la mère, qui emplissait le local éclairé et nu, s'envola par la porte ouverte, jusqu'à l'extérieur.

Il changea légèrement, se fit plus rauque, plus ample, et à présent que les harmoniques les plus aiguës disparaissaient, il ressemblait de plus en plus à la plainte lancinante d'un animal. Le cri provoqua un attroupement devant le bar. Des individus osèrent passer la porte. Ils se posaient contre le mur, derrière la rangée de tabourets et observaient avec curiosité la mère de Dumm. Le nain qui était rabatteur au My Bar se tenait sur le seuil, indécis, humant l'ambiance. Il disparut alors derrière le comptoir et resta invisible jusqu'à ce qu'il grimpe sur la chaise à côté de la mère de Dumm. Il posa son petit bras autour de ses épaules et lui parla, en chuchotant. C'était comme si ses paroles découpaient l'effrayant gémissement. Il y avait maintenant de longs silences entre les plaintes, et le cri finit par s'effacer complètement. Damm tira alors sa main à elle et cria :

« Sonne la cloche ! »

La trésorière No se leva et frappa un coup sur la grande cloche de navire suspendue au-dessus du comptoir. Ceux qui étaient restés contre le mur s'assirent alors sur les tabourets de bar et d'autres entrèrent en nombre. La cloche signifiait boissons gratuites, et Nickie s'affaira à servir.

Les néons furent éteints et la lumière murale allumée. Une pénombre intime, rouge façon bordel, s'empara du DJ. Damm se leva et déambula entre les hôtes. Elle alluma un projecteur au-dessus d'une petite estrade de danse derrière le bar et montra du doigt Goy, une vieille et imposante fille portant un maillot de bain beaucoup trop petit. Goy commença à danser au rythme de la musique que le nain avait mise. Ses larges pieds solidement campés au sol, ses mains accrochées chacune à sa barre d'acier, elle mouvait son corps en gestes saccadés et disgracieux, et ses yeux balayaient sans expression l'assistance.

L'alcool coula à flots. Damm but, sa mère but, le nain but, ainsi que les filles et les nombreux invités qui avaient soudain afflué. La rumeur avait traversé Soi Cowboy comme un vent froid. Dumm est mort ! On lui a tranché la gorge cette nuit. Déposé devant Watt Phi Laen, où un moine l'a trouvé ce matin.

Les filles se relayaient pour danser. Personne ne les regardait. Quelques clients dansèrent aussi et furent fortement applaudis. Damm dansa à en faire vibrer le grand miroir derrière elle, et sa mère fit une rageuse et funèbre danse macabre pour son fils. Une fille assise sur un tabouret se pissa dessus, n'osant pas aller aux toilettes où, elle n'en doutait pas, l'âme de Dumm l'attendait.

La cloche sonnait sans arrêt, et ce soir-là, il n'y avait pas d'autre bar que le DJ à Soi Cowboy. Avant de rentrer chez moi, on me fit promettre de participer à la cérémonie.

Dumm reposait à Watt Phi Laen et était effectivement bien mort. Son visage était jaune comme de l'ivoire mal vieilli, ses yeux fermés, et sa large bouche avait été ravivée à l'aide de rouge à lèvres. À l'exception d'une plaie à la tempe, il avait l'air intact. Damm me mena près de son corps. Il était recouvert d'un tissu sombre des chevilles jusqu'au menton. Damm tira le drap, et je pus voir la plaie béante sur son cou. La police avait déclaré que la cause de la mort était un arrêt cardiaque, car ni Dumm ni sa sœur n'étaient assez riches pour que les autorités se fatiguent à trouver le meurtrier.

Le bras droit de Dumm avait été écarté du corps, et le bout de ses doigts trempait dans un récipient plein d'eau. J'imitai Damm, versai un peu d'eau d'une carafe sur sa main, la frottai quelques secondes en marmonnant de façon monotone. Puis je pinçai légèrement l'un de ses orteils et lui souhaitai un voyage heureux, où qu'il aille. Après avoir allumé quelques bâtons d'encens, je descendis m'asseoir sur l'une des chaises placées à quelques mètres du mort.

Tout l'après-midi, et jusque tard dans la soirée, des personnes défilèrent pour prendre congé de Dumm. Je connaissais nombre d'entre elles et leur adressais parfois un signe de tête. Il y avait, bien entendu, toutes les filles de Damm avec la vieille Nickie pour mener les troupes. Elles étaient comme des sœurs, des vétérans chevronnés dans un monde dur et sans pitié. Peut-être étaient-elles plus proches encore que de vraies sœurs ne le seraient jamais, parce qu'elles avaient vécu la même vie, moissonné les mêmes expériences, et ressenti les mêmes humiliations. La veille Nickie avait veillé le défunt à la place de Damm, parce qu'elle et sa mère étaient trop saoules. Elle raconta qu'elle était si terrifiée qu'elle n'avait eu aucun mal à rester éveillée toute la nuit. Les filles avançaient en file indienne derrière Nickie, joliment vêtues et sans maquillage. Une petite bande de filles de village, qui semblaient peu en confiance dans le temple ouvert. Elles saluèrent le défunt, Damm et sa mère avec respect, en joignant leurs mains sur leur front et en se courbant en avant. Puis Nickie les mena vers la rangée de bancs derrière les chaises, où elles s'assirent en silence.

Le restaurateur qui faisait à manger pour le bar, M. Ling, sa femme et leur fils rondouillard étaient assis à ma gauche. Suivaient le nain du My Bar, le patron du Miss T et tout le personnel du Pussy Cat.

Sur les bancs les plus éloignés, il y avait un groupe de jeunes hommes que je ne connaissais pas. Damm m'expliqua à voix basse que c'étaient les amis de Dumm, de Khlong Toei. Elle dit aussi qu'ils étaient venus se cotiser pour engager un tueur à gages capable de trouver et de tuer l'assassin de Dumm, vu que la police avait classé l'affaire. Quand je sortirais, dit-elle encore, je verrais une boîte en carton près de l'entrée. Je pouvais y déposer de l'argent si je souhaitais contribuer à la bonne cause. Je glissai un regard en coin vers les amis de Dumm. Ils étaient là, fermés et silencieux, fixant la dépouille. Je vis que la mère de Damm leur servait des bières et des cigarettes avec beaucoup de respect. Elle voletait comme un papillon, un clope au bec et un rictus creux aux lèvres. Ses dents étaient en réparation, m'expliqua Damm, ça tombait très mal, mais personne ne pouvait deviner que Dumm allait se faire assassiner.

La cérémonie s'étira sur plusieurs jours. Le corps était veillé en permanence, et entre six et neuf heures, il y avait habituellement des visites de gens qui souhaitaient prendre congé du mort. Durant ces heures, quelques moines s'assuraient de la teneur spirituelle de la cérémonie. Ils se tenaient sur une estrade derrière le cadavre et marmonnaient longuement de leur voix profonde et sourde, faisant parfois de longues pauses pour boire du thé et fumer des cigarettes.

Enfin vint le moment où Dumm dut être placé dans son cercueil. On plaça une longue caisse en teck près de lui, et quatre hommes saisirent chacun un coin du linceul sur lequel il reposait pour le soulever.

La mère de Dumm se tenait près de la tête du cercueil. Quand son fils disparut dans la pénombre de la boîte, elle s'agenouilla et recommença à crier à cœur fendre. Elle s'interrompit pourtant rapidement, sortit la cigarette de sa bouche, la tendit à Damm qui se tenait derrière elle. Puis recommença à crier. Un désespoir sincère, qui prenait aux tripes, une mère disant adieu à son fils. On entendait, à travers sa plainte, les coups de marteaux, comme une rythmique lancinante, à mesure que le cercueil était cloué.

Quand le dernier clou fut enfoncé, la mère de Dumm se releva, récupéra sa cigarette et retourna à ses devoirs d'hôtesse.

Le cercueil fut placé haut. Sur une solide structure portant un sarcophage rouge et or, orné de grandes fleurs blanches.

Après une pause, durant laquelle on servit de la bière artisanale et des gâteaux sucrés, les moines firent leur apparition. Quatre se placèrent sur l'estrade à gauche du cercueil et trois s'assirent sur les chaises parmi les invités importants.

Damm et sa mère s'agenouillèrent devant un vieux moine maigre. Elles firent des *sawadee* et palpèrent respectueusement son sarong jaune safran. Les moines sur l'estrade commencèrent à chanter. Et on vit tout de suite que c'étaient des professionnels. Il ne s'agissait pas d'un marmonnement indécis, à mi-voix, comme au cours des jours précédents, mais de voix fortes, sûres, qui s'élevaient loin, jusqu'au haut plafond. Un moine en suivait un autre, dans une chaîne de prières qui devait emmener l'âme de Dumm vers un pays qui serait meilleur que Khlong Toei et Soi Cowboy. Je vis Damm sourire à sa mère et compris que Dumm était maintenant entre de bonnes mains.

Le sixième jour après le meurtre, Dumm fut incinéré. C'était là le paroxysme que tous avaient attendu. Je fus sollicité de bonne heure, et pus donc assister à toute la cérémonie.

Le cercueil était richement décoré de fleurs. Une grande photo de Dumm était placée devant le sarcophage, et d'inventives et belles couronnes florales cachaient presque son visage. Un orchestre de vingt personnes était assis par terre à droite de la structure, et quand la pièce fut entièrement remplie de monde, les musiciens commencèrent à jouer. La musique était entrecoupée de longues prières des moines, et de pauses durant lesquelles on mangeait, buvait de la bière, du thé et du Coca-Cola.

Soudain, une jeune femme bondit devant le cercueil. La musique se mua en un fond de tambours et de cymbales portant une claire et belle mélodie à la flûte. La femme commença à danser. Sa gestuelle était lente et souple, et l'expression de son visage passait sans cesse de la joie à la tristesse.

« Qui est-elle ? demandai-je à Damm.

— C'est lui, répondit-elle. Une *lady-man* qui travaille à Soi Cowboy. »

Une autre personne s'ajouta au premier danseur. Cette nouvelle silhouette féminine était également un homme. Ils portaient tous les deux des costumes traditionnels thaïlandais, et en dehors de leurs pieds disproportionnés, on ne devinait pas qu'il s'agissait d'hommes.

La représentation dura quelques heures, puis le cercueil fut descendu de la structure et porté jusqu'au four. On ouvrit la lourde porte de fer, et de longues flammes léchèrent le bois avec avidité. On fit venir la mère de Dumm, qui avait engagé la conversation avec les deux *lady-man*, et elle hurla quand le cercueil fut poussé dans le feu. Damm et Nickie l'éloignèrent un peu du four, pour faire de la place aux invités, qui défilèrent lentement devant les flammes en y jetant des fleurs et des bâtons d'encens. Enfin, un servant du temple referma la porte, et le grondement du feu se fit plus sourd.

Au moment de sortir du temple, la mère de Dumm était introuvable. Et comme personne n'avait le droit de quitter les lieux avant la mère en deuil, un petit flottement se fit sentir. Au bout d'un moment, un moine la trouva enfin. Elle s'était endormie sur la pissotière des moines, lorsqu'elle avait voulu l'utiliser pour se soulager des importantes quantités de boissons que la longue cérémonie lui avait fait ingurgiter.

Ce soir-là, nous mangeâmes dans la rue. Dix-huit personnes, toutes proches de Dumm. Les échoppes donnant sur la rue faisaient de la très bonne nourriture, et en dehors du fait que nous manquions de nous étouffer avec les gaz d'échappement, et qu'il était impossible de s'entendre à cause du bruit de la rue, c'était un moment empreint de poésie. Dumm était présent avec nous à table. Il était installé parmi ses amis de Khlong Toei, qui le servaient et gardaient son verre de whisky Mekhong plein. À mesure que le repas avançait, ils étaient de moins en moins renfermés. Plusieurs d'entre eux m'adressèrent même un sourire presque sympathique. Peut-être parce que j'avais déposé une participation conséquente dans le carton destiné au tueur à gages. La fiancée de Dumm était assise au milieu d'eux. Elle mangeait beaucoup et à toute vitesse, puisqu'elle devait maintenant se sustenter pour deux. Dumm était mort. Allait-il se réincarner en quelque chose de mieux ? Ou peut-être simplement vivre à travers l'enfant qu'elle portait ?

La chaleur était étouffante, ce soir-là, et elle n'était atténuée ni par la nourriture fortement épicée ni par le whisky Mekhong. On distinguait le faîte du toit de Watt Phi Laen au-dessus des boutiques basses, et la fumée s'échappant de sa grande cheminée se mêlait aux émanations de la ville, formant comme un nuage bistre au-dessus de Bangkok.

TABLE DES MATIÈRES

LIVRE 1

LIVRE 2

Du même auteur
aux Éditions 10/18

LE JOUR AVANT LE LENDEMAIN, n° 3456
LA FAILLE, n° 3669
LA MAISON DES CÉLIBATAIRES, n° 3933
LE GARÇON QUI VOULAIT DEVENIR UN ÊTRE HUMAIN, n° 4766
UNE VIE DE RACONTARS, n° 4847

« Les Racontars arctiques »

LA VIERGE FROIDE et autres racontars, n° 2861
UN SAFARI ARCTIQUE, n° 2906
LA PASSION SECRÈTE DE FJORDUR, n° 2944
UN CURÉ D'ENFER, n° 2997
LE VOYAGE À NANGA, n° 3027
UN GROS BOBARD et autres racontars, n° 3368
LE CANON DE LASSELILLE, n° 3796
LES BALLADES DE HALDUR et autres racontars, n° 4015
LA CIRCULAIRE et autres racontars, n° 4093
LE NAUFRAGE et autres racontars, n° 4572
► UNE VIE DE RACONTARS, n° 4847

Trilogie « La Maison de mes pères »

UN RÉCIT QUI DONNE UN BEAU VISAGE, tome I, n° 3159
LE PIÈGE À RENARDS DU SEIGNEUR, tome II, n° 3204
LA FÊTE DU PREMIER DE TOUT, tome III, n° 3247

Trilogie « Le Chant pour celui qui désire vivre »

HEQ, tome I, n° 3279
ARLUK, tome II, n° 3314
SORÉ, tome III, n° 3347

Éditions intégrales

DES RACONTARS ARCTIQUES
LE CHANT POUR CELUI QUI DÉSIRE VIVRE

MIXTE
Papier issu de sources responsables
FSC® C003309

10/18, une marque d'Univers Poche,
est un éditeur qui s'engage pour
la préservation de l'environnement
et qui utilise du papier fabriqué à partir
de bois provenant de forêts gérées
de manière responsable.

Imprimé en France par CPI

N° d'impression : 2043809
Dépôt légal : novembre 2016
Suite du premier tirage : mars 2019
X06123/03